上海市松江区文学艺术界联合会

主编

山西出版传媒集团
山西人民出版社

图书在版编目（CIP）数据

云间笔会.2019/上海市松江区文学艺术界联合会主编.
— 太原：山西人民出版社，2020.2
　ISBN 978-7-203-11279-2

Ⅰ．①云… Ⅱ．①上… Ⅲ．①中国文学－当代文学－作品综合集－上海 Ⅳ．①I218.51

中国版本图书馆CIP数据核字（2020）第029558号

云间笔会.2019

主　　编：	上海市松江区文学艺术界联合会
责任编辑：	吕绘元
复　　审：	刘小玲
终　　审：	阎卫斌
装帧设计：	张永文
出 版 者：	山西出版传媒集团·山西人民出版社
地　　址：	太原市建设南路21号
邮　　编：	030012
发行营销：	0351—4922220　4955996　4956039　4922127（传真）
天猫官网：	http://sxrmcbs.tmall.com　电话：0351—4922159
E—mail：	sxskcb@163.com　发行部
	sxskcb@126.com　总编室
网　　址：	www.sxskcb.com
经 销 者：	山西出版传媒集团·山西人民出版社
承 印 厂：	山西省教育学院印刷厂
开　　本：	787mm×1092mm　　1/16
印　　张：	23.75
字　　数：	300千字
印　　数：	1—3600册
版　　次：	2020年2月　第1版
印　　次：	2020年2月　第1次印刷
书　　号：	ISBN 978-7-203-11279-2
定　　价：	58.00元

如有印装质量问题请与本社联系调换

序　言

好像只一个转身，就十年了。

第一本《云间笔会》付梓前，老会长方崇智先生为她写下这样的句子："我们的'形'，纵然千差万别，而我们的'神'，却高度相似。爱生活，爱松江，爱文学，是把大家凝聚在一起的'灵魂'。于是，'思风发于胸臆，言泉流于唇齿'。在三泖之滨，九峰之巅，方塔风铃之下，醉白荷池之畔，一个个'慨投篇而援笔，聊宣之乎斯文'。用各种不同的文体，唱起了同一首歌——时代颂！"

这首歌，一唱十年。

为她写点什么更好呢？

执笔之际，问自己：《云间笔会》为何而有？

想了想。

一为云间这个文化故里、文人骚客景仰的地方。有陆机、陆云，有铁笛道人、南村翁和眉公叔，还有施蛰存、赵家璧和朱雯、罗洪，还有一条鱼叫四鳃鲈；有《文赋》有《辍耕录》有《小窗幽记》，有"好香用以熏德，好纸用以垂世，好笔用以生花，好墨用以焕彩……"还有很多，很多。

由此就有了二为。文学人要做的，可以做的，就是传承和发扬和努力和不懈。用赵丽宏先生的话说："云间的文脉，一代又一代延续着，一直没有中断。"

她诞生伊始，就以题材丰富，信息量大，写作风格各异的激情，展示了她的创作实力和整体面貌，打造了松江文学的新板块。十年间，一批热爱文学且颇具实力的作者，保持着旺盛勃发的创作态势，创作了不少具有强烈时代气息和独特艺术气息，具有厚重历史感和浓重人情味，表现真善美的作品。从这些作品中我们可以看出，无论是写个人的情思爱恨，还是家国情怀；无论是记录沧桑正道，还是回味风花雪月，都渗透着作者扎根生活深得地气的文学追求。松江的古老和现代，在这些作品里活色生香、行云流水般地跃然纸上。可以毫不夸张地说，不管是小说、散文，还是诗词、剧本，《云间笔会》绘就着松江式的文学清明上河图。她为不断增强文化自信和责任担当，为人文松江建设和人文松江行动计划，交出了一份漂亮的答卷。

泱泱然，我感觉到了《云间笔会》的气象。

这气象，有雄壮浑厚的风骨，更有"我辈岂是蓬蒿人"的风貌。

让我们以文学的名义，想象一下她以后的景象：与时代同步伐，以人民为中心，以精品奉献人民，用明德引领风尚，不负韶华，不负春秋，放出光芒。

而时代颂这首歌，我们将继续，再唱她十年二十年一百年。

许 平

2019年12月

目 录

小 说

杨国光	当大家得知飞机的腿坏了 / 3
刘红炜	礼下于人 / 8
蒋近朱	同桌的你 / 13
王季明	暴　走 / 22
魏　勇	横街往事 / 33
王　斌	文采有趣 / 39
	床下藏愚 / 44
庄锋妹	不速之客（节选）/ 48
谢　青	琼的新生 / 53

散 文

施新土	洪弟，你总是那么突然 / 61
许云琴	六中任教回忆 / 63

章绍岩	窗口挂号 / 66	
	用一支笔支撑起整个剧场的人	
	——忆吴兆芬学姐 / 69	
方崇智	简单化法则 / 72	
刘长海	珍藏的中央苏区铜币 / 74	
沈敖大	从"秀丽江山"说开去 / 78	
范锦文	人生感悟 / 80	
王元祚	我是中国大地一棵平凡的树 / 84	
汤炳生	暖暖的，长长的 / 86	
	我快乐 / 89	
陆景青	感受雷电 / 92	
	健康是笔大财富 / 94	
	书香人生 / 96	
朱正安	沿怒江溯流而上 / 99	
张林琪	夏夜的星空 / 102	
	秋　分 / 105	
	闹元宵 / 108	
钱明光	四明湖边的断想 / 111	
	小鲫鱼 / 113	
	阿　妹 / 115	
欧　粤	小嫁妆大变化 / 118	
陈福康	难忘篱槿堂老人 / 121	
俞福星	圆梦之旅台湾游 / 125	
冯　韬	我家最累是孙女 / 129	
	41年再相聚 / 132	
吕六一	古渡口 / 135	

	暖泉年味 / 137
邢砚斐	蔡显与《闲渔闲闲录》 / 140
	闲说曲水村 / 143
刘　敏	面向大海 / 145
黄忠杰	行走笔记（三题） / 148
徐亚斌	大美青海 / 152
	兰州一日 / 155
陆　良	我的算盘缘 / 158
胡志娟	伯　母 / 160
何伟康	访永定土楼 / 164
	想起织草包 / 166
俞富章	当佘山毛笋遇见康熙皇帝 / 168
	这个雨季，去寻找戴望舒的雨巷 / 171
李宗贤	渴望阳光 / 174
陆　云	永远的汤医生 / 177
周　平	戏迷、摄友混搭的我 / 180
许　平	小小的一座院子 / 184
周　明	想起了梅朵先生 / 188
侯建萍	流浪的生命也可贵 / 190
李　烨	爱如雪飘 / 195
	那第二十一只蜗牛 / 199
倪红霞	被遗弃的小树枝 / 202
吴文利	尘封心底的工作证 / 206
顾　夕	雄关和栈道 / 209
赵　靓	外　婆 / 212
年　磊	那些年，在煤油灯下 / 215

黄抒绮	一枝红玫瑰 / 217	
	由《芝麻胡同》想起 / 219	
王建成	时间的力量 / 221	
颜　萍	登佘山感怀 / 225	
乔进礼	养　猫 / 228	
许　蕾	小粽子问世记 / 233	
吴　安	校园的回忆 / 236	
方　晨	再见，老房子 / 240	
魏　叶	漫看乡村四时美景 / 243	
	爷爷心中的山　245	

诗　词

何居华	大山深处（组诗）/ 249
王迎高	捻墨取暖，握笔发声
	——给松江助残员李明新 / 252
	失去双翼的鹰，照样能飞向远方
	——给松江口画家杨杰 / 253
	猪　官
	——给松江腰泾村家庭农场主李春风 / 255
包剑钢	最后一班地铁（外三首）/ 257
李仙莲	大陈印象 / 260
宋顺弟	小人物的春天（组诗）/ 263
沈亚娟	鲈乡遗韵 / 267
	再谒二陆草堂 / 268
	莫干山春行 / 269

	醉白池闲吟 / 270
	浦江之首 / 271
王福友	在人世行走 / 272
梅　芷	广富林，祥和安稳的梦境 / 275
	拥有植物的姓氏
	——写给松南郊野公园 / 276
	浦江边的慢时光 / 277
王民胜	你是那么好（外三首）/ 278
漫　尘	雨中飞蛾（外二首）/ 282
子　薇	萱舍·还乡（外二章）/ 285
李　潇	蜗　牛 / 288
	读残图 / 289
	垃圾分类 / 290
朵　而	下月光（外二首）/ 291
徐俊国	春天：致一场大梦 / 294
	创可贴：致万物 / 295
宋远平	苏松诗人黄桥村雅集 / 296
	拙政园观荷 / 297
	古里瞿氏铁琴铜剑楼赞 / 298
	古里红豆山庄怀钱柳 / 299
胡　斌	采桑子·登奉城万佛阁有感 / 300
	观奉贤故宫雍正展 / 301
	万佛阁朝参大卢舍那佛兼怀新量法师 / 302
	沁园春·赞奉贤 / 303
谌贵芳	银杏叶飘下来（组诗）/ 304
胡　震	湘珍寨 / 308

	每个春天都值得被完整地收藏 / 309
	梅花的第三种形态 / 311
王崇党	父　亲 / 312
青　也	菖　蒲 / 313
	立　春 / 314
	百鸟朝凤 / 316
	下午四点 / 317
张　萌	不是我 / 318
	回　声 / 319
	天蓝色 / 320
	街的尽头是大海 / 321
袁雪蕾	鸡翅木枕（外一首）/ 323
顾雪莲	修鞋店（外二首）/ 326
徐凤叶	晨　蜜 / 329
	一　天 / 330
	骨　肉 / 331
	岁月有迹 / 333
乔晓琼	喝火令·琴韵探春
	——记吴松古琴社2019迎春音乐会 / 334
	如梦令·枫 / 335
	夏日燕簧堂·赏拙政园《游园惊梦》德化瓷展
	暨玉兰堂雅集 / 336
	蓦山溪·端午 / 337
	水龙吟·游黄桥村及浦江之首 / 338
班美茜	暮春（外二首）/ 339
陈贝贝	一　天 / 343

	去 / 344
	中年男人 / 345
	女人味 / 346
张开江	题广富林江南文化学术研讨会 / 347
	访程十发艺术馆有感 / 348
	暮冬登峨眉山 / 349
	游泸州长江岸感怀 / 350
	山城远望 / 351
陆 歆	青花说 / 352
徐小冰	口衔月牙走路（节选）/ 354

剧 本

俞月娥	手机劝主 / 359

云间笔会
2019

小 说

杨国光

当大家得知飞机的腿坏了

我发觉坐飞机的这些人心里像是被炸弹炸了似的，五脏六腑顿时失去了平衡。大家的心里似乎在恳求起落架行个好，让我们着陆下机。起落架则想，俺这条腿是控制在人家手上，就像身体是自己的，脑子是人家的，你们不信就问问这两位飞行员大哥。飞行员看着一脸憨厚的起落架说，这位大力士先生说得千真万确，责任在我们身上。

表弟把我的梦摇醒了，原来飞机马上要到目的地，叫我不要睡了。我脸上有云彩，透过飞机舷窗外面的阳光，感觉有劲道。这时，机长推着驾驶杆在机场上空一个阶梯接着一个阶梯地下降。

到达机场上空，我们蓦然被告知飞机头部下的大力士无法执行着陆指令，我脑袋嗡地一下。原来这架飞机到达机场上空，塔台空管人员望远镜下发现我们坐的这架飞机肚皮下怎么少了一个伙计。这架飞机的机长是木头人？竟然没有发现前起落架放不下来？好样的机场塔台！立即呼叫阻止！本来，我们眼前已经看到前方的塔台与跑道了，我仿佛觉得自己已经走出机舱，但是飞机在机场上空突然停止下降，随之在跑道上空一昂头急速向上飞去。广播里急促传来机长非常有分量的话，压在大家的心头，喘不过气来。两位空姐出现在过道上，我的眼睛仿佛看见救星到了。她们说，飞机的前起落架出现了故障不能着陆，请大家不要慌张，机长他们在想办法排除故障。我想，首先要释放客舱里人们的恐惧心理，否则会影响飞机的空间安全。有人眼睛睁得像杏子，看着机场就在脚底下，但脚就是够不着。

机场上空是飞机的空中门户，我们只能在边上盘旋。大家听得机长说，飞机头部底下那个大力士失常，靠翅膀上两个是无法站稳着陆的。我想对机长说，我们飞机上有几百条腿就不抵你一条腿？表弟说，我们的腿是肉做的，它是钢材做的，质量不行，腿再多也是白搭。我看到表弟在空姐的指导下乖乖地把安全带系上了。我说，是不是快要完蛋了，把裤子上的皮带松开。表弟问，你要上厕所？我说，万一掉到水里可以游得快一点。空姐一遍一遍地给大家讲安全知识。表弟说，你把救生衣穿上。我说，耳朵眼睛鼻子嘴巴五脏六腑四肢在抖。表弟安慰说，表哥没事的。我说，好像机长说了可能是起落架上的螺丝松动，弹簧疲劳变形，是传输故障。表弟讲，只听说人会疲劳，原来材料也会叫累的。我问，你在笑什么？表弟说，我的一位朋友上机时被一个私家侦探跟了上来讨债30万，现在他看飞机要出事落得做个人情，说不要啦。人生呀人生，这次下降飞机万一出了事故呢？我在心里说，从今以后再也不坐飞机了，但是就恐怕连"从今以后"都没有了呢。

飞机在机场上空飞了一圈又一圈，有几位把眼睛睁得溜圆朝下望着。机长说了？其实机长没有说起落架呀。不过，我相信有人问他时，他会这样说。我讲，每个人发一只降落伞，我们干脆跳下去算了！表弟说，你这是扯淡。不，我是说飞机上面弄个降落伞，把飞机降下去。表弟说，表哥你是懂一点飞机知识的，你说设计者把生命的信息码打进了起落架的构造。我说，是的，我一想起它们，就不自在。表弟说，你就不能把起落架外筒看作是网络通道吗？那个内筒看作是网络传输媒介在运动。我说，你是研究生脑子反应快，我赤脚也追不上的，你没有白学。表弟说，就照你表哥说的，它俩应该没有矛盾的，为何眼下就有矛盾啦？我说，矛盾可能不在起落架的筒内外，就像你刚才说的矛盾不在网络通道和它的传输媒介里。我又说，正常地放不下起落架，可采用应急放，但看来两者都失效了。

飞机在机场上空焦急地盘旋，一时还没有好的对策。前起落架其实也着急，只是力所不逮，看到后面两个同伴稳稳地下来，唯独自己没有放下，是我拖累了大家，情何以堪。是钩子的原因？钩子说，哪能呢，是我后面的拉力弹簧出了洋相，它可怜呀，裂缝啦。弹簧老弟面带愧色，抱拳说道，对不起，对不起呀，勉为其难，我是无地自容。问题出在起飞不久，副机长收前起落架的时候，我就觉得今天没有收好，没收到位置上，身体感到浑身不舒服。前起落架还说，我在舱里有一点摇晃，好害怕没被钩住。两位飞行员听了个真切，它们的这番议论让人心中擦亮了。

盘旋，飞机盘旋到何时？要等到飞机里的油耗尽了再迫降。要释放大家的恐惧心理，难呀。客舱里人们的心绪被搅乱了，可能要坠机的声波通过无数的耳朵传递出，机毁人亡！众人如坐针毡，恐惧占领了每个细胞。这时有的人觉得晚写不如早写遗书，有的人交代谁活着代我去看看家人。不时传来抽泣的声音，焦虑压得人透不过气来。这时，我认识的那位退休得癌症的大叔，早年在政府当宣传科长，他陡然站起来走到过道上大声对大家说，大伙静一下，静一静，我来说两句。我说飞机飞得越高安全性越高，飞机事故的概率要比自行车、助动车、汽车低很多。我们来做个算术，对比买彩票的中奖概率和飞机掉下来的概率，你中一次大奖的概率是多少？因而相对来说，飞机事故率是非常低的。机长是王牌飞行员，我们有一百个理由、一千个理由、一万个理由相信，他会将我们安全降落到地面。我第一个站起来鼓掌，紧接是一阵热烈的掌声在飞机的客舱内响起，此时这种掌声比轻音乐还要悦耳动听！

见缝插针，两位空姐用专业的话语引导大家说，我前面有航班在降落，就跟高速路一样，前面出现了堵车，后面要控制一下节奏，就像我们唱歌似的节奏，快板和慢板，该快时要快，该慢时要缓要慢，或者说流量控制，流量控制是为了保证大家的安全，也是不得已的一个措施，要不然前面已经堵了，后面不停地飞，拥上去，容易出事。客舱里的眼睛都往这里瞧，空姐是全体乘客的精神支柱，就像广场上的旗杆、马路上的灯杆。她们断续说道，我们在空中占掉一个位子影响航班，在天上下不来，只好在天上盘旋一会儿，上面急下面也急。流量控制与航路不够宽，就像我们的网速不够，下载花的时间长，必须一架一架地飞。这就是流量控制，起降的架次是有限制的，比如我们只能一口一口地吃饭，飞机也是一分钟飞多少架、降多少架，也一架一架是有数量的。如果太多飞机的话，就要流量控制了。地面上有太多飞机等着起飞了，请耐心等着吧。大家无奈地说，但愿如此吧，我说听天由命吧。不过此时恐惧的细胞正从诸位的耳朵里爬出来，空气里的正能量在冉冉上升，飞机空间的安全系数在增加。

听从空管人员的指挥，机长又将飞机拉升爬高，对准跑道。副机长在心里说，上帝保佑呀。机长又去拉应急开锁拉环，飞行动作中一次甩出起落架，前起落架动了几下，还能听到舱里面咔嚓的声音，还是没下来。副机长在思忖，这是机械得不到有效看护和关怀更换零件所致？他想起干净明亮的大机库。前起落架没放下，它为何没有报警呢？他看着机舱里的报警器，红灯闪烁，就是没声。这大多是人为因素。有的国外航空公司，飞行员的素质培养和飞行训练课程没有保证就容易出事，他仿佛看到出事的飞机支离破碎的场景，还有因财力捉襟见肘，山寨版的零配件，有一架直升机的驾驶杆从空中掉下来。副机长的眼神不离机长左右，信任他胜过信任自己。

机长已经做好了最坏的打算，一旦前起落架下不来，两个主起落架着地后，滑行一定距离后，把机头方向调整到偏离跑道的草坪上。主意已定，他又将飞机爬升到一定高度，准备再最后一次下降。燃油快要耗尽，留给他的时间不多了。下吧，他对自己说。镇静，背后200多号人的生命在他手中。机身下滑，他仿佛看到女儿在朝他微笑，他向她点点头，信心大增。

机长眼明手快，一个接一个准确无误的连贯动作。前面失败了两次，他已经做好了迫降的准备。从塔台得到的信息，机场方面半个小时里全部做好抢救准备，救护车和人员也在机场跑道边上待命。随着开锁拉环一个外力加大的惯性，前起落架自身用上吃奶的劲，一鼓作气向外甩出，顿时起落架舱里锁钩脱落，拉伸弹簧复原。再看前起落架外筒上的传动杆，有条不紊地做了一个准确无误的动作，连着摇臂伸展开来，最后是上锁动作筒把前起落架推到最合适的位置上，它划出一个圆弧旋转着矫健的身姿姗姗下来啦！这时距离地面只有690米，可谓千钧一发呀。塔台传来空管人员热烈鼓掌祝贺的声音，你们成功啦！致敬！机长蹬舵，压着驾驶杆把落地后的速度放慢。机长再蹬舵，再点刹车，动作干练麻利，沉着稳健。这和平时在模拟飞行器上训练有关，就像我们现在玩游戏一样，思维的反应能力大大提高。机长无论是出去玩，还是休息时，都在想天上的事。机长梦里踩刹车，把老婆当飞机踩痛了，后来老婆嚷嚷着要分开睡。

客舱里这时广播，我们安全降落到地面，前起落架的故障已经被排除。随着飞机瞬间着地，客舱里一片欢呼声。

表弟对我说，那个私家侦探刚才跟我朋友说了，老李，你欠的30万一定要还的。你知道老李的老婆怎么说那个侦探，你刚才不是说这个不要了，怎么现在又要啦？私家侦探说，前面飞机出事了，我想大家都完了，就做个死人情，现在活蹦乱跳的那我当然还要呀，否则我回去如何向老板交代呢？

刘红炜

礼下于人

他失眠了。以往睡的都是囫囵觉，没这么折腾过。看来，那几件摆放了几日的礼品不送出去，这觉是睡不踏实的。说是礼品，也就一条烟、一瓶酒，临近明天要送出去了，愈发惴惴不安起来。偷鸡摸狗会让人寝食难安，原来送个礼也会让人有偷鸡摸狗的感觉！

这礼送还是不送，颇费了一番煎熬。他脸皮薄，胆子也小，坦白说，送礼换取回报的事，是很下三烂的，平生没有做过。老婆则激烈抨击他，说他是榆木脑袋，咋就脑子不打圈、肠子不拐弯呢？这次和别人竞选副所长，千载难逢的机会，你不把分管局长打点一下，人家凭什么举荐你？他现职环境卫生科长，区卫监所是副处级，科长也就相当于副科，副所长也才正科，但毕竟是所领导系列，要说不想，那是假的。

据说，这次除了他，职业卫生科长、所办主任也在被推举之列。三选一的情况下，分管郭副局长的态度就至关重要了。说上几句好话，推一推、拉一拉，分分秒秒的事，不一样的。他仔细想过，郭副局长对自己应该是有印象的。他常来所里调研，会议室里满满当当地坐着所领导和中层干部，所长依次介绍完书记、副书记、副所长后，开始介绍中层干部。自己的面前放有席卡，白纸黑字，名字写在上面，也被介绍了的。按理，郭副局长应该认识自己。当时他略带敬畏地起身,郭副局长招手,示意自己坐下。感觉郭挺和蔼,人不尖刻,不像是个有贪念的人,更不像是个会随意收礼的人呀!

正如此,他感觉心里没底,才会辗转反侧,睡不踏实了。

送礼是有讲究的,送多少,送什么,以什么方式送,在什么场合送,大有讲究。这次他算是领教了。

首先是送多少。虽说礼多人不怪,但礼重了,就有收受他人财物的嫌疑。这个度很难把握了。话往回说,送得太少,又属于不腆之仪,就有点看低领导的意思。左思右想,估摸着,金额在2000元左右差不多,说多不多,说少不少,或许正好,上不了纲,上不了线,最多归于上下级间的人情往来,属人之常情。

送什么则颇费思量了。俗有寿不送钟、喜不送伞、礼不送梨的训示,可见马虎不得。不过,除去这些与凶吉有关的物品,选择其他礼品也是大有说法的,最起码有雅俗高下之分。同等金额,送出去的东西可以截然不同。送得巧,有四两拨千斤的作用;送得不妥,钱打了水漂不算,还可能让领导嗤之以鼻,讨不到好。当然,领导识货也很重要,你以为投其所好,他却漠然视之。有人喜送玉佩、送手串、送紫砂壶,自以为很金贵,而领导觉得这是既不能吃又不能用的物件,莫名其妙送这些劳什子做甚?结果变成很吃力不讨好的事情。

斟酌再三,最终以为,最常见的、最实用的,或许就是最好的。他买了一条软壳中华牌香烟,又买了一瓶52度的五粮液白酒。买白酒时,他在柜台前很踟蹰了一番。原想买贵州茅台的,一看价钱,一瓶就得2000元,他倒吸了一口凉气,着实被吓了一跳。他不会喝酒,所以也不领行情。实在不理解,小小一瓶液体,凭啥能卖出如此的高价?行不得,超了预算不说,礼太重对领导也不好。权衡再三,还是买五粮液为宜,虽比不上茅台,也算得上是高档酒了。一条烟、一瓶酒,看似普通,但送领导应该是实惠的、对路的。这在郭副局长不应有不识货的问题，是应了他所需的。他清楚，郭副局长是烟不离手，烟瘾极大。当下禁烟禁得厉害，开会时，常见他溜进厕所抓紧吸上几口，很贪婪，有时一根不行，还会再接上一根。二是喝酒，似乎没见他醉过。记得有一次在所里餐厅招待郭副局长，感觉众醉独醒只有他。那种浓烈的液体，好像在他体内没产生任何反应。

眼下那条烟和那瓶酒就静静地放在屋内的茶几上，让他每看一眼就泛起一股愁绪。愁的是如何将礼品送出去。于是，选择送礼的方式就显得尤为重要了。按理，当下快递业如此发达，将礼品打包速递是再便捷不过的事。真这样，他还翻来覆去失什么眠、犯什么愁啊？问题是，现实告诉他，必须当面把礼品送到领导的手里，否则没头没脑的，哪闹得清是咋回事呀！弄不好送了也等于白送。俗语说，礼下于人，必有所求嘛！送礼送礼，你就得送，否则算咋回事嘛！非但要当面送，而且要居于人下，礼下于人，诚心诚意地将礼品送上去，这样领导才会记住你，才能礼到情到，才能充分发挥送礼的效果。

至于送礼的场合，他早就深思熟虑好了，直接去郭副局长的办公室。起先老婆还建议，让他将礼品直接送到郭副局长的家里。我的姑奶奶，这可万万使不得！他断然将老婆的建议否定了。平时他对老婆的话一贯言听计从的，这次没有，坚持了己见。又不是什么大礼，区区一条烟、一瓶酒。何况，现在的家庭变得越来越私密，忌讳越变越多，贸然进入，礼没送成，反而坏了领导的兴致。最终是你送礼还是领导招待你？若惹得领导不愉快，还会给你脸子看。适得其反，上门万万使不得！

他想好了，以汇报工作的名义到郭副局长的办公室去最合适。作为下属，一是到办公室比较自然，旁人不会说三道四；二是趁此让领导再熟悉一下自己，加深一下印象；三是送完礼后，再汇报一下工作。其实这种场合无须多言，全凭暗示，凭领导的智商，应该懂的。况且，不是什么大事，对他而言，是举手之劳。

想得很好、很周全，临到要送了，还是乱了方寸，心里使劲打鼓。因为明天终于要到局里开会了，是把礼送出去的最佳时机。因此他失眠了，尤其是今晚，望着茶几上的香烟和老酒，仿佛购回了定时炸弹，是危险的易燃易爆品，搅得他战战兢兢。自买回这两样礼品后，他就心神不宁、寝食难安，今夜到了极致。半梦半醒间，对明天与领导的见面设计了众多场景。最可怕的场景是，他递上礼品后，郭副局长极为厌恶地瞥了自己一眼，然后义正词严地批评道："你这不是逼我犯错误吗？拉拉扯扯、吹吹拍拍的，太庸俗，快把东西收回去！"为此，他惊出了一身冷汗，但很快他就把这一场景否定了。伸手不打笑脸人，他嘲笑自己或许还是个菜鸟，想多了。

第二天上午的会是布置季度公共卫生任务。开会在三楼，局领导的办公室在四楼，边开会，他的魂直往四楼蹿。打听过了，郭副局长今天正巧在办公室。酒和烟此刻就藏在他的脚下。他将礼品认真包装了，特意用卫监所的大信笺，分别将烟酒塞进去，封得严严实实，看上去鼓鼓囊囊，其实仍是公事公办的外表。但他内心依然很虚，故意用两条腿遮挡着，还止不住地打战。

终于等到散会，他揣着烟酒直奔四楼。鬼头鬼脑，东张西望，发现走廊边办公室内有人看他，心莫名其妙地突突突跳起来。其实他和别人并无异样，本可昂首挺胸的，无奈心里有鬼，应了做贼心虚这句话。站到"副局长办公室"门牌前，他肾上腺素分泌达到了峰值。

进门，郭副局长正在接电话。郭指了指沙发，示意他坐。他哪敢，依旧颤巍巍。放下电话，郭狐疑地看着他，你是？郭分明对他毫无印象。早先预设的言语早跑得无影无踪，慌乱中他语无伦次、结结巴巴地做自我介绍。郭似是而非地哦了一声，继而露出领导惯有的笑容，哦，你好你好！找我有事吗？他脑子早已一片空白，没啥事……来局里开会，顺道看看老领导。说着，直接取出烟酒，放在了郭的办公桌上。郭扒拉了一下，哎呀，你这是干吗嘛！他的脸唰地一下红了，以为领导要拒绝。不料郭的笑容没消逝，拍着他的肩，很平静地，客气了，太客气了……

他落荒而逃，像逃离犯罪现场一样迅速离开。阿弥陀佛，这该死的烟酒，这始终搅得他心惊胆寒的烟酒——终于送出去了。深知过程有些难堪、有些尴尬，甚至有些狼狈，但毕竟是收下了，收下就达到了目的。过程不重要，关键看结果。他这样安慰自己。

一个月后，结果出笼了。局里正式宣布了任命，卫监所副所长由所办主任担任。尘埃落定了，要说他内心不郁闷、不抑郁，那是假的，否则没必要为此坐卧不宁，更没必要为送礼担惊受怕。老婆怕伤他自尊，啥都没说，而越不说，他内心似乎越愧疚。

日前系统内开会，又遇见了郭副局长，他上前热情地打招呼。郭依然习惯性地微笑，却始终想不起他供职于哪个单位，你好像是在血液中心工作吧？他干脆笑笑，不去纠正了。领导分管条线很多，有职有权的他记得住，要让他记住所有下属，那可就勉为其难了。

晨钟暮鼓，世事总会如常。日子还得过，毕竟，没了那些狗屁倒灶的烦心事，自然就不再寝食不安了。

他又能囫囵觉睡到天大亮了。

蒋近朱

同桌的你

2019年6月1日，周六，她比平时早醒早起，先出门早锻炼。多云，微风，不冷不热。"真好，老天给力！"之前她还担心，她与他共同选定的这个日子，天气是否会好。

母校中心小学一（1）班教室，她特意借用了这间，虽不是当年他们的教室，但总也是一（1）班，坐在这里，亲切。

已经有人到了，是他？他说过会第一个到。

分别50年，跨越半世纪，终又相见。四目相对，她不敢认他，这么瘦，是当年那个敦敦实实的小男孩吗？

"老同学，终于又见面了！"他向她伸出双手。

"是啊，又见面了！不过我们在电话里已见过多次。"她笑言。

一个月前，第一次接到他的电话。

"能听出来我是谁吗？"电话那头浑厚的男声，绝对陌生。

她本能反应，遇上"猜猜我是谁"的骗局了？电信诈骗花样百出，防不胜防。

他说是小学同学，她仍一脸蒙，直到他报出姓名，她脑海中才瞬间浮现一小男孩的身影，虎头虎脑，敦敦实实。

"记得记得,我们还做过同桌,对吧?"

"老同学,总算找到你了!我问了好多人,才要到你电话……"他说找到她,是想做一件事——寻找失散的小学同学,聚会!

"小学同学?这么多年不联系了,上哪去找人啊?"她明显没信心,似乎也没太大兴趣。想起小学毕业时,正值"文化大革命",贴大字报、批斗老师、停课闹革命,在一片乱糟糟、闹哄哄中,没有毕业证书,没拍班级集体照,互相也没留联系方式,就匆匆四散了。

"我们分头去找,总能找到!"他的坚定,不容她退却。

她答应试试,他盯住她不放:"你是班长,我就找你了!"

"班长?好像不是我吧?我只记得第一批加入少先队,当了中队长,手臂上两道杠……"她小学、中学一直都做班干部,但不是班长。

"班长、中队长还不一样?在我心里,你就是班长!我问了好几个同学都说是你,我就认定你了!"

分头寻找失散的小伙伴,比她预想的顺利得多,借助电话、微信,雪球越滚越大,很快就联系到30多人,可以聚会了。

"你怎么那么瘦啊?在马路上碰到,我肯定不敢认,小时候你可是胖嘟嘟的。"她伸出手去,握住的,是一双青筋暴露、骨瘦如柴的手。

"你没大变,还是那么漂亮,像阿庆嫂……"他眼中放光,看得她都不好意思了。

"那次大游行,你是不是扮演的阿庆嫂?"那是小学毕业后他唯一一次见到她。游行队伍中好几辆车,每辆车上是一部样板戏的人物造型。第一辆车是《红灯记》,李玉和高举红灯,铁梅搀扶着奶奶站在李玉和身边。第二辆车就是《沙家浜》,他一眼认出扮演阿庆嫂的她,看得他两眼发直。他心目中最漂亮的女生,那天更是美若天仙——黑亮的发髻;白里透红的鹅蛋脸;蓝印花布中式斜襟收腰衫,凸显出她的细腰丰胸;毛蓝布短围裙,裙摆随风微微飘动……好一个精明干练、婀娜多姿的小阿庆嫂,看得他如痴如醉，只顾一路跟着车跑。

"你是说刚进中学那年的国庆大游行？他们选我扮阿庆嫂，我还嫌老气，一心想扮李铁梅。"

"李铁梅那身装扮，土气！最漂亮的，还是阿庆嫂！"其实那后面几辆车，他一眼没看，只是傻傻地跟着《沙家浜》的车，眼睛一眨不眨地盯着阿庆嫂，追了一路。

"我那天一眼就认出你了，我一直跟着你们的车跑，你看见我了吗？"他眼中满是期待。

"没有啊！我都不敢往下面看，那么多人……"她似乎没注意到，他脸上一闪而过的失落神情。

同学们三三两两陆续到达，每进来一个，教室里就一阵欢呼，叫大名的，叫小名的，叫小时候绰号的，嘻嘻哈哈说笑打闹，瞬间回到当年的一（1）班。

"人到得差不多了，都找位子坐好，戴上红领巾拍照！"义务摄影师忙着招呼大家。

她把事先准备好的红领巾分发给同学们。

"谁帮我弄一下，我都忘记怎么戴红领巾了……"

"我来我来，我天天帮小孙女戴红领巾送她上学，熟练得很！"

大家乐呵呵戴上红领巾，一个个返老还童，重回童年。

掌声中她走上讲台，开场白三言两语，简洁干脆："亲爱的同学们，今天，2019年6月1日，我们相约重回母校，走进一（1）班教室，戴上红领巾，再过一次儿童节！我们小学毕业50年首次聚会的主题是：愿你出走半生，归来仍是少年！愿两鬓斑白的我们，永远有颗年轻的心！"

"好！这个主题好！"

"这日子选得好！"

掌声四起。

"其实,我开始定的是9月1日,我们相识结缘的日子,可有人想见面心切,等不及了。"她笑着结束讲话走下讲台。

在讨论聚会日期时,她率先提出:"9月1日怎样?开学的日子——当年我们在这一天相识结缘,首次聚会也在这天,很有意义吧?"

她精心选定的日子,他却反对。

"9月份?那还要等几个月,等不及了!"他语气急切。

"急啥呀!我们可以一边再找找同学,一边做准备工作的。"她是慢性子,又喜欢凡事准备充分。

"不能再等了,我恨不得明天就聚!不是有句话说,你永远不知道,明天和意外哪一个先来。说不定哪天我就一命呜呼了呢!"他最后这句自我调侃,她只当是玩幽默。

"别乱开玩笑了,有你这样咒自己的吗?"

"真不是开玩笑,我们中学同学,去年走了一个,上个月又走一个……"略一停顿,他轻声自语般喃喃,"我特别想见一个人,越早越好……"

"这么迫不及待,女生吧?小学就那么早熟?"她觉得好玩,没心没肺一通玩笑。

"你猜对了……"他爽快承认,"50年没见,真想看看她现在的样子……"

"还真是?"她惊奇地张大了嘴巴,怎么都无法想象,那个敦实憨厚的小男孩,竟是个早熟多情种,贾宝玉附身啊!

"好吧,被你的一往情深感动,满足你的愿望,尽早聚会!"

好奇心驱使,她随口问:"我很好奇哎,是我们班哪位小仙女,早早就搅动了一颗纯洁少年心呢?"

"暂时保密!以后告诉你。"

她不再追问,尊重隐私。

他们商定，把聚会提前到6月1日。她看了日历，儿童节，正巧周六，这日子不错，她马上拿出活动策划：再过一次儿童节，再戴一回红领巾——愿你出走半生，归来仍是少年。

"还是今天好，我们也等不及了，早聚早开心！"大家七嘴八舌，把她拉回到热闹的现场。

同学们依次上台，个个激动兴奋，感慨万千，大家发言中都表达了对他的感谢。也是，他的执念，促成了今天的聚会，或者说，是他的手指，拨动了同学们心里那根沉睡了50年的弦。

"其实，是我应该感谢各位同学的……我呢，只是动了这个念头，大家的积极配合，才使我心里埋藏了很久的愿望，终于能实现！"他的话情真意切，绝非客套。

"你们不知道，我……我也是有私心的……"他忽然笑而不言，微微脸红。

"什么私心？坦白！坦白！"下面一片乱喊，还有敲桌子的。

"本来不想说，可大家这么真诚谢我，我受之有愧……"他迟疑着，犹豫着，似乎在努力寻找合适的言辞。

"说呀说呀，别扭扭捏捏像个小姑娘！"下面又喊。

"人家不好意思嘛，我来帮他说！"她感觉此时需要有人给他解围，就站起来朝大家摆摆手，教室里立马安静下来。

"他说的私心呢，是想见当年的暗恋对象，这才动了发起聚会的念头。因了他这个念头呢，才有我们今天的大团聚……大家说，今天开不开心、激不激动？要不要感谢这位有私心的同学？"

"开心！"

"激动！"

"感谢！"

大伙儿热烈鼓掌，声声欢呼。

"小学就暗恋？你可以呀！我们那时还啥都不懂呢！"

"暗恋哪位美女呀？坦白交代！"

"对，坦白！坦白！"

男生大声起哄，女生交头接耳猜测。

"饭店来电话催我们了，我订的午餐时间是11点，走吧走吧，喝酒去！"他一挥手，转移开话题。

穿过校园，她感觉熟悉而陌生，突然觉得哪儿不对劲，少了什么。司令台呢？这可是母校的重要标志。

一回头，问走在身后的他："你还记得司令台在哪个位置吗？"

"就在这里呀！"他伸手一指，带她过去，"你看，树还在。"

果然，当年司令台旁那两棵参天老银杏，依然郁郁葱葱。

"对呀对呀，那时老觉得这两棵大树就像两个忠诚卫士，日夜守护着司令台。树还在，那司令台呢？"她目光四处搜寻，也没见司令台的影子。

"听说是移走了，只留下这两棵老树守在这里。"他伸手拍了拍树干。

他们忆起那时每天早晨在这里排队集合升国旗、做早操。

"你在台上领操，动作干脆利落、英姿飒爽，吸引了多少男生的目光，你知道吗？"

"是吗？我真不知道哎！要放在现在，也有不少粉丝了吧？"她笑道。

"那我肯定是你的铁粉啦！"他也笑道。

他预订的餐厅，三个圆桌的大包间，还配有卡拉OK设备。吃着、喝着、聊着、唱着，气氛热烈，情绪高涨。历经半个世纪的纯洁同窗情，在一次次举杯、一声声说笑、一首首歌曲里愈发浓郁……他压轴亮嗓，一曲《同桌的你》，把全场情绪推向高潮。

……

谁娶了多愁善感的你

　　谁看了你的日记

　　谁把你的长发盘起

　　谁给你做的嫁衣

　　……

他那嗓音，还真有点像老狼，略沙哑又有磁性。

　　那时候天总是很冷

　　日子总过得太慢

　　你总说毕业遥遥无期

　　转眼就各奔东西

　　……

他投入地唱着，目光频频投向她。

"那个人，不会是我吧？"第六感告诉她，极有可能。

　　……

　　谁遇到多愁善感的你

　　谁安慰爱哭的你

　　谁看了我给你写的信

　　谁把它丢在风里

　　……

他唱得愈发动情，大伙儿情绪也被点燃，全场合唱，高潮迭起。

她出国旅游，回来一下飞机就打开手机，一条长长的微信，他的。

老同学，我要向你告别了，永远。

还记得我们第一次通话时我说的话吗：你永远不知道，明天和意外哪一个先来。说不定哪天我就一命呜呼了呢！这是真话。当时刚拿到肝癌晚期诊断书，知道自己日子不多了，我想做的第一件事就是找你、见你！谢谢你、谢谢同学们，让我在还能走动、还能喝酒，也还能唱歌时，实现了这个愿望，真的很高兴、很满足。

见你之前，准备了许多想说的话，最终都没说。有件事，还是要说。还记得六年级时那次像章失窃事件吗？那个偷你像章的人，就是我。这是我这一辈子唯一做过的一次贼。那时每天看你在司令台上领操，胸前的红像章随着你身体的律动而跳跃，引起我无限遐想……那天体育课，你把外套脱了搭在椅背上，我人在操场心在教室，鬼使神差借上厕所的机会偷偷溜回去，摘下你衣服上的像章贴在自己胸口。那一刻，我感觉到你身体的温热，听得见你心跳的声音……我热血奔涌，心跳加速，全身酥麻，手脚颤抖。不知过了多久，也许几分钟，也许就一瞬间，我想把像章按原样还回去，可好像听见窗外有脚步声过来了，慌忙中把像章塞进裤袋，我就逃出了教室。后来看到你翻书包、翻抽屉找像章，我就想找个机会悄悄放进你的铅笔盒，可是已经有同学报告了老师，班主任说，毛主席像章能偷吗？这是反革命事件！我吓傻了，再不敢承认……亏得你跟老师说自己记错了，可能掉在其他地方，班主任才停止了追查。我悄悄问过你，真的记错了吗？你说没记错，肯定是哪个同学喜欢拿去了，不想看到自己同学被打成小反革命，才跟老师这样说的。你的善良，让我逃过一劫，我永生感念。

好了，总算对你说了一直想说的话，说出来就轻松了。

没力气多打字了，再见！下辈子有缘，我们还做同桌！

读着这长长的微信，她的心一阵阵抽紧，抽得生疼……

到家扔下行李，就给他打电话，接电话的是个女人："你快来吧！我老公不行了……"

下班高峰，一路堵车，大雨天更是堵成了停车场。她赶到医院，还是晚了，病床已空，他妻子泪流满面收拾着东西。

"他查出肝癌晚期，医生说不能喝酒，你们同学聚会他高兴，喝了不少，回来就不好了……他昏迷中老喊你的名字，我问要不要打电话叫你来见一面，他又死活不肯，说不想让你看到他最后的样子……"这个憔悴的女人，声声哽咽，令人心疼。

"你……怪他吗？怪我吗？"她自己也不知道，为什么要这么问。

"我谁也不怪，要怪，就怪命。"女人擦了擦眼泪，抬起头，"他对我很好，我有病不能生孩子，我想离婚让他再找一个。他不离，和我过到现在。你，只是他心里一个念想，不影响我们生活的。"女人憔悴的脸上，挤出一丝苦笑。

"我……一直都不知道……"她词穷，不知说啥好。

"我也一直不知道，直到他昏迷中叫你的名字……"女人眼神呆滞，一脸麻木。

走出医院，她心里很空，又很乱。那些往事，一幕幕在眼前上演；那些细节，枝枝蔓蔓在心头缠绕。走着想着，她反复自问：如果明明白白告诉他，自己从未在人群中多看他一眼，那对他，是无情的残酷，还是轻松的解脱呢？

王季明

暴　走

从锦溪阿佤酒店吃过晚饭后出来，马路上除了几盏昏暗的路灯或明或暗鬼鬼祟祟亮着，天已漆黑一团，宽阔的锦绣路上空无一人，连辆车子都难见到，空气分外清冽，不过若有若无的零星小雨飘在头上，还是有些小小的讨厌。

我对董锦虎说，从来没有吃过佤族人做的菜，今天吃了，算是开眼界了。

董锦虎说，也只有我们这个古镇上有，其他地方真要找还难呢。

田丽嘴里哼了一下，吐出两字："难吃。"

或许我与董锦虎说到佤族，一边的陶陶突然亮起嗓子唱起小时候的歌儿《阿佤人民唱新歌》："村村寨寨嗨打起鼓敲起锣，阿佤唱新歌。共产党光辉照边疆，山笑水笑人欢乐，社会主义好嗨架起幸福桥，哎，道路越走越宽阔……"

陶陶唱到此处，有意停顿了一下，在暗暗的路灯下看了我们仨一眼，我们如同触电一般，不由得齐声吼起最后一句："江三啰。"

吼完后，四人相视一看，发出的阵阵笑声在空旷的锦绣路上空回荡。

总以为这样说说笑笑，可以回到董锦虎所在古镇的家里，喝茶聊天玩扑克，不料，田丽却提出说能不能暴走。

陶陶摇头说，刚吃过饭，暴走对身体不好。

田丽说，我只说能不能，没说必须。这样吧，先散步消消食，再暴走怎么样？

陶陶问我怎么想，我明确说，散步可以，暴走免了。

陶陶问董锦虎怎么样。

董锦虎说，天气不好、路况不熟，赞同蒋民意见。

陶陶笑了，看着田丽。

这下田丽总得改变主意吧，不料她却坚定地说，我不能强求你们与我一起暴走，但是你们不可能阻止我的暴走意志。

此话一出，我们面面相觑，董锦虎说，一个女人怎能独自夜里暴走？

田丽嫣然一笑，轻轻用肩膀撞了董锦虎说，为我着想，那就保护我暴走。

董锦虎尴尬地看着我与陶陶。

虽说心里厌烦田丽这件事的做法，但四人也算小团队，从没红过脸，看情形董锦虎为了田丽安全需要陪她。我想了想，只得无奈地说，那就先散步，后暴走。

田丽一听，得意地跳起说，陶陶，你不暴走也得暴走，3：1。

陶陶见大势已去，嘟囔着说，那好，不过有个条件。

田丽说，请讲。

陶陶从怀里拿出计步器说，每次外出暴走，都是事先经过筹划讲究规矩，这是为了安全，到了锦溪更不例外。我只想问，暴走多少公里，必须讲清楚。

田丽说，我们都是老暴，暴多少还用得着你那破计步器？这算什么问题呀，我只想说，面对如此美好的深秋、美好的小毛毛雨、美好的湿润新鲜空气，我就觉得自己犹如饥饿者面对一桌美味佳肴，若是不吃，不是暴殄天物又是什么？

陶陶有些烦乱，说，田丽，你别那么美好美好，弄得像个诗人一样，你就直说，到底暴走多少公里，否则我宁可独自回董锦虎家睡觉。

我跟着说，陶陶说得有理，暴走多少得说清楚。

田丽说，那就暴走周庄一个来回。

陶陶说，周庄一个来回到底是多少？

田丽胸有成竹，来之前，我做过功课，锦溪到周庄12公里，锦溪到同里22公里，周庄到同里15公里。

我们明白，暴走周庄一个来回也就24公里，以日常暴走时速，用不了3小时即能完成，不算多大事儿，既然心知肚明，也就无话可说。

散完步回到董锦虎家，换上反光背心与运动鞋，戴上圈形头灯，下楼来到小区门口，整个马路一片寂静，狗叫声都没有。

田丽说了两字，起暴。我们撩开脚丫，沿着锦绣路往周庄暴去。

天黑路黑，两旁高大的梧桐树也是黑的，宽阔的马路上，零星的雨滴在头顶与身上飘散，微弱的头灯光下，除了反光背心与运动鞋不时划出一丝丝白光，只听到八双运动鞋在黑的路面上沙沙作响。

忽而空中刮过一阵秋风，寂静的马路两旁，高大的梧桐树叶发出呼啦啦的声音，好几片叶片从空中晃晃悠悠从眼前飘过，叶片绿中带黄，黄中带黑。抬头看树，却听见地上发出细音，几片干枯蜷曲的叶片，在风的吹动下，像古怪的精灵不断朝前翻滚，煞是好玩。紧暴几步，想去踩它，听听枯叶的脆音，它却不动，原是被小片水渍粘住，于是跨过水渍，继续前进。

没想到，我们刚由锦屏路转向锦团路时，暴在最前面的田丽突然一个刹车，尖叫道，棺材，棺材。

漆黑的夜里，田丽突如其来的尖叫声，把我们吓得不轻。

转弯角的锦团路路口，确有一个黑糊糊的东西一动不动地卧在那里。我眼尖，一眼看出是辆黑色小车。

陶陶也看清了，说，田丽你眼睛有病啊，那是车子。

说着，我们已经到了小车跟前，借着圈形头灯的暗光，发现这是辆很少有人开的老式桑塔纳，车身、挡风玻璃与车门上方窗玻璃肮脏不堪，奇葩的是这种破车窗玻璃上还贴着深膜。陶陶用手蘸了口水，朝驾驶座上的车窗玻璃上擦了个小圆点，眼睛贴上去往里一看，空无一人，发现车钥匙却挂在方向盘下。这前不靠村，后不巴店，这车停在这里干吗？

田丽说，估计没油了。

这时董锦虎凑上小圆点一看，说，表上油箱满的，车钥匙也在，这就奇怪了。

田丽说，应该是抛锚了吧。

陶陶围着小车转了一圈，说，这车浑身上下都是干透的泥浆。

陶陶说完又用脚踢了踢轮胎，说，轮胎瘪了，又没牌照，估计这车不是抛锚车，就是僵尸车。

陶陶话说完，天空突现秋天极少见的电闪雷鸣，原本零星雨滴陡然密了，成了铜钱般大。

这雨来得突然，且又凶猛，像是一盆水兜头从天空中浇下。

看看四周，除了笔直的马路与两边整齐的树木，见不到任何避雨的建筑物。

我说，早就知道今晚有雨，现在怎么办？

陶陶说，怎么办？问田丽，她不是吵着要暴走吗？

田丽说，脚在你们身上，不是我拉着你们的。

我说，这个别争了，现在是进还是撤，摆句话出来。

黑暗里陶陶瞪大眼说，撤。

田丽说，撤能躲得了这雨吗？干脆使劲暴，暴到周庄，打的回去。

陶陶说，你想发神经是你的事，我与蒋民立即撤。

陶陶说完看着董锦虎。

田丽发狠说，随你们便，反正我要暴到周庄。

说完，田丽有意高举双手，大声说，让暴风雨来得更猛烈些吧。

这时，董锦虎说了，我是主人，你们是客人，撤。

田丽还想说什么，董锦虎上前一把拉住她。

田丽只得说，撤就撤，你别拉我。

董锦虎松了手，我们四人在大雨中转身往回跑时，那辆僵尸桑塔纳驾驶座边的车门猛地弹开，把撤在最前面的陶陶吓得大叫一声。

紧随其后的我们吓得一下止步。

陶陶指着桑塔纳的车门叫道，门，门，门怎么突然弹开啦？！

我说，不会是你拉开的吧？

陶陶吓得直往我身后躲着说，我拉个屁呀，自己弹开的。

董锦虎说，弹开就弹开，你怕了？

董锦虎走到弹开的车门前朝里一望，说，车里没人，怕什么？

雨越下越大，风越刮越猛，空旷而又黑幽的马路空无一人。

我说，这样下去不行，不如先进车内躲雨为好。

董锦虎说，这个主意好。

陶陶在我身后说，要进你先进。

我说，行啊。

我去拉副驾驶室门，没拉开，再绕着车子，依次拉了后两扇门同样拉不开，只得从驾驶室门钻了进去，顾不得车内一阵尘土飞扬，爬到后座。

陶陶跟了进来，边往后座爬，嘴里边骂道，狗日的车内怎么那么多的灰尘啊。

田丽站在车外不动，说，我才不愿进这僵尸车呢。

董锦虎没说话，轻轻一推，田丽只得钻了进来，坐到副驾驶座，董锦虎坐到驾驶座。

陶陶说，我说僵尸车你们不信，否则车内怎能有那么多的灰尘呢。

没人搭理陶陶。

这时我们听到车顶上响起噼噼啪啪的声音，董锦虎把手伸到车门外，说，怪事，不但下雨刮风，还夹有冰雹。

董锦虎随手关了车门，就像开自己的车一样，习惯性地拧动车钥匙。我一见，大声叫道，别动。

董锦虎吓了一跳。

我说，这车一动，别人以为我们偷车。

董锦虎说，你激动什么，车坏了，想动也动不了。

董锦虎转了钥匙，什么声音都没有。

漆黑一团的车厢里，我们浑身上下湿透，头灯上的微弱光线互照在各自身上，成了四条黑影。

董锦虎说，这样下去不行，有困难找警察，打110吧，你们谁带了手机？

我们都知道董锦虎这是白问了。外出暴走，谁会带手机。

陶陶说，反正僵尸车里成了僵尸，只能等雨停了再说。

田丽说，狗嘴里吐不出象牙，你才是僵尸。

前方马路射来两道耀眼的小车灯光，只见它冲破雨帘飞驰而来，嗖地飞驰而过，飞溅的雨水哗地射向我们坐着的桑塔纳车身上，车身像被狠狠地拍了一巴掌，响起了轰的声音。

其实一看到远处小车的光柱，我的汗毛就不由得竖起，身子也跟着哆嗦。

陶陶说，蒋民，你抖啥？这一抖，身上雨水都碰到我身上了。

我没理睬陶陶而是探身急切对董锦虎说，把方向灯打开。

董锦虎说，你以为我不懂吗？车灯不亮怎么办？

我慌了，说，车灯不亮，又在下大雨，这车停在转弯角，非常危险。

陶陶说，危险个啥呀。

我说，万一来了大车，一不留神撞过来怎么办？

田丽立马从座位上跳起来说，对对对，若是大车撞来，首先我就死翘翘。不行，董锦虎，你得让我下去。

陶陶说，田丽，你紧张什么呀？

田丽说，你想成为僵尸是你的事，我非得下去，董锦虎你开门。

陶陶说，蒋民啊，你真是没事找事，从阿佤酒店出来到现在，好歹也过了一两个小时了吧，你见过多少车？

我说，屈指可数。

陶陶说，这就对了嘛，这地方离G15沈海高速出口处远着呢，本来车少，何来大车？你真搞笑。

我说，万一真有大车过来呢？

陶陶说，就算大车过来，驾驶员的眼睛难道是用来出气的吗？

黑暗里我有些火了，说，车子之所以出事，十有八九就是驾驶员眼睛出气。

田丽说，董锦虎你开车门呀。

董锦虎愣在驾驶座上一动不动。

田丽火了，你为何不开车门！

董锦虎说，你以为我不想开吗？问题是车门没法打开。

这一说，微光闪闪的车厢里鸦雀无声，一种紧张的空气弥漫开来。

田丽拖着哭腔说，怎么可能打不开车门呢，刚才不是开着的吗？

董锦虎说，我关上了，可是现在打不开了。

陶陶也慌了，怎么打不开呢，我们再看看边上的车门能打开吗？

我们动了起来，车门死死咬住。

我说，只能打开车窗爬出去。

各自摇动车窗把手，四扇窗像被焊死。

田丽怕了，我也怕了，董锦虎与陶陶怕不怕我不知道，但被困在封闭的车厢里，他俩的不安是显然的。

董锦虎说，看看座位四周有没有硬器。

董锦虎这一说，我马上明白，那是准备砸窗。

车内连根针都没有。

田丽急了，忙用拳头击打座位上方的窗玻璃，除了响起轻微的嘭嘭声外，纹丝不动。

田丽冲着陶陶叫道，你是死人啊，敲呀。

陶陶用肘子击打窗玻璃说，我是僵尸我能行吗？

陶陶果然不行，我与董锦虎也不行。

这时，我们发现，来到锦溪10个小时不到，很少在"锦"字带头的马路上见到的车子，在这深夜里一辆辆出现了。小车为主，其中夹杂着大客车，他们闪着耀眼的车灯，一辆辆从我们身边呼啸而过。

我说，不是有大车吗？

陶陶有些愤怒，说，蒋民，都是你他妈的招来的。

我说，我有这本事吗？

陶陶说，先前你没提车，我们很少见到，现在怎么都出现了呢？且还有大车。

这真是怪事，可我怎么知道呢？

董锦虎说，别吵了，烦死人了，统统系上安全带。

董锦虎与田丽系了，可这辆破桑塔纳后座根本没有安全带。

董锦虎不吭声，双眼注视着窗外。

雨夹着细颗粒冰雹越来越猛，不停地抽打着车身，发出阵阵杂嚣。

董锦虎把身体往后仰着，慢慢抬起双脚，他想蹬掉前面的挡风玻璃。

暴走没成，路途中反遇这等烂事。

现在说谁的不是都不重要，重要的是董锦虎双脚能蹬掉眼前的挡风玻璃，让我们各自能爬出去就行。

风啊，雨啊，小颗粒冰雹算不了什么，只要尽快离开僵尸车，跑向董锦虎家，美美地洗个热水澡，换上干净衣服，轻轻松松喝杯热茶，一切都会烟消云散。

董锦虎准备蹬玻璃时，车屁股砰地响了一下，我们顿时呆如木鸡，一动不动。

车子被撞了？不像，可这声音四人听得清清楚楚。

我与陶陶扭头往后看，该死的后座上方的玻璃漆黑一团，什么也没看见，但是后车身却在慢慢动着，而且后车身像被什么东西抬起，我与陶陶的身子明显往前倾斜。

更离奇的是车子动了，不是往前，而是向后。

陶陶反转身子，把眼睛贴到后座挡风玻璃上往外看，半晌惊叫，车子被拖了。

车子拖了？车子怎么可能被拖呢？又有谁会在这雨的夜里拖这辆破车？

公安？清场公司？废品公司？

我们不知道。

我们紧张着，田丽却放松了，说，车动总比车死好。

董锦虎说，对，比我用脚蹬强多了。

我说，会把这破车拖到哪儿呢？

田丽说，管他拖到哪儿，到时下车就行。

我说，万一拖到很远的地方呢？

田丽说，拖得再远，不可能离开昆山，到时，我肯定让他们用车送我们回去。

陶陶闭着眼睛不说话。

田丽说，陶陶你睡着了？现在可不能睡着啊。

陶陶冷笑说，我睡着了吗？我是在想昨天看过的一部美剧场景。

田丽说，看就看，冷笑啥呀。

陶陶说，那部片子里的制毒老头，把人整死后，放入车里，送到废车场。

田丽问，废车场怎么啦。

陶陶说，报废。

田丽紧张了，不安地扭动着身子，问，你不是说，车里有个死人吗？难道废车场不检查一下吗？

陶陶说，这个我不知道。我只知道片子里，老头把车子送去，废车场就会把车子吊起，碾压成一坨方方正正的铁块，随后垒好打包送往钢铁厂回炉。

田丽突然醒悟过来，尖叫道，那我们这车是不是也是……

陶陶摇摇头说，我不知道。

田丽说，你不知道，你为何这样说？

陶陶说，不是我这样说，片子里这样说的。

田丽愤然地说，说这些不吉利的事，你居心何在？

董锦虎冰冷地说，他又不是第一次。

我强作欢颜说，田丽，陶陶喜欢开玩笑，他随便说说，你随便听听。

田丽把怒火发到我身上，这事能随便说说、随便听听吗？

半个多小时后，车子渐渐慢了下来，进入一个空旷地，一根电线杆的顶端绑着一只小太阳，在雨中亮着刺眼的白光。白光下，我们看到四周都是一坨坨垒得整齐而又高高的铁块。

一看就知道是被处理过的废车。

车子被拉到空旷地的一角，停了。

我们从挡风玻璃处往外望去，整个空旷地跳入眼帘。高高的小太阳旁，是一台起吊机与蟹钳一样粗大的铁钳，它的一边还有一把在风雨中摇晃的大铁锤。

董锦虎倏然回头，眼神像锋利的刀片划过陶陶的脸，田丽扭头一动不动死死地盯着陶陶的眼睛，我不由自主地用湿漉漉的身子狠狠地撞了撞陶陶的身子。

　　陶陶惊恐地看着我们，声音颤抖地说，你们这样做啥？又不是我拖你们到这里来的。

魏　勇

横街往事

太阳刚照到街东头秀南桥的石栏上，横街便开始热闹起来了，去买菜买大饼油条的、生煤饼炉子的、扫门前街的，招呼声声，还有跳橡皮筋的女孩，童声清亮。

这是一条傍河的小街，青砖铺就，长300多米、两三步宽。街两边大部分是砖瓦平房，对门、隔壁人家仅几步路，串门如同串家门。

顾师傅像往常一样，取下了客堂里的排门板，依次排齐，放到了屋角里，靠街没窗的屋子里顿时亮堂起来。一股弄堂风吹来，虽有点凉丝丝，但很惬意。

"王家阿爸，这么早就在外边吃茶啊！"他同坐在街对过的隔壁邻居打着招呼。

"勿早了，《芦荡火种》都听完了。"

"真是个沪剧迷！丁是娥（饰阿庆嫂）要请你吃饭了——冷哇？"

"还好，开春了，天还暖了。"王家阿爸见顾师傅又坐到了大"窗"台前，"礼拜天也勿休息啊？"

"哦，还有几只收音机要修。再讲反正也没啥事体，习惯了。"

其实，这两天他很忙，还正在研究横街的稀罕物——彩色电视机，听说那个石库门里的局长家前两天买了一台匈牙利的,兴许今后中国也会流行呢,他如不懂是要坍台的。

这房子顾师傅已租借20年了,跟儿子同岁。以前可能是开店的,1米高以上是一开间的排门板,这正合顾师傅的意。他曾是部队的通信兵,所以会摆弄电视机、收音机、电唱机一类的电子产品,现在已成了他的业余爱好。他为此还特地用木板自己做了个长条桌,材料、工具都摊得开,空下来边捣鼓边和路过的邻居聊聊天,蛮开心。后来整个一条街的机子,除了买的材料他都自然而然地免费包了,而邻居只要是碰到电器一类的问题都习惯找他,不管他懂不懂。起初有些邻居为表谢意偷偷硬塞给他钱,他认为是跌他档次,断然拒绝,当然也害怕被人割资本主义尾巴,所以大家平时就以邻居的情分若无其事地给点山芋、鱼虾什么的。他也不好回绝,过一段时间也找个理由去还礼。

儿子阿刚去年底来电话说有战备任务暂时不能联系至今,完全没了他的音讯。按道理说解放军班师已24天,阿刚早该有消息了,不要说电话电报,就是写信10天也能到了。

他越想越急,渴盼快点听到阿刚的消息,但他又不想让老伴知道他在急,她会更急。他也不知怎么联系部队,去县里问,说部队的事是军事秘密,叫放心,再等等。

外边一阵噗噗噗的摩托车声,不看也晓得是那个大块头。嘭!然后有人吵了起来。他探出头,像是撞翻了17号李阿婆的煤饼炉子。据说,当时县里有七辆幸福牌,都是贩香烟、贩水产发了财的,因为投机倒把,个个都被抓进去过。他们还喜欢飙车,结果现在只飙剩下大块头一个了,也是伤腿断肋骨的。他摇了摇头,想起阿刚,不由得感到一丝欣慰。

"请问这是顾勇家吗?"有几个人在门外,还有穿军装的。

老伴闻声从里屋走了出来,把一行人请进屋。他们不肯坐,看样子也不像是来立功报喜的,顾师傅心里有点七上八下。

"这是民政局张副局长,这是武装部赵副政委……"一个中年妇女迟疑了一下,不自然地介绍起来。

那个张副局长突然双手握住了他的手,而赵副政委则是啪地一个敬礼,两人你看看我我看看你,谁都不先说话。气氛有点窒息,他的心提到了嗓子眼上。又是那个中年妇女,包里拿出一张什么,机械似的念起来。当听到"牺牲"两个字时,他的脑袋嗡地一片空白,心像被掏空了一般,而老伴则一下子瘫倒在地。

他已不记得他们是什么时候走的。

老伴不知是睡了,还是撕心裂肺无力睁眼。他轻轻地擦去了她眼角的泪痕,这也是他第一次这么仔细地看她,生活的操劳全显现在她的脸上,双手也因长期的家务活而变得粗糙,还有好多细口子,里边黑黑的。阿刚和阿芳是她从小一泡屎一泡尿一个人拉扯大的,他因腿脚不便,老伴都不让他动。他不禁有一种深深的愧疚感。

阿刚的包裹放在五斗橱上,从遥远的云南转来的,这是儿子留给老两口的最后一点念想。他捧起包裹,仿佛还能感受到儿子的一丝体温,但他没有勇气打开,里边都是阿刚没带上前线留在驻地的物品,应该还有遗书——随身的炸没了。他的心口突然撕裂开来。

他到客堂间翻出了一个木箱子,倒出了里边的东西,找一块绸布,认认真真地铺在箱底,把包裹小心翼翼地放了进去。为了不让老伴看见,他特地把箱子藏在了自己搭的阁楼上。装了木肢的左脚有点隐隐的痛,他爬得很吃力。

从木梯上下来后,他无意识地又坐到了那张摆弄了几十年的桌子前,他的脑子乱乱的,不知要干什么。

"爷叔!爷叔!"敲桌子的声音,"你怎么啦!"是南拐角的阿丁,提着个水桶，公用水龙头离他家有80米左右，每天拎水是他的任务，顺便来取修好的半导体。

"几佃啊，爷叔？"

"算了，勿要了。"此刻他不希望有人来打扰。

"这怎么行！你不是还换了二极管和线圈了吗？"

"我说不要了！"他蓦然火气大起来。

阿丁有点愕然。"好，好，那我谢谢了！晚上过来吃酒好否？我有一瓶七宝大曲。"说完，拎着水桶哼哧哼哧地走了。

他突然想起了什么，摸出来人给他的信封，愣神了一会儿，有点颤抖地慢慢打开，里边是50张崭新的10元人民币。不知不觉有几滴泪落在了上面，他慌忙用衣角内里轻轻擦去。重新爬上阁楼，放在箱子底下藏好。

他进去看了看老伴。老伴梦里突然抽噎了一下，随之长长地叹了一口气。他有点心痛，轻轻退了出来，关上房门。他不想惊动她，就让她睡吧，或许睡着了，就不痛苦了；或许这样永远睡着了，也就一了百了了。

他突然想哭，痛痛快快地哭一场。

他冲出后门。泥场地角上那棵无花果树虬枝斜逸，已冒出了一片片绿茸茸的嫩叶，无花果的香是一种特别的味道。这是阿刚最喜欢攀爬的树，从这根枝丫跳到那根枝丫，像一只小猴子。有一年夏天，他10岁，去捉树上的天牛，被正在享受红果的黄蜂蜇得鼻青脸肿，他不但不叫痛，还拿着弹弓重新爬上去，说要弹光才肯下来。他喜欢这种性格，这也是自己想让他当兵的原因。

顾师傅双手抱着树干，额头贴在树上。他觉得有点对不起儿子，儿子高中毕业是想去考体育学院的，是他硬让阿刚去当兵的。当初，抗法援越需要懂无线电的通信兵，他便抢着报名，为的是想立功当英雄。哪知刚入越南就因翻车而被压断了脚，留下了一生的遗憾。但英雄主义情结一直挥之不去，他希望儿子去替他实现。他也始终认为，参军就像是举行了成人礼，才能吃得起苦，才能懂事。再说，这么大的国，也总得有人去守，儿子应该也是理解的。只是事情轮到自己身上，还是忍不住地伤心。

他忽然冒出一念，想让妹妹去接哥哥的班。不知老伴同意吗？

手有点痛，原来指甲深深地抠进了粗糙的树皮里。

黄腾在岸边的杨柳间跳跃、鸣唱，远望是一排溜吐满了嫩芽的淡黄色。又是一个春天——已经整整盼了两个春天，从此将永远盼下去……

他想干点什么。走进小棚子，拌起了煤渣，然后在煤饼机和木榔头上包上破布，以减少声音，敲起煤饼来，狠命地敲。一身汗后，他居然把一个月的计划全敲完了。

"顾师傅，顾师傅！正寻你人呢。"王家阿爸隔着篱笆在叫，"帮我看看我的飞乐，搜不到台了。"

修不完的修，到底是为了啥？他忽然觉得这生活很单调、很枯燥，一点意思也没有。

"嗨，顾师傅！"见他没反应，王家阿爸摇起了竹篱笆，"怎么像丢了魂似的？我在这儿呢！"

他回过神来，朝对方看了看："我……今天……有点不舒服。"看着王家阿爸焦急的神情，又觉得不妥，都是邻里邻居的，他好像又有了一点责任。

他抬了抬墨黑的手，示意一下："放前边台子上吧。"

说着走下水阶石。

柔和的阳光照在缓缓流淌的沈泾塘上，水中有几只鸭子在追逐嬉闹，浮萍被啄得分散开来，随着河水向南飘去，飘向5公里外的黄浦江。这条古老的小河几百年来都是这么伴着静静的横街，静静地流着，冲走了风云变幻，冲淡了沧桑岁月……

他长长地吁了一口气，走回客堂。

王家阿爸还在："你听听，全是嗞嗞声。嗳，刚才那些人来做啥？"

"放这儿吧。"他打断了王家阿爸的话，眼泪又不觉要冒出来，强忍住了。

"谢谢！谢谢！"王家阿爸连连作揖，"没有半导体我可活不了啊！"这个老戏迷，每天两顿老酒，听听戏、串串门，无忧无虑。

"吃喜糖了！吃喜糖了！我儿子结婚！"是卫生局长老婆的声音，一路叫过来，高分贝振荡在小街上。

他不禁有点恼火。

她儿子和阿刚是同学，一起去体检的，但不合格，说是腿有软骨症，一般很难查，正巧给他检查的是个什么专家。阿刚当了两年兵，他打了两年架，壮得像条牛，居然有软骨症。才二十出头就结婚了，估计是家里想让他收收心。

他赶紧起身想躲进里屋。

"顾师傅，请吃喜糖，我儿子的！望他早生儿子早省心！"哗地一大把大白兔奶糖撒在桌子上，"什么时候吃你家的呀？"

不知怎的，他突然泪流满面……

王　斌

文采有趣

宋仪岚和章嫣笑是同事，都在雉雄集团桥边公司工作，都是副课长。雉雄集团桥边公司是一家在上海的日资企业。日企里的中层，大都不叫股长、科长、部长等，而叫课长。公司虽然是日本独资企业，但从主管到中层绝大部分都是中国人，只有办公室里的会计师栗原贞美子是日本人。在一个公司工作，大家都知道宋仪岚和章嫣笑是无话不聊的闺蜜，生活、学习、工作上互帮互助是自然的事了。

有一次，宋仪岚受副总经理桥本正雄的指令，起草一份说明，其中有句文字是："副总经理的讲话录音不允许发给课长们听。"这句话正好把副总经理指令的意思写反了，副总经理要求将他在经理会上的季度业绩解读讲话录音发给当天没有资格参加会议的课长们听。由于时间紧，说明写好了，副总经理未来得及认真看，就签字让宋仪岚印刷160份下发到各地子公司、分公司和各部门，然而说明印好后，陪宋仪岚加班的章嫣笑发现了错误。此时，桥本正雄已经乘飞机去日本东京本部开会了，可能飞机已经着陆，无法再让他签字重印。再说，发生这样的差错，即使能够改正重印，宋仪岚也会受到严厉的处罚。日企里的小头头们在这方面都非常严格，根本就不通人情。

宋仪岚吓了一跳，浑身冒汗，衬衣都湿了。章嫣笑见之，说："别急，想办法补救。"

宋仪岚紧张得话都说不成句，问："能……能……有什……什么……办法？"

章嫣笑没有多说话，拿起说明看了一会儿，抓起桌上的水笔，在这句中间加了个逗号，便成了"副总经理的讲话录音不允许发，给课长们听。"她在桌子上拍了一下，说："搞定。哈哈，来，拿水笔同我一起把每份说明上的这句话都加个标点，最好细致点，描得同印刷体差不多，那就更好了。"

宋仪岚一看，果然把说明中这句话的意思由反改对了，心刹那间就像块悬着的石头落地了，便轻松起来，立刻与章嫣笑一起在两字间加标点，仅用半小时就大功告成，避免了一个有可能受到处分的差错。

章嫣笑是集团中有名的才女，经常在报刊上发表散文、诗词等。这一天加完班之后，章嫣笑开车送宋仪岚回家，路上，自然要说说话。

"一个标点显文采啊！"对刚才加在说明那句里的一个神奇标点，宋仪岚依然还在感叹，"文采真是个好东西啊！"

"不，文采是个有趣的东西。"章嫣笑潇洒地打了一把方向盘说。

"说文采是个好东西是因为它有用啊！"宋仪岚偏头看了章嫣笑一眼，用欣赏的口气说，"唉……今晚就派上用场了，化解了一场虚惊。"

"不光如此，也可以把今天上午桥本副总经理在4801办公室同夏鹤红发生的洗面奶这个有趣故事记载下来。"章嫣笑用一种阴阳怪气的口气说。4801其实是4号楼801号办公室。

"嫣嫣，你可不能冒犯桥本正雄啊，他虽然是中国人，但他用的是日本名字，在日本东京安的家，在日企里当副总经理。我提醒你，当心自己的饭碗。"宋仪岚严肃而认真地说，"大美人夏鹤红是桥本正雄副总经理的心肝宝贝，全公司无人不知，在他俩的故事上显文采，弄得不好如同羊去挑战狼那样，岂不是作死。目前流行一句话，叫要想死就作死，不作死就不会死，何必呢？"

"看来，文采在这种情况下就派不上用场了吧。"章嫣笑依然是那副不愠不火的神态，"但是，你没有想到吧，文采却是个有趣的东西，能够写很多有趣的故事，或者说能够把很多故事写得很有趣。"

"呵呵……既然如此，今天晚上在说明上加一个神奇的逗号这个故事很有趣，你写出来呀。"宋仪岚说。

"虽然有趣，但它是你的故事，我不写。你可以说给别人听。"章嫣笑把车开进了宋仪岚家住的小区门口，放慢速度，"呵呵……4801办公室洗面奶的故事倒可以写。"

"那你写给我看呀！"

"你先回家辅导儿子做作业。我回家写好后，微信发给你。"说着，车已开到宋仪岚家的楼下了。

晚上9点多，章嫣笑果然在微信上给宋仪岚发来一篇颇有文采的散文，题目就叫《洗面奶是个有趣的东西》，文中写道——

  冬天的上午，上海，阳光明媚，轻风拂面。

  桥本君步履轻快地走进充满阳光芳香的4801办公室，夏鹤红正好走开了，她的桌上放了瓶酸奶，桥本君想都没想，拿起来就喝了。他时常而且最爱喝夏鹤红买的奶，不管是鲜奶还是酸奶，都十分喜欢。

  正在此时，隔壁办公室的同事栗原贞美子跑了过来，一惊一乍地说："我的洗面奶夏小姐说放在桌子上，怎么不见了呢！"

  桥本君听了，嗫嚅地问："洗面奶味道是和牛奶一样吗？"

  "和牛奶的味道差不多呀，洗面奶本身就含有牛奶。再说洗脸时会流进嘴里，味道不好谁会用它呀。"栗原贞美子为了强调她的洗面奶珍贵,尽量往好的方面说。

桥本君没说话,只是默默地退了出来,去了洗手间,手指塞进嗓子里一顿狂抠,把喝进肚里的东西拼命地吐出来。

好不容易吐得差不多了,桥本君眼泪婆娑地回到4801办公室,只见栗原贞美子抱着一个瓶子说:"吓死我了,洗面奶滚到桌子下了,买它我花了6万多日元哩。"

听到这话,桥本君心里被猛然地撞击了一下。更没有想到的是,他还没来得及平静,栗原贞美子又说:"我的酸奶,怎么也不见了呢?明明就放在这里呀!真是见鬼啦。"

桥本君心里不由得燃起了愤怒的火,对这位董事长的宝贝千金说:"见鬼不是你,是……是……是夏鹤红。你喝的酸奶和你用的洗面奶,都让她拿过来放在办公桌上,难道不是见鬼了吗?"

"嗨!桥本君。"栗原贞美子一下子正经了起来,"下午夏小姐要陪您回日本开会,她说您喜欢喝牛奶,要在东京为您买酸奶,为她自己买洗面奶,她拿过来是事先做个品牌规划。"

桥本君听之,无语……

下午两点,上海,阳光依然明媚,桥本君同夏鹤红小姐飞往东京的航班按时起飞。

晚上7点,东京,夏鹤红小姐买了一箱荷兰爱他美牛奶和一瓶日本瑰密洗面奶。桥本君开完会回到家,被妻子推倒在榻榻米上滚床单,好久好久……

晚上8点,上海,神奇的逗号和文采这个故事发生了。

宋仪岚看完了,尽管云山雾罩地不知所以然,但觉得故事挺有趣味,便打着哈欠在微信上问章嫣笑:"洗面奶故事真的很有趣!故事是真的吗?"

"真的,今天上午发生的。"章嫣笑的回复瞬间就发过来了。

"干嘛用的都是真名字呀,可以用化名呀。"宋仪岚尽管发困了,但还是打出这句话发过去。

"假如文中用化名,发表后公司的人就猜不出来吗?"章嫣笑发来一句反问。

宋仪岚没有回复,她困了,已经睡着了。她做了个梦,在梦中,章嫣笑的文章发表了,受到了栗原贞美子的高度称赞,说是文章中桥本君和夏鹤红都表现出了地道的异国情调和土著精神,难能可贵,因此桥本副总经理被提升代理总经理,宋仪岚也得到了晋升。没过多久,夏鹤红也被重用了。章嫣笑是否被提升?宋仪岚在梦中问了好多人,都没有打听到消息。她又梦见说明中的一句话把"辽阔"写成了"广阔",因此她去了辽阔的东北和开放的广东旅游一圈……一夜皆梦,直到天亮。

闹钟叫醒了梦中的宋仪岚,睁开眼睛,想了一遍夜里做的梦,便拿起手机,点开章嫣笑的微信,给她发了一句话:"文采真的很有趣,真的……"然后,她一骨碌跳了起来,拉开窗帘,看见窗外面的阳光刚刚升起在地平线,晨曦美丽而宁静,似乎在对她唱歌……

床下藏愚

今天是愚人节，罗欢燕想愚弄一下老公诸葛英俊，她在家里留了一封信："咱俩离婚吧，我根本不想再和你一起生活了。"写完信，她躲到了床底下，观察老公回来看到信的反应。

中午，诸葛英俊回家了，只见他读完信，在信纸上写了一行字，便拿起手机，拨了个电话，大声说："娜娜，亲爱的，我马上来见你，我家那个娘们今天离我而去，她走了，开心啊！"

说完就关上门，出去了。

诸葛英俊走出家门，径直去了幼儿园，接八哥去清雅悦园做小手拉大手环境保美公益活动，其实就是幼儿园大班与清雅悦园结对开展的亲子体验活动，捡拾个别不文明游客丢弃的马甲袋、塑料杯、一次性饭盒等塑料垃圾。这个活动时间固定在每个周六，有时上午，有时下午。今天虽然是周六，因清明节调休诸葛英俊要上班，只好利用中午这个时间带八哥来了。

八哥是诸葛英俊的儿子，大名诸葛小宁。八哥是他的小名，已经6岁多了，还有3个月就7周岁，幼儿园大班毕业上小学了。罗欢燕怀他时，在花鸟市场看到一只会说话的八哥，极其喜爱，便买了回来。八哥出生后，牙牙学语时总是模仿八哥的发声，便有了八哥的小名。在他周岁时，诸葛英俊和罗欢燕商定，将八哥放飞野外，让它在无限的天空自由自在地翱翔。

诸葛英俊和八哥来到清雅悦园，检票员是年轻美丽的单菊仙和章齐花，与这对父子已经很熟悉了，便微笑着招呼他们进园，可是八哥在门口停了一下，指着里面的一个广告牌上"悦园是我家，人人爱护它"的标语，问："爸爸，这里是仙阿姨的家吗？"

"那上面写的'我家'，是指你，不是指你仙阿姨，这里是你家呀，所以才来捡塑料，保护它嘛。"诸葛英俊对八哥说。

"小弟弟，快进家吧！"单菊仙侧了一下身体，一边热情地礼让八哥进去，一边亲切地说，"这是你的家呀。"

"那……那……那就是广告上的话故意愚人的，明明应该写'你家'，偏偏愚我们说是'我家'，爸爸说是吧。"八哥一副老成的样子，指着那副标语说。他的模样让人忍俊不禁，觉得很好玩。

"小弟弟真有意思，好聪明哟！"单菊仙摸了摸八哥的头，由衷地称赞说。

八哥躲闪了下，拔腿就跑了进去。

"喂喂……等一下，等一下，我去买鲜奶喝。"诸葛英俊说，因为他觉得肚子饿了，在咕咕地叫，又有点渴，看到公园门口有卖鲜奶的，便要去买。

"小弟弟已经进去了，你去买吧，我看着他。"单菊仙对诸葛英俊说。

"好吧，让八哥别跑远了。"诸葛英俊说着，转身朝小卖部走去。一小会儿，他拿着两瓶鲜奶又走了回来。

"喂，八哥，你喝奶吗？"诸葛英俊见八哥在门内不远处捡起一个红色马甲袋，朝他喊道。

"我不喝，不喝嘛！"八哥抬起头，也喊了一声。

"两瓶你都喝了吧，小弟弟不喝，就别勉强。"单菊仙笑了笑，娇媚地朝八哥看了一眼,对诸葛英俊说,"你的小弟弟真可爱!"

"嘻嘻嘻……菊仙妹子,不能说'你的',要说'你家'。"在一旁始终没说话的章齐花,一边嬉笑一边纠正说。

"什么你的我的,今天可是愚人节,你们可别愚我。"诸葛英俊没有听懂章齐花的话,他一边打开奶瓶盖一边说,"我的脑洞本来就窄,经不住愚哈。"

章齐花的话单菊仙听懂了,面颊飘起了红云,抬起手,装着不经意地挡了挡掺杂在妩媚中的羞涩,赶紧转移话题对诸葛英俊说:"你快喝奶吧,一会儿凉了,就不好喝了。快,快,就在这里喝,喝完后还要把瓶子还给小卖部。"

"好呀好呀。"诸葛英俊想尽快把鲜奶喝完,他急着要去陪八哥捡塑料哩。于是,他将两瓶鲜奶瓶盖都打开,左右手各拿着一瓶奶,先在左手握的奶瓶里喝一口后,又在右手拿的奶瓶里喝一口,两只手轮流着不停地往嘴里灌鲜奶。

"慢点,慢点,你喝慢点呀,别呛着啊!"单菊仙见他这般牛饮虎灌,关心地说。

"哈哈哈……左一下,右一下,用了五轮,就喝好了,真爽啊!"诸葛英俊抹了一下嘴,一边比画一边笑哈哈地说,"好,好,好了,我去还奶瓶!"

正在这时,章齐花手机响了,她接了,大声地说:"噢!老公啊,别等我回家吃晚饭了,我跟小鲜肉男人跑了!"说着就挂断了电话,然后对单菊仙和诸葛英俊说:"今晚我带儿子去参加小姐妹聚会,不回家吃饭。正好是愚人节,顺便愚一下老公,嘻嘻嘻……"

"愚人节,以愚制乐方为'节',愚老公、愚老婆、愚朋友、愚同事等都不要紧,别愚出事了,切勿弄愚成真、谑愚成恨,由愚结怨哈,当心哟!"诸葛英俊说,"不跟你们瞎聊了,我去陪儿子捡塑料啦。"说着就走了。走了两步,又回头补了一句:"哦嘀嘀……今天中午我老婆也愚我,没想到被我愚了,她现在可能从床下面爬出来了。哈哈哈……"

确实如诸葛英俊所说。

原来,听诸葛英俊说"娜娜,亲爱的,我马上来见你,我家那个娘们今天离我而去,她走了"之后,罗欢燕在床下追悔莫及,悲痛欲绝地哭得天昏地暗。

当她从床底爬出来,看到诸葛英俊在信纸上写的却是:"你这个傻玩意儿,我都看到你的脚丫子了……我去幼儿园接孩子,回来顺带买点菜,当然买你喜欢的菜,这个菜今天我就称作娜娜。在看到这行字之前,你就好好地在床底下号吧!哈哈哈……"

庄锋妹

不速之客（节选）

　　苏子美裹着睡衣，像一尊雕塑，矗立在客厅的阳台，很久很久。逼仄的地方，寒气逼人。她面无表情，一双看不清情绪的眼睛，透过厚厚的镜片直视弱弱地躺在夜空中的那轮浅月。

　　如今的自己和眼前这轮浅月又有什么不同呢？完全没有任何反抗能力，没有选择权，甚至是话语权！这个男人，竟然擅自做主，把一个完全没有生活自理能力、患有精神疾病的人带进家里。别说和自己商量，连说都没有说，他到底要把自己置于何地！这个家到底还有没有自己的位置！他到底有没有把自己放在眼里！

　　怒火一次又一次蹿出胸口，燃烧着整个胸腔，那里每秒钟都会传来一阵灼痛感。苏子美实在想不通，向来做事都会考虑大局、喜欢商量的程浩，为什么在这件事上会孤注一掷，完全不顾及自己的感受。为什么连和自己商量都不商量，就擅自做主？难道那晚走之前，自己和他说的话，他都当耳旁风了吗？三室两厅，连书房算在一起，撑死也就95平方米的房子，却要住六个人。这六个人中，四个人是完全没有收入的。两个人有医疗保障，却没有医护保障，也就是说，一旦生病，还是需要人花时间和精力陪护，而另一个完全需要无休止、无底线的投资，而且这个投资占了整个家庭收入的一半。如今马上要住进来的一个人不但没有任何医疗保障，没有生活自理能力，而且还会打乱整个家庭的现状。不管是自己，还是父母，抑或是涵涵，都不知道，会被扯进第几层地狱。这一切的一切，难道程浩都没有想到吗？不会为这个家考虑一点点吗？哪怕是为涵涵考虑呢？让一个患有精神疾病的人同住一个屋檐下，对孩子的伤害和影响有多大？他会不知道吗？

一想到这，苏子美的内心又一次濒临崩溃。她整个身子的肌肉都在疯狂地张牙舞爪，每个细胞都在血管里奔腾咆哮，每个声音都从毛孔中冲出来，狂喊！

汪汪汪……豆豆突然一阵狂吼，直接从笼子里蹿到了门口，对着铁门摇着尾巴呜咽着。不用猜，肯定是程浩回来了。今天一早，苏子美就让父母带着涵涵一起回了乡下。她知道，今晚一定会是一场暴风雨。

果不其然，没多久，防盗门就发出了哐当的声音。

推门而进的程浩在按下客厅灯的瞬间，看见如鬼魅般的苏子美从阳台走了进来。他一惊后，又是一愣，随后像没事一样，拉着哥哥的手进来。程浩蹲下身子，从鞋柜里拿出拖鞋，给哥哥换上，再从门口拎进一大一小两个行李箱。

苏子美一瞥，那个大行李箱不是从自己家拿出去的吗？显然里面放了他哥哥所有的家当。她抿紧嘴唇，看着程浩把她视为隐形人一样，放下双肩包，换了拖鞋，拉着程峰坐在了沙发上，帮他脱了厚厚的羽绒服。随后自己也把羽绒服脱下来，扔在了另一个沙发上。紧接着，拉着那个大行李箱走进了儿子涵涵的房间。苏子美心一沉，意料之中又在意料之外。自己在收到程浩的微信后有几种住房的设想，但有一种是自己最不想，却唯独能解决问题的方案，就是他和他哥哥睡涵涵的房间，自己和涵涵睡一间。

听着里面窸窸窣窣整理东西的声音，苏子美终于瞄了眼一直端坐在沙发上的程峰，只见他双手摊放在膝盖上，眼睛死死地盯着手掌，嘴里不停嘟囔着，似乎在读一本永远都读不完的书。看着这个自从自己嫁给程浩时，就从未开口叫过一声哥哥的，苏子美推了推鼻梁上的眼镜，忍不住蹙了蹙眉头。她真的不知道，未来的每一天该如何面对这位患有精神疾病的哥哥，也不知道，此时安静的他，何时会爆发歇斯底里的精神病。

安静的气氛连空气都是凝固的，不大的客厅，寒气渗透每一个角落。苏子美再次裹了裹身上的睡衣，瞥了一眼始终保持着同一姿势的程峰，心里突然一动，拿起了沙发上的羽绒服。

"啊……"尖厉的叫声刺破了整个屋子的沉寂。

程浩惊慌失措地从房间里奔出来。哥哥程峰双手抱着头，身子像刺猬般缩成一团，正哇哇大叫，而苏子美站在他的身旁，双手擎在半空中，面如土色。

"苏子美，你到底对他做了什么啊？"程浩厉声吼道。

苏子美身子一颤，她不知道程浩为什么会问出这样的话来，所以她抬起了眼帘，今晚第一次和程浩有眼神接触。那是一种怎样的眼神，冷、愤怒、失望、反感，还有恨！苏子美终于懂了。她咬了咬发白的嘴唇，弯下身子，从地上捡起那件被程峰突然发出的尖叫声给吓得掉落在地上的羽绒服，然后狠狠地甩向了程浩。

她歇斯底里地叫道："程浩，你把我看成什么了？我有那么恶毒吗？你当我苏子美是什么？我在你的眼里难道有那么不堪吗？"

耗尽所有力气克制的情绪，突然就像被点燃的炸弹，在这逼仄又冰冷的客厅里引爆，所有的火星四处乱蹿。程浩虽然明白了苏子美真正的用意，但在看到哥哥那如孩童般受惊的双眼时，他内心深处的某个地方莫名被刺痛了，还是忍不住呵斥道："你没事去碰他干吗？难道你不知道不能碰吗？"

苏子美又是一愣,她用力憋住呼之欲出的泪水,死死地盯着眼前这个才走了三天,却已经陌生到让自己无法呼吸的男人。他刚刚的行为、言语、神情,所有的所有都在告诉她,他哥哥才是他的家人。所有伤害他哥哥的人,都是他的敌人。

她咬了咬依然发白的嘴唇,从牙缝里挤出一句话:"程浩,我不管你哥哥能不能碰,但是我告诉你,我这个家,不允许任何一个人来碰!"说完,她下巴微抬,嘴巴紧抿,目光里都是怒火。

"你能好好说话吗?你这样会吓到他的,难道你不知道吗?"程浩紧张地看着依然缩成一团的程峰,生气地说道。

"那你突然带个神经病回来,你就不怕吓到我吗?"苏子美想都不想就反击道。她实在太愤怒了,程浩什么都把他哥哥放在第一位,完全忽视她的感受。

只是当她看到程浩的脸猛地黑下来时,立马就意识到自己刚刚的话有问题,但她依然梗着脖子,僵持着。

"苏子美,你不要太过分!"程浩怒不可遏地低声吼道,眼镜后面直射出两道比月光还要冷的光。

"程浩,到底是谁更过分!"苏子美直接反击,随后瞥了一眼始终沉浸在自己世界里的程峰,冷着脸,快步朝着卧室走去。

这是程浩早已预料到的。在她的目光看向自己的时候,那里溢满了质问和委屈。他的脑海再次涌起清晨的那个片段。

离开老家时,整个村庄都埋在了浓雾中。他牵着哥哥的手,没有告别,沿着那条小路,一直向前。内心又像回到了最初离开时那样,悲凉又无助。他怎么会不知道,带着哥哥回家,就像带了个随时都会爆炸的炸弹。到时会是怎样的残局,他也无法想象。他又怎么会不知道,对于上海这个家来说,哥哥就是一个入侵者;对苏子美来说,这是不公平的。但,自己毫无选择,不管是尊严还是责任,他都无法逃避。

目光移向了已然安静的哥哥——他习惯性地又沉浸在自己的世界里，不停地来回拨弄着自己两个食指的指甲。那么专注，专注到让你不忍心去打扰他。

他和哥哥本来是同一端点放出的两条线，也许会是不同的线段，但后一天一定会比前一天更好。只是谁也没有想到，彼此的生命会变成完全不同的两个版本：一个书写工整，一个书写潦草……

每一个生命都应该是一颗饱满又甜美的果实，只是有些生命被太早地耗损，露出里面发皱而坚硬的果核，再被时间刷得褪去颜色，难以辨认。哥哥程峰的生命就是这样。

"唉……"程浩深深地从心底吐出一口气，这是为哥哥的。在叹气的同时，他暗自发誓，余生都要好好照顾哥哥，让他的生命不再坚硬而没有颜色。

谢 青

琼的新生

"我现在有老公，你别来找我和孩子了，我不会让孩子回到你身边的。"

三年后方琼在街头遇上前夫，她左躲右闪想避开，可避之不及。前夫熊刚是她的一场噩梦。2009年，鹅蛋脸俏身材的方琼经人介绍与国字脸人高马大的熊刚相识，两人开始交往。熊刚家境不错，在县里能挤进前十，可不知为啥相了不下百十来位姑娘却还是光棍一条……

"琼，以前是我错了，我不是人——不，我连畜生都不如。你有老公了我尊重你，但儿子是我的亲生骨肉呀！你总要让我看一眼吧，亲耳听他喊声爸爸，我就心满意足了。"

"你不是说，儿子不是你的吗？是我去外边找过不知多少个野男人给你戴了重重叠叠的绿帽子吗？我再告诉你一遍，儿子是我亲生的，跟你没有半毛钱的关系！"

"可当初法庭上那份亲子鉴定书，上面那99.99%说明跟我有关系呀！小宝就是我的亲子儿子啊！"

"早知今日，何必当初，晚了！"

方琼是农村娃儿，淳朴善良没啥心计，少女时就盼望着有朝一日能嫁个魁梧的男人，有安全感地过一生。相亲时，熊刚表现得也规规矩矩，笑起来还很腼腆，而且买单不含糊。处了五六个月后，他们去登记了。当时，方琼22岁，熊刚31岁。

结婚头一年，熊刚依然很腼腆，方琼过得很幸福，她确幸这辈子没有嫁错人。经过一年的勤劳耕耘，方琼的肚子不见一点动静。婆婆首先有了些闲言碎语，时不时找来些备孕的民间偏方亲自煮了盯着儿媳服下。那古怪的味儿令人作呕，方琼起先不知情，后来婆婆明确告诉她，这偏方必须喝，而且要给熊家生三个儿子才行。

在渐渐阴暗的氛围里又过了一年，方琼的肚子依然不见一点动静。这回熊刚和他父亲也发火了，当面不止一次直言她是不会生养的货！在熊家的安排下，方琼被迫接受了通输卵管与打催卵针……那一段屈辱的经历啊，方琼一辈子也忘不了。

当熊刚得知是自己无能后，一轮又一轮的家暴开始了，三更半夜醉醺醺挥拳如雨。逃，无处可逃；避，无处可避！百十来斤的她被熊刚拎着就走，他专折磨方琼的前胸后背、臀及大腿内侧。白天一穿衣服，有谁知道里面是青一块紫一块，惨不忍睹。

方琼的日子苦不堪言却无法向人诉说，父母体弱多病，自己嫁人之后就辞职了。离婚的念头动过，但表面他们还是一对恩爱夫妻，有谁相信这背后的心酸？方琼一夜夜忍受着他的谩骂、鞭打、撕咬，绝望的她不止一次想过自杀。

有人说，市里的一家医院有位老中医能治男人的无能之病。方琼偷偷咨询了这位医生，带回些药悄悄泡茶给熊刚喝。方琼默默承受着所有袭来的风吹雨打，心里默默盼着只要有个孩子，熊刚是会变回以前的。

熊刚整天花天酒地，母亲居然也默许了——只要带回个孙子就行。熊刚鬼混后对方琼的折磨少了，偶尔也想入非非一番，毕竟玲珑身姿的方琼对他来说还是无法抗拒的。

时间又过了七八个月,外面的一个小三怀孕了,熊刚满面春风,对方琼的羞辱却变本加厉了。不料,小三查出了艾滋病,孩子也不是他的。熊刚去上海、北京多家顶级医院检测自己得没得艾滋病,万幸的是他逃过一劫。随后的日子熊刚安分了许多,对方琼也改变了不少。

2014年,熊刚被父亲委派去外地驻厂查账去了,三个月回来了四五次。9月,方琼发现自己怀孕了,她将这一好消息喜滋滋地告诉了熊刚。熊刚一开始非常兴奋,但母亲的种种怀疑让熊刚认为自己被戴了绿帽子,而且重重叠叠不止一顶,原因是婆家允许方琼回娘家断断续续住了两个月照顾卧床不起的母亲。

方琼又过回了地狱般的噩梦生活,她越抗争越被家暴,全力保护着肚子……有一天,检察院的相关人员来县上宣传税务法的意义,熊家是县里的知名企业,当典型宣传要进家门。方琼将一个U盘暗暗塞给了一位女检察官。

三天后,熊刚被拘留了,方琼被法院列为重点保护对象。三个月后开庭,之前以取胚胎绒毛的方法做了亲子鉴定,报告显示99.99%的概率证明孩子是熊刚的。在法庭上,熊刚看到这份亲子鉴定书痛哭不止,悔恨不已,其父母也非常懊悔。

方琼坚持离婚,而且没要熊刚一分钱的财产及孩子的抚养费。

恢复单身的方琼挺着个大肚子,周围的亲朋好友都劝她把孩子拿掉,但方琼毅然决定留下了已经五个月的孩子。在一次上街买菜的归途中,她忽然晕倒,恰遇一位退役士官将她送到附近的医院。

因为长期抑郁及营养不良导致胎儿有流产的征兆,好在送医及时,方琼母子躲过了一劫。退役士官姓林名海洋,现在银行当保安。

方琼隔三岔五去林海洋所在银行柜台取钱,于是他们渐渐相熟了,更何况这个男人对方琼有再生之恩。

其实,林海洋和方琼两人所在的村只隔了一条河——方琼在村尾,林海洋在村头。方琼母亲病重要去医院，一个电话林海洋就飞奔上楼把大娘送到医院。待产的日子里，有了林海洋的一呼百应，方琼的心情舒畅了许多，抑郁的情绪不知何时不翼而飞了。

刚退役回来，林海洋就被安排去相亲。林海洋是单亲孩子，与父亲相依为命，为了让父亲安心，他勉为其难去了一次又一次。方琼出现后，不管父亲再怎么唠叨，林海洋就是不去相亲。有一次，被父亲逼急了，他直言道："我已经有心上人了，就是隔壁村的方琼，她在我心里是个好姑娘，下地、下厨样样都行，朴实无华又善良漂亮。"

"可她挺着一个大肚子你能接受？"父亲苍老的椭圆形脸震惊不已，好半天才微微动了动嘴唇，"儿子呀，结婚是一辈子的大事，你要慎重呀！"

"爸，这件事情我决定了，我要娶方琼。"

父亲知道儿子的脾气，便不再多言。他将儿子的意思告诉了方父，方父自然喜上眉梢，但方琼却愁眉不展，一连好几天都躲着林海洋。走进婚姻，方琼心有余悸，她害怕再次受伤害，更何况自己怀着前夫的孩子嫁给林海洋，对他不公平。

到了方琼生产的时候，由于她是RH阴性血且有大出血的征兆，急需该血型。在危急关头，林海洋满头大汗气喘吁吁地赶到了："抽我的，我是RH阴性血！"把方琼从死神手里拽了回来。

"方琼，我的血液已经流到你的身体里了。你不妨给自己，也给我一个机会，让我走进你的余生——以后的岁月让我来照顾你们娘俩，好不好？"

这段日子如果没有林海洋，自己恐怕已不在人世了。如此好的男人任谁都会心动。至此，方琼才真正领悟到"如果事与愿违，就相信上天一定另有安排，所有失去的都会以另外一种方式归来"。和林海洋领证的那天，方琼相信，所有的苦难荆棘自己都闯过去了，未来的他们一定阳光灿烂，幸福满满。

孩子姓林，名小宝，嫁给林海洋的两年半时间里，方琼过得很幸福。

熊刚出狱后，时不时地来找方琼要看孩子，方琼都予以拒绝。五个月后，熊刚一纸诉状把方琼告上了法庭，要求法院判决方琼归还孩子的抚养权。

方琼当庭拿出自己曾被家暴的视频，法院当庭宣判：驳回熊刚的所有诉求，在方琼、林海洋没有同意的情况下，不得去骚扰孩子。

方琼和林海洋紧紧地相拥在一起，法庭上响起了热烈的掌声。

"琼，你的苦难岁月都过去了，我们的灿烂日子到来了！从今往后，我护你和孩子一生平安，让你们过上幸福的生活……"走出法院的大门，林海洋轻吻了方琼的额头深情如是说。

云间笔会
2019

散 文

施新土

洪弟，你总是那么突然

洪弟，你不告而别，匆匆地走了，是你长子金良含泪从电话里告诉我的，按理我应该有些思想准备，毕竟你中风多年，每况愈下，可一旦噩耗传来，我依然感到突然，依然悲痛落泪，因为在长达七八十年的岁月里，你给我的突然和感动实在太多了。

那是1953年暑假的一个夜晚，你突然来到我家，有点依依不舍地说："新土，我是来道别的，我休学了（初二）。"

"为什么？"

你说："爸爸叫我到上海的工厂当工人。"

我虽然感到很意外，但还是脱口而出："好事啊！"

"好个屁，离不开同学，更舍不得离开你，以后我们不能再一起游泳、爬树……"

我插嘴道："还有打架。"

你笑着说："不打不相识嘛！"

说起打架，你是拼命三郎，像辆坦克横冲直撞，为此你妈没少揍你。

1957年8月31日，你突然出现在华东政法学院的校园里，使我又惊又喜，那是我报到的第二天。

我说："我正准备乘20路电车上门来拜访你呢。"

"岂敢岂敢，你是大学生，我是大老粗。"

当天你请我吃饭并参观了你家制作文具用品的小工厂。在送我回校的路上，你说周末会陪我在上海滩玩玩。果然你说到做到，周末我们先后观看了周柏春、姚慕双的滑稽戏，笑痛肚皮；我第一次观赏艺术家袁雪芬、丁是娥主演的越剧和沪剧，大饱眼福。多少个星期天，我们白相了上海著名的旅游景点，让我领略了南京路的繁华、外滩的壮观、大世界的新奇。当乘电梯登上24层国际饭店时，我幼稚地问："听我爸说，仰望国际饭店，帽子都要往后掉，会吗？"

你哈哈大笑："一个大学生竟然会上了老农民的当。"

日子过得很快，大学第一个学期结束放寒假了。你怕我孤单，又突然来学校，问我想不想回家过年。我说想也是白想，没有路费呀，而你一拍胸脯道："车费包在我身上。"这是我四年大学唯一一次回家过春节，令我父母和家人感激不已。

1960年春天，你来华东政法学院向我告别，说你已经响应党的号召，为了分担国家的困难，带头去东阳务农。我又惊又呆地发问："你爸妈及妻子同意了吗？"

你摇摇头说："我是共青团员，我要听党的话。"

回老家正值三年困难时期，你陷入了极度的艰难困苦，人生跌入了谷底。1961年我带着新婚妻子回家过年，当我见到你时，一下都不敢相认，原本面色红润、强壮结实的一条汉子，怎么变成了骨瘦如柴、憔悴不堪的小老头啦？我心酸地问："你后悔吗？"

你却坚定地回答："说啥可后悔的，人生这个谜，几个人能猜透？一人一命，命中注定，我就是一个种田的命，我认啦！"

你走啦，我再也见不到你了！不，我可以在清明节上青青山公墓向你倾诉，也可以在夜里梦见你，在梦里交流。我多想，多想在梦里见到你，虽然只是在梦里。

许云琴

六中任教回忆

松江第六中学地处松江老城中心区域中山二路,它由原红旗、东风两所民办中学合并组建而成,今年是建校60周年。我感慨良多,沉浸在深深的回忆里。

光阴似箭,转瞬间,我离开六中教坛、退休在家已有20余年了。"文化大革命"后期,我还是个满头黑发的小伙子,因照顾家庭从农村张泽公社申请调职去城厢镇工作,县文教部门安排我去东风中学。那时候,民办学校设施简陋,学生自信心不足,学习情绪低落,学校风气较差。所以稍有资质的教师都不愿去民办学校任职。我因调职心切,拿了调令就去东风中学报到。当时戴明诚校长语重心长地对我说:"东风中学硬件未必比农村公办小学好,学生自觉性也差,班级秩序也难控制,你若来任教,应有充分的心理准备。"我眼前的办公室是一幢破旧的民房,地板常因走动发出咯吱咯吱的声响,一排低矮的平房是教室,光线严重不足——我带着沉重的精神压力,走上了东风中学的讲台。我坦诚地告诉学生:"我来自农村,视野比不上你们宽广,但是有信心,望你们配合,努力完成教学任务。我要向你们负责,向家长负责!"想不到底下的学生安静听讲,连平时几个爱捣蛋的学生也很积极配合,不声不响,可能是我运气好,学生很给我面子；也许是我有了思想准备，讲课符合学生实际。戴校长心头的石头终于落了地，他对我很器重，任命我为班主任，还推举我参加县中心教研组等的工作。就这样，我在东风中学安下了心，站稳了脚跟，卖力工作，直至退休。

要改变班级风气，提高学生学习的自觉性，各科教师互相配合很重要。至今我难以忘怀"方字桥"工程。那时候原在县委宣传部门工作的笔杆子马仁俊同志，调到东风中学担任政治课教学，与我一见如故，对我的班主任工作十分配合。他对学生摸底排查，发现我班学生家庭多是方字桥那里的棚户，许多学生家长在解放前从苏北逃荒流浪到松江，从事拉黄包车等劳苦工作，地位低下，生活贫困，自己是文盲，谈不上什么家教，对孩子管教不严，放任自流，从而影响了班级风气，甚至学校风气。为此，我们组织实施了"方字桥"工程。他的政治课辅导学生开展社会调查，了解方字桥居民1949年前后的生活变化，我的语文课则辅导学生写调查报告。后来，我们把调查内容改编为连环画脚本，请校友画家张兴欣画成连环画，由学生在社会上宣讲。这个活动社会反响强烈。学生与家长比童年，自我教育效果明显，思想觉悟提高了，学习的自觉性与积极性有了变化，班级风气有了明显的改观，东风中学的风气为之一变，马仁俊老师为东风中学校风的改变立下了汗马功劳。他不久调回机关，曾担任县委书记杜述古的秘书，并筹建大江公司，这是后话。

随着文教事业的发展，松江县学校布局有了变化，城厢镇红旗、东风两所民办学校撤并，撤销东风，在红旗中学原址上组建公办松江第六中学。虽体制变为公办，因是在民办中学基础上创办的，领导与师资力量尚嫌薄弱，教学水平有待提高，学校的社会口碑一度欠佳。

六中新校长曹爱玲（又名曹炎）、夏芝仁两位是上海师范大学的本科毕业生，前者教语文，后者教数学，都是教学的行家里手。他们上任以来，六中如虎添翼。他们重视教师在职业务修行，如鼓励语文组教师参加华东师范大学汉语言文学专业函授，教师经四年在职学习，考试合格者均获得中文系本科毕业证书。他们还提倡教研组集体备课，组织公开教学，教师切磋教法，互相取长补短，教学改革成风。初中部陈品梅、瞿九鸣、汤逸凡等语文老师革新教学方法有成效，数学组教师陈健、叶菊弟、周彩云等踏实教学，钻研教材有深度。学生在县会考统考中成绩提高明显。两位校长受到学生、家长的信赖与好评。在高中部，有唐姓学生在六中借读三年，毕业参加全国高考，总分500以上，达到重点大学录取线，被厦门大学录取。六中高考录取率与重点中学差距正在逐步缩小。家长喜出望外，奔走相告，成了义务宣传员，六中在社会上的口碑有了改善，家长从回避到纷纷把子女送进六中学习。

在教师高级职称评审中，周莲莲老师首批获得地理中学高级职称，以后有更多的老师被评上高级职称。第二批职称评审时，时任校长曹爱玲因名额限制，主动放弃申报，却推举一位普通教师去评审。曹爱玲校长职称评定中高风亮节、谦虚让贤的精神，不仅使受益老师感动，更鼓舞了全校教师。

在六中发展过程中，从部队调入学校领导班子的还有顾耀中同志。他原是部队政工干部，转业后担任六中领导工作，他把部队精神带到学校。后来汪维辉校长为改良六中学校风气做出不少贡献，令我至今怀念。

学校校舍几经改建扩充，由破旧民房发展为整齐的大楼，有阶梯教室、实验室、图书馆。学校布局颇有特色，绿树成荫，有平坦宽敞的体育场，让参观者啧啧称赞，全校师生为六中评上绿化优秀单位而自豪。这里，我们要感谢总务部门历任领导，他们中沈士兵、顾国璋、嵇少良等同志功不可没，给我印象深刻。

六中的诞生与发展，也可以说是松江文教事业蓬勃发展的缩影与见证。在六中建校60周年之际，我凭记忆，写下点滴，聊供关心六中校史者参考。

章绍岩

窗口挂号

老妻头疼数周,媳妇数天前帮我们在网上预约了神经内科专家门诊。

把妻在候诊室座椅上安顿好,我去挂号窗口排队。两个窗口,两条长龙,每条有二三十米,队伍缓缓地前行着,又陆续有人接上来,始终有那么长。不远处倒是有个微信、支付宝挂号交费点,但很少有人光顾。老年人,接受新事物迟缓,在智能时代,力不从心,无所适从;中年人,有相当多的,钱存手机没安全感,没用过支付宝,只能干瞪眼;青年人,倒是会用,但他们不生病,无须上医院,所以窗口挂号总是有那么长的队,缓慢地蠕动着。我有支付宝,也会扫码,但手机上信息通知我,微医预约挂号,必须到人工收费窗口。于是我也只能从众,跟随队伍慢慢朝前移动。

看病的人都很焦虑,有的担心挂不上号,有的病人在等着付款去做检查,有的更是病人已在注射室,只等家人交费送针剂……埋怨的暗流涌动着:收费小姑娘手脚怎么那么笨。有告示张贴着,75岁以上老人可以优惠,我可不想造次,惹人讨厌,还是老老实实排队安心。我缓和着气氛打趣说:"日子好过,寿命长了,我们这些老头老太舍不得走,有点不适都来看医生,害得大家受累了。"一阵哄笑,大家都轻松了些。

平心而论,挂号收费的小姑娘还是很利索的,她们长时间地承受着疲劳轰炸。想挂普通门诊号的,听说只剩专家号了,勃然大怒:"只想赚钱!"想挂专家号的,听到只剩普通门诊号时,悲从中来:"排了半天,就是想请专家识识病啊!"有人固执地要收银员讲清楚每笔账目,有人缠着要退掉某个药物,说家中还有……还有扒着窗口插进来询问的、挂好号忘了取走挂号单据被喊回的。窗口下,生活有序或者说无序地行进着,小姑娘们的脸上,却没有职业的倦怠。

终于轮到我了,我把医保卡和一张百元人民币递上。听我说是微医预约的,姑娘要我把微医预约信息给她。我没思想准备,慌了手脚,又是掏机又是开锁,寻屏搜索半天,慌不迭地奉上手机,只怕人家嫌我拖沓。我看见姑娘认真地记录着取号凭证,事后我瞄过,竟是20位数。姑娘又往电脑里输入,然后嘱我交费。我愣了,我不是递过张百元大钞吗?姑娘也愣了,她让我看她的工作台,上面仅孤单单地躺着张医保卡。我瞥见身后那长长的队伍,那双双焦急的眼神,我掏皮夹子,又递出100元,轻声地说:"肯定地说,我递过100元。"语气是温和的。姑娘对着满头白发的我,惴惴不安:"这样行吗,您留下手机号码。"我老眼昏花,请她代劳,并告诉她我姓章。没有惊动窗前排着队的任何人,我满意地离开了,因为她最后的一句话,让我特别温暖:"老先生,不管我找没找到,我都会给您电话。"

到候诊室,我简述了小插曲,妻表扬:"没吵就对,譬如挂了个特需门诊。"

回到家不久,手机铃响,妻与我都以为是媳妇来电话关心,竟是医院挂号窗口来电:"章老先生,实在对不起,钱是我收了,轧账出来了,是我责任。我姓严,你骂我小严吧。"我再三表示,忙中出错可以理解。我取回了100元,同时以一只膳魔师保温杯相赠,她惊愕中婉拒。我告诉她,我是名退休教师,你是我学生辈,我喜欢你的不推诿、肯承担,我喜欢这样的学生。秋冬渐临,以一杯热茶来表达对你辛苦的慰问,也是老师对学生的心意。当然,也警示你,忙中不要有差错。

小严挺身站立,深深一鞠躬。

细细体味,生活是美好的。

用一支笔支撑起整个剧场的人
——忆吴兆芬学姐

晴天霹雳：著名越剧编剧吴兆芬逝世。消息是原上海师范学院文工团戏曲队当天发来的。我们57级里病病歪歪的同学还真不少，而她总是那么健康、豁达、开朗，笑声总能感染很多人，横竖排不上她。惊愕、悲痛，我们闻讯的人都哭了。

大学活动多。1957年下乡扫盲，夜晚走凹凸田埂，过坟茔、迈水沟，我和她一组。我真是举步维艰，她却伸手牵我："跟我走，当心脚下，小弟弟。"她出生浦东农村，家境困难，母亲病故，由继母带大，中途还休学过一年，农村夜路她敢走，我挺佩服。这"小弟弟"称呼，传开了，一叫就是60年，尽管我已满头白发，仍是"小弟弟"。1958年整个年级有半年在中机厂学工，她干的是男人的重体力活，一餐要吃七两米饭。20世纪60年代第一春，在闵行轧石厂，从大船舱里往粉碎机上扛大块石头，走跳板、穿田埂、过木桥，一口气停不得，肩膀压得红肿……从没听她叫过一声苦。返校时间大家如饥似渴，拼命学习，抢图书馆座位，踏着月光回宿舍，是常事。她竟然还能挤出时间参加了学校文工团戏曲队，有表演就有她，总扮演老旦。记得1959那年，她带领中文系曲艺队排演沪剧《争上十三陵》，她演60多岁的奶奶，唱的是杨飞飞的杨调。从此就有了师院第一老太太的称誉。

　　1961年大学毕业，她顺理成章进了上海戏剧学院戏曲创作研究班深造，但她从没离开我们，班级活动必来，有说有笑有闹。我们去戏剧学院看她，在校食堂留饭，还在饭桌上热情地把祝希娟介绍给我们。从大型现代戏《不准出生的人》开始，作品如潮涌，有《孟丽君》《毋忘曲》《紫玉钗》《岭南风云录》《蝴蝶梦》《断指记》《风雪渔樵》《家》《倩女幽魂》《蝶海情僧》《宝玉夜祭》等。在梨园勤勉耕耘50多年，在舞台、荧屏、银幕上创作改编剧作39部，"多部作品历经几十年，传承了五六代越剧人至今仍叫好叫座"（《新民晚报》刊兆芬离世文）。每有新戏上演，她即使自己掏钱买票，也要邀上几位同学来观摩，郊区还留宿。看戏后大家七嘴八舌地评说，是她最开心的时光了。

　　她身为国家一级编剧，对人谦逊和气，毫无架子。外地剧团来求教，她留饭畅谈；大学生为纪念百年校庆求写唱词，她笑允；戏迷要求合影，她欣然相拥，一张又一张。一位第一次写剧本的作者，并不与她相熟相知，把剧本寄她征求意见。一周后，她用电话畅谈了两个多小时，非常认真仔细地分析剧本优缺点，该作者感动地撰文："吴老师爱越剧爱进骨髓里了。"

　　和她相处，从来听不见埋怨之辞。对生活和事业她总是一百个满意，还要拖出她先生——也是我班同学，来佐证一番。她感恩社会，不计较个人的事。她的新剧《家》上演了，赵志刚、单仰萍、孙智君主演，她邀了我夫妇观剧。剧本在艺术样式的创新、题旨意蕴的开拓以及人物复杂性格的描绘上，均有新意。大幕缓缓降下又升起，袁雪芬等领导上台祝贺，全体即将拍照留影时，作为编剧的她孤身坐在台下。我忍不住振臂大呼："请编剧也上台！"语惊四座，终于戏迷也随声附和，袁雪芬下来手挽着她上了台。事后，我愤愤谈及一剧之本时，她平静地说："编剧本就是干活的命，有缘一起创作就好。"我想起她在《蝴蝶梦》里写的台词："青山在，绿水流，让你我，只记缘来不记仇。"

朱镕基任上海市长时，曾赞扬吴兆芬唱词写得美。她走了，遗言丧事从简，不开告别会。她人虽走了，但剧本词曲永留着，你听："人言生死阻泉台，我信真情通两界。阴阳虽隔天涯远，亲情常觉梦魂随。……"

方崇智

简单化法则

人生和自然，都有一种简单化法则。

草叶上的露珠是圆的，它遵循了以最小的表面积而容纳最多水分的简单化法则。

"删繁就简三秋树"，也是自然界简单化法则的体现。

"一蓑烟雨任平生，也无风雨也无晴。"这是苏东坡超然物外，挺立于历史和天地之间的简单化表现。

西方学者在《悭悭宇宙：自然界里的形态和造型》一书中说："自然界的一切运动变化都是遵循最大可能的经济原则，即总是将作用量降到最小。这便是最小作用量原理！它被人们看作主宰一切自然现象的普遍原理。"

牛顿曾说："自然界不做无用之事，只要少做一点就成了，多做了却是无用。因为自然界喜欢简单化，而不爱用什么多余的东西去夸耀自己。"

但丁也曾说："凡多余者，皆为上帝和自然所厌恶；凡为上帝和自然所厌恶者，皆与灾祸为伍。"

纵观宇宙精微，大自然所做的一切，都是力求最简单、最经济、最省力、最优化。

因此，简单应该是一种生活态度。

简单，也应该是一种人生境界。

简单，甚至还应该是一种执政和管理理念！

庄子曾云："其作始也简，其将毕也必巨。"

所以，自然界和人世间，一切大美的东西，都往往是简单、简约、简洁的！

"大漠孤烟直，长河落日圆。"

请静下心来，闭上眼睛好好地想一想这句诗所描写的画面和意境，是何等壮美，又是何等简洁！

刘长海

珍藏的中央苏区铜币

我珍藏着一枚中央苏区五分铜币，那还是1958年国庆节，身着海军上尉制服的大哥赶回家，特地赠送我的。他深情地说："这是老红军首长送给我的，给你，伴随你奋斗去吧！"今天，我才知道是存世极少的革命传家宝啊！

好儿女志在四方，到祖国最需要的地方去！10月23日上海火车北站，锣鼓声中我登上了西去的52次列车，辞别父母，奔赴天山，投身于支援边疆教育的伟大事业。四天三夜隆隆的火车在祖国大地上急驰，我倚靠着西去列车的窗口，仔细地端详着这枚铜币。听大哥介绍，这是1934年2月在中央苏区发行的，当时毛泽民是苏区银行行长。8个月后红军突围开始二万五千里长征。啊，经历炮火洗礼的铜币！铜币正面共有76颗圆珠，中间是刻有党徽的地图，"中华苏维埃共和国"8个字突现。背面雕有麦穗花环，左边22颗麦粒，右边20颗谷粒，花结为内方外圆角形，禾叶下还有条凹槽，"五分"两字显示中间，真精致啊！

从此，这枚铜币伴随着我历经天山风雪、戈壁沙涛，从八道湾大炼钢铁到和平渠刨冰取水；从南山放牧牛羊到西山运石修渠；从农场千亩苞谷地到安宁渠烧砖盖房……不论是乌鲁木齐第一师范的三尺讲台，还是万仞山峦，我都怀揣着这枚珍贵的铜币走过来了！不负韶华，我获得钢铁尖兵光荣称号，20世纪60年代还出席了乌鲁木齐首届社会主义建设积极分子大会。我和大家还学会用维吾尔语唱："我们新疆好地方啊，天山南北好牧场！"

为了更好地为边疆教育事业服务，1964年8月我考进了新疆大学中文系。作为调干生开始了大学多彩的生活，读书破万卷，唯有读书乐。革命先辈林基路、毛泽民等都曾在此院红楼工作过，八路军驻新疆办事处纪念馆就在附近的巷子里。我曾多次去参观，里面陈列着烈士的遗物和手迹。毛泽民是被盛匪杀害的，真是可惜啊！我们在清明时节到燕儿窝烈士陵园瞻仰毛泽民、林基路纪念碑，缅怀先烈，决心继承先烈遗志。那时我又一次端详珍藏的铜币，心里涌动着一股热流！

曾记得，我怀揣铜币和伙伴们从江西萍乡出发，跋山涉水直奔井冈山。1966年12月4日开始，日行150里，对我们这些大学生来说简直不可能，但在长征精神的激励下终于成功了！12月9日我们登上了井冈山。我们一路欢歌，一路攀登。我领到了一根扁担、一双草鞋和一顶斗笠，心里真高兴呀！短短几天的艰苦历程，深深地影响了我一辈子。

1969年春，我怀揣着铜币，搭乘马车来到天山脚下五一农场第四生产队。我和农工们一起住进土坯房，喝碗玉米糊啃个馍就下地干活。难忘1971年3月31日，我光荣地加入了中国共产党！农场五年再教育使我经受住了严峻的考验，我在土坯房里思考，在简陋的书桌前思索，忍受着肝区疼痛，在茫茫田野里摸索前行！

1974年春，我调回乌鲁木齐第一师范，同时妻子调到八一中学，女儿也进了八一中学附属幼儿园，一家人总算安定下来。不久，新疆师范大学重新组建，我又调入中文系任教。

1978年夏，我来到华东师范大学中文系现代文学教研室，在徐中玉、钱谷融、许杰和汤逸宗老师的指导下从事中国现当代文学研究。那是多么珍贵的再学习、再探究的两年美好时光啊！上海图书馆藏书楼成了我们查阅研究的宝库，我们在知识的海洋里遨游，我加入了中国当代文学研究会，作为首批会员赴扬州参加研讨会。文学是人学，从1957年争议到20世纪80年代终于被认可，真是不容易啊！我又去北京参加了首届中国当代文学讲习班，大开眼界，首都文学界远比上海热闹。不到长城非好汉，我们还有幸到中南海参观。我们漫步在瀛洲亭阁、丰泽园，毛主席的床有一半堆放着各类线装书，原来主席也是与书相伴噢。

我先后在新疆师范大学四个不同年级开讲中国当代文学课程，颇受师生好评，指导学生毕业论文。同时在学报和文学杂志上发表各类学术论文和评论，还加入了中国作家协会新疆分会，成为全国毛泽东文艺思想研究会会员。此时，我厚积薄发，作品纷纷发表，迎来了丰收的年月。我被聘为大学讲师，在讲台上侃侃而谈，到全国参加各类学术研究活动，真可谓意气风发，学以致用矣！

改革开放的大潮迎来了人才流动，我为边疆教育事业奉献了青春与热血，28年啦，我无悔自己的选择。父亲年迈，需要儿女照顾，于是一纸调令将我们一家迁至太湖之滨的惠山脚下。我很快适应角色转换，俯视江南文学，剖析太湖文化艺术。作家关系转到江苏省作家协会，担任无锡作家协会理事。为培养文学人才，1986年秋创办了横云文学社。十几年里走出了不少文学才俊，有诗人、小说家和摄影家、电影导演和编辑，有的还成了管理科学博士和企业家。横云文学社成为江苏信息学院校园文化之花、无锡市学生文学明星社团，我的心血没有白流，令人欣慰！我编写《现代实用写作》，主编《企业文化理论与实践》《中专生阅读文选》，还出版了文艺评论集《艺术的花环》。我的毕业生遍天下，俄罗斯、西班牙、澳大利亚、日本、美国等地都有我的学生。

2001年6月，我退休携妻儿回归上海，定居九亭镇。我在《上海作家》等报刊发表评论文章，为松江当代文学鼓与呼。

这么多年，铜币一直不离我左右，激励着我，鼓舞了我。如今，吾辈老矣，疾痛缠身，抚摸这枚珍藏了60余载的铜币，感慨万千。令人欣慰的是，在我老迈之年，上海文艺出版社出版发行了我的专著《美学的沉思与批评》和《华亭集》，亦算是我此生学习探索的结晶。

我又一次仔细端详这枚铜币，仿佛重现红军长征的壮丽图景。啊！不忘初心，红星闪闪放光彩！

沈敖大

从"秀丽江山"说开去

从古至今，知人和评价人是件难事。仅说古代，多少帝王的亲信变成了自己的掘墓人！2500年前孔子就试图解决这个难题，告诫学生说，巧言令色之人不可信，对人要听他说，还要看他行，胸中不正，则眸子眊焉等。但也很难做到，所以2500年来因不知人而发生的悲剧屡在上演。

唐代大诗人白居易也教人一个知人论人的办法，他说：

> 赠君一法决狐疑，不用钻龟与祝蓍。
> 试玉要烧三日满，辨材需待七年期。
> 周公恐惧流言日，王莽谦恭未篡时。
> 向使当年身便死，一生真伪复谁知

白居易的办法似乎也很有道理，周公辅成王时流言四起，说是周公要篡权；王莽当年勤劳王事、礼贤下士、广交大臣时，也曾朝野称赞。如果那时两人死了，周公就成了试图篡权的逆臣，王莽铁定是忠于王事的贤臣。前者必遗臭万年，后者则清史留名，谁知成王成年后周公还政、站住脚跟后王莽篡政呢。

"身未死"与"身已死"的评价完全倒了个儿，岂不是"一生真伪复谁知"。

这些破议论，是因为看了电视剧《秀丽江山之长歌行》所触发的。

这剧名很费解，看了几集才知讲的是刘秀起兵反王莽最终得天下的历史。"秀丽"者，刘秀与其妻阴丽华也；"长歌行"，宝刀名也；"江山"，指刘秀逐鹿而得江山也。

刘秀少时曾入长安求学，见执金吾出行排场之大、之威严，又闻新野豪富千金阴丽华之美，立下志向："仕宦当做执金吾，娶妻当得阴丽华"，以此自勉。

剧里的王莽正是白居易诗中的那个王莽，不过他此时不是"未篡时"的王莽，而是已经撕下假面具篡汉以后了。王莽的用意是想推行新政，实质却是全面复古，搞乱了社会秩序，民心不安；损害了地主阶级的利益，引起他们的不满，再加上老天不予眷顾，全国范围或蝗灾或洪灾，多地颗粒无收饿殍遍野，灾民四处涌动，烽火四起，绿林、赤眉等纷举义旗……

当其时也，躬耕于南阳的刘秀起兵于田间逐鹿天下，终于抱得美人（阴丽华）归，而且身登九五，"超额"完成了他的志向。

也许历史剧比较严肃之故，编者虚构了一个既懂阵法又工技巧的阴丽华，长随刘秀身旁，一起驰骋沙场联袂挥戈杀敌的故事，这样剧情就平添了不少趣味。

刘秀与阴丽华的故事已流为历史的美谈，后世的骚人墨客多有吟咏。后宋代宋庠路经刘秀故居，兴叹曰：

郁郁春陵旧帝家，黍离千古此兴嗟。
萧王何事为天子，本爱金吾与丽华。

范锦文

人生感悟

一

常来微信，是一种缘。朋友圈，可以看到自己的晴天，也可以欣赏别人的沧桑。深看人，浅说事，活得好一点，对自己好一点。活着不是什么都重要，而是该挽留什么，放下什么，去做什么，去懂什么。活着很苦，看透很累，有孤独，有贫富，有心中的穷人，也有请不动的贵人。抱怨的人，活得很累，只是说不出来；看透的人，活得无拘无束，只是不想说透。

在岁月中跋涉，每个人都有自己的故事，看淡心境才会明媚。好好扮演自己的角色，做自己该做的事。生活不可能像你想象的那么好，但也不会像你想象的那么糟。生活的滋味，甜酸苦辣咸；人生的色彩，赤橙黄绿青蓝紫。求缺的人，才有满足感；惜福的人，才有幸福感！

做人要拿得起，也要放得下，拿得起是能力，放得下是智慧。有些人拿不起，就无所谓放下；有些人拿得起，却放不下。拿不起，就会庸庸碌碌；放不下，就会疲惫不堪。人生有许多东西需要放下，只有放下无谓的负担，才能一路潇洒前行。

人生如戏，有你有我有明天，是是非非，冷暖自知，畅快地活着，快乐地笑着。人情别看重了，健康才是重要的；看事别看远了，修心才能延年益寿。包容过去，融通未来，创造人生新的春天，人生将更加明媚迷人，灿烂辉煌。

二

季节的转变，流年的浮华，那些人生路上的相聚与别离便是生命里卷起又铺开的风景。懂得，是这欢乐的相聚与别离间最动人的，是这静美时光中最温柔的念，是生命中最美的缘；懂得，是开在心灵中柔媚的花朵。一段文字，因为有了聆听便会共鸣；一个人如若百人懂得，便是幸福。

人世之间，一份懂得，如此美妙，如此温馨。风是云的懂，成云成雨，让云不辱旖旎的使命；蝶是花的懂，采浆传粉，让花不愧妖娆一生；鱼是水的懂，嬉戏水中，让水不再独自流淌。懂得轻柔岁月里那一缕暗香，是平淡生活中的相依相伴，是繁花落尽后的那份珍藏，是百转千回后的那份执着。长路漫漫，一份懂得是不言不语的相随。

真的懂得你，不是餐桌上的酒肉朋友，是心心相印的良师益友。懂得你的人，不求太多，一两个足矣；懂得你的人，陪你走一程，同你欢喜同你忧。真正的懂你，不是赞不绝口，而是提醒你小心左右。懂你的人，会在对了时竖起大拇指，错了时唤你回首。

懂得的心境，如春暖花开，纯情温馨；懂得的情怀，如一抹莲韵，悠悠流淌，旖旎风光；懂得的岁月，如小溪潺潺，水到渠成，自然天成；懂得的世界，如一盏清茶，畅抒衷肠，情深意长。

三

安静是一种心境，尽管心处喧嚣浮杂中，却能波澜不惊，一如既往。

愿做一个安静的人，过自己简单的生活。人生充满了诱惑，所以一直拒绝奢华，远离浮躁，尽量让自己的心灵澄澈宁静，淡泊清雅。每日看太阳冉冉升起，再看夕阳西下。一日三餐，粗茶淡饭，安静过着属于自己的简单生活，做一个安静的人。

"安静"两个字很好，带着淡淡的祥和，喜欢。花儿是安静的，默默地开着，又默默地凋谢，笑看人世间的千姿百态，那纷扰与繁杂是生活的一种情趣而已；云儿是安静的，淡淡地云卷，淡淡地云舒，无论繁荣与凋零，都只是一种风景而已。安静多么美，多么自在，是笑看风云际会的坦然，是旁观世事变换的淡泊。安静地生活，过平常日子。守候淡泊的岁月，即使是坐在窗边静静地看天际的云，偶尔还会看到有几对鸟儿快乐地飞过。偶尔，风把发丝吹乱，也是一种幸福，生活不就是这样琐碎和温馨么！要求过多，得到却很少，是一种失落，而要求甚少，得到丰是一种幸福。

细品静思，思绪游走，火花闪耀，感觉真好。回味时才知道，安静是一种幸福，是对生活的浅浅姿态，是对未来的默默期待。守住一颗宁静的心，便会明白博大可以稀释忧愁，宁静可以驱散困惑。静水流深，勿忘本心，活出自己的精彩。

四

人在草木间，合成一个"茶"字。人生一世，草木一秋，几度冷暖，几分纷繁，人与茶之间有着禅意的相连。在茶香中品人生的真味，何不快哉！人生沉浮，如一盏茶水，苦如茶香亦如茶。一切自然，一切脱俗，一切入幽美邈远的意境，都是人生的淡雅之美。

喜欢喝普洱茶，色如红酒，犹如柔情似水的娇美女子，千般情丝在杯中起起落落，萦绕不绝。普洱茶是一种耐岁月的茶，时间越沧桑茶就越香醇。看着干枯被压扁的叶子在水里缓缓地变化，仿佛看到了自己的过去和将来，沧桑的容颜、斑白的鬓角，感慨时光飞逝，岁月无情。

陈年普洱茶，浸润岁月的醇香，在它浓酽的醇香中，储藏着历史的厚重及时间的况味。仔细品味，普洱老茶几泡后，完全是入口即甜，满口生津，就像人到晚年，回想自己的一生，无论是沧桑还是幸福，都是"茶里乾坤大，壶中日月长"。那份淡雅，是默默回首中感悟人生的真谛。拂去心灵的沧桑，感悟生活的美好，让生活更加饱满！

五

书房静静的，喜欢这样的环境。让自己安静，试着让思想归零，把对事物的欲望清空。打开音响，一曲舒缓柔和的音乐在屋内流泻开来。琴声悠扬，把自己放逐到高山流水、春花秋月里去，顿觉意境好美。

美妙的夜，窗外月如水，行人稀少。月光下，想起过往，影影绰绰，都带着点淡雅的桂花的香味。邀明月入窗，似有太白的浪漫；采菊东篱，若有陶公的潇洒。不悲不喜，做一个清静之人；不显山露水，沉静安然。喜欢这种自由自在，淡淡的、闲闲的，了无牵挂，闲云野鹤，不为情所困，不为名所缚。宁为天下一闲人，不做世上名利客。只愿有一颗自在的心，无欲无求，随缘清静。

希望过简单的生活，喜欢饮一杯茶看一本书，写一张铁画银钩，栽几盆石榴金橘，种一些花草。果树随着四季的变化生长，邻家小狗叫着傍晚的夕阳，饮几盅老酒深情吟唱。昏沉睡去，压扁了月亮，枕碎了星光，起伏的呼噜，让雄鸡破晓啼唱，好一幅美妙的水墨丹青、一枕唯美的黄粱。自由地思考，自在地歌唱，让生活充满阳光，纯洁无邪如童话般敞亮，快乐逍遥似神仙一样。如此，自由自在，心宽境妙。

王元祚

我是中国大地一棵平凡的树

我是中国大地一棵平凡的树，我生长在平山县西柏坡的红色土地，我看到70年日出日落风风雨雨……新中国的赶考从这个小山村里起步，如今新的赶考正在绘制美丽乡村蓝图，就像当年从这里发出的408封电报，党的号令指向新时代的革命征途。

我是中国大地一棵平凡的树，我生长在北京颐和园美丽的昆明湖边，我有幸相伴在天安门祖国的心脏。70年春秋更替，70年有丽日也有迷雾，我看到周总理的悼诗、毛主席的逝世，我看到升国旗的庄严和大阅兵的威武……新中国走过70年的艰难曲折道路，老百姓的心声喝在大碗茶、唱在京韵鼓。

我是中国大地一棵平凡的树，我生长在西安兵马俑千军万马近旁，4000年的历史在这里慢慢叙述。秦始皇一统华夏，兵马俑的目光宣告中国不可侮，手中的剑戟和身边的战马铮铮铁骨。今天海陆空火箭军，军威震世界，威武向深蓝。

我是中国大地一棵平凡的树，我生长在内蒙古大草原塞罕坝，我看到三代人接续改造沙漠变良田，抗拒风沙让我们站成挺拔的大树，没有任何力量能改变我们的意志，没有任何目光可以怀疑我们的决心，塞罕坝、库布奇、腾格里沙漠巨变，为世界绿化提供中国方案和中国蓝图。

我是中国大地一棵平凡的树，我生长在雅鲁藏布江悬崖河谷，我生长在怒江独龙江畔高山峡谷，我看到大江大河不再是天堑。穿行在高山峡谷的是雅康高速公路，路在空中穿行，车在云里高飞，穷乡僻壤变通途。云南贡山独龙族整族脱贫欢欣鼓舞，高黎贡山独龙江公路隧道将贯通，深山腹地富庶，新时代开启幸福生活的美丽画图。

我是中国大地一棵平凡的树，我生长在上海黄浦江滨江绿地，看上海中心金茂和明珠塔刺破云霄，看浦江两岸夜色璀璨霓虹闪烁，浦江桥高架路地铁线构成立体交通，党的诞生地红色基因牢固。世博会、进博会让五洲看开放决心，长三角整体联动打造新的城市群，海纳百川追求卓越的城市精神，让上海成为红色高地、红色魔都。

我是中国大地一棵平凡的树，我生长在甘肃敦煌莫高窟、鸣沙山，千年的莫高窟是丝绸之路上的明珠，彩绘塑像飞天乐伎是世界艺术瑰宝。樊锦诗、王旭东和他们的团队，有着深深热爱历史文物祖国文化的情愫，保护历史和文化让艺术传承全民瞩目。莫高窟以新的面貌矗立在"一带一路"上，守望历史，守望文化，守望的是幸福。

中国大地千千万万棵树组成一幅绿色地图，这地图就是我们伟大繁荣的祖国，就是山的巍峨、水的奔腾、海的广阔，就是城的繁华、村的美丽、人的幸福。我用树的眼光看祖国，看不尽70年天翻地覆；我用树的耳朵听祖国，听不够天南地北好故事动人心魄，最动听的旋律就是——"我爱你中国！"

汤炳生

暖暖的，长长的

那天午饭前，我照例先喝酒，酒还没喝完，外甥囡玲玲和她母亲进来。她喊了一声大大（她从小喊惯了大大奶奶），然后把两个小礼盒在我面前一放说，祝大大健康长寿，生日快乐！

实际上我一向把庆生不当回事。记得在我50岁那年的生日，我没邀亲朋好友，就像平常一样吃了碗面，而上海的姐姐为我买了件衣服，她一双儿女给我这个舅舅各自汇来了100元钱。我当即把钱退回去，衣服我收下了。退休的前一年，为回应亲朋的"什么时候做生日"，我发了预告：一律不邀。哪知我的小连襟在背后发了脾气，不邀就不邀，像是吃着伊的！当然也有其他杂音的，后来我妥协了，把本已回掉的亲朋重新请回来摆了几桌酒。70岁前，我早早地和各家打了招呼，尤其对小连襟说了，这次别逼我了，但以后你们谁家庆生，我都会去的。

玲玲送生日礼物给我，我一点也不奇怪。那是她出生以后，就由奶奶去上海照顾她了；她读书了，父母都要上班，也是由她奶奶扔下我去陪她，照顾她的生活起居；寒暑假她来我家的日子多，所以她有一口纯正地道的松江话，准确地说是一口乡下石家浜话。玲玲和奶奶最亲，即便在西雅图留学的日子里，越洋视频成了一老一少的两人世界，也让那石家浜话绵密得撕扯不开。

玲玲说阿姨生日我送蛋糕,大大生日我送长寿面和温酒器,然后她急不可耐地从礼盒中取出温酒器和长寿面放在我的面前。我看那温酒器是一个精巧玲珑的小罐,内有一个容酒小壶,在罐内倒上开水后,小壶放入罐中,塞上木塞,罐口倒扣一个酒杯,待三五分钟酒便温热了。这温酒器用的是景德镇的高白泥,用珐琅彩的制作工艺加金丝描边,着色处都有细微的凸起,呈现出不一样的质感和富贵气派,它的下半部仿古江崖海水纹设计,俗称江牙海水或海水江牙,是常饰于古代龙袍、官服下摆的吉祥纹样,斜向排列着不少弯曲的线条,名谓水脚。水脚之上翻滚的水浪,水中立一山石,祥云围绕,它的寓意自然是福山寿海。此物具有宫廷风范,要是皇上御用,它的寓意不仅是福山寿海,更有一统江山的内涵。我把玩了多时才小心翼翼地重新将它放入礼盒。我又拿起长寿面细细观看,一只四四方方中国红的礼盒,内装同样是四四方方的四小盒蔬菜长寿面,这是北京御茶膳房的食品。一个小盒内只有一根面,其长6.6米,重60克,面上刻有回形纹及喜庆祝寿的话。

本来想放下酒杯吃饭了,玲玲则拿起温酒器去洗了洗说,大大,再烫一点酒。其实我在各种饭局上已近三年不喝酒了,就怕好友劝酒而不胜酒力出洋相,也曾耳闻目见上了年纪的人在宴席上喝出事来的。但我在家里每晚还是会喝一点的,不过量不多,即便有配胃口的下酒菜,即便老婆女儿难得劝我再喝一点,我也摆手不喝,而玲玲这么一劝,我便毫不犹豫地应了声,好,再喝一点。于是玲玲给我温酒,女儿手忙脚乱地为我下长寿面。酒很快就温好了,可煮那一根面倒足足花了一刻钟的时间。玲玲见状揭下温酒器罐盖,取出内壶拔出木塞,将酒倒入杯中。我则将放入调料的面拌了拌,又挑起来对着明亮处看了看,那清晰可见的回形纹,那清晰可见的"福如东海长流水,寿比南山不老松""生日快乐身体好,年年岁岁有今朝"的祝贺词让我想了很久。玲玲看着我问,大大,怎么样?我没急于回答,喝了一口酒后,又把面送到嘴里品了一回,点了点头说,嗯,暖暖的,长长的!

她笑了。

我快乐

当年，我在下伸店的第五个年头，领导上把我从城西公社工农大队（现在的永丰镇薛家），调到了联丰大队的下伸店。和我一起被调去的是个快要退休的老顾，他个子矮小，戴了副眼镜，暗红的皮肤佝偻的背。他心脏不好，也常见其手抚胃部，扭曲着脸痛苦地哼哼，那模样很吓人。老顾除了每月的休息日回去外，一般不太走动，守店为家。之前，公社的宣传部门经常向供销社借我去搞创作或演出什么的，店里职工很有意见，供销社的领导也不乐意，但也不便回绝公社借我。当我调到联丰以后，领导便有了不能借我的理由：联丰店就两个职工，要进货要轮休，一个职工年老多病，说不定哪天瘫倒，回家了……

这联丰店比不得工农店，那里交通便捷，小店旁边就是公路，前方50米处是一个车站，有公交车直达601厂。店里有五个职工，西面一墙之隔是大队部，再往西南一点有翻砂厂、服装厂，服装厂的北面是肉店、理发店。工农店有专职的进货员，进货不是小货车便是手扶拖拉机，如逢店里少量货物断档，进货员踏了黄鱼车就走。这联丰店是处在附近没有人家的一个大四合院内，门内两侧面对面各有三间厢房，西侧南面第一间是大队的卫生室，另两间是大队的办公室，东面的第一间是两个女知青的宿舍,中间一间是下伸店的店面,第三间是店员的宿舍兼仓库。再北是一个面南背北高出厢房的大通间,它无门无窗,地上用砖块垒起,上搁长长的宽厚的木板,地上还凌乱地扔着小捆稻草和稻草打成的草团。问了赤脚医生才知道,这里是召开全大队会议和文艺活动的场所。这让我蓦然想起延安抗大那艰苦学习的生活。赤脚医生告诉我,每逢大队开会或有文艺宣传演出,小店就会被拥堵包围,店员忙得七荤八素。平时来买东西的人不多,因为联丰离县城近,男人们去县城吃早茶,家里要点什么也就带回来了。听说这小店每个月的利润也不够两个职员的工资,供销社早就想把小店撤了,是这边大队领导的一再要求,才把它保留下来。

我来联丰店时隔壁女知青的宿舍锁着,直到春耕开始,才见到她们的倩影。白天有人来卫生室,或找大队领导,顺便在小店里带点东西回去。一到晚上,大院又没大门,一年365天,天天向好人也向坏人敞开着。如果女知青不在,小店里只有一个人值夜,偌大的四合院里万一有什么情况发生,那真是叫都叫不应。

我的家在金沙滩的人民河边,从这里翻过铁路回去很近,但我享受这儿夜晚的宁静,更享受白天的安谧。在工农店生意忙不说,环境嘈杂,静不下来,每逢星期天601厂厂休,那里简直像是赶集。这儿顾客少,坐着没事可以看书,可以构思,可以创作。店里如果要进大件的货物,比如甏装的酱油、乳腐、袋装的食盐和红糖、白砂糖、桶装的食油等,就和同水路的相邻小店商量,为省点费用合叫一条船进货,船到联丰附近的河滩,再请农民工挑着驳回店里。如果平时店里缺点日用食品,我就挑起空箩沿铁路走到包家桥供销社仓库去提货,那一个来回少说也有六七公里的路程。一袋食盐百十来斤,一桶食油四五十斤,还有其他的东西,那肯定是挑不动的。因为联丰店的情况特殊,开票后可以先提少量食盐,余下的下次船装,但油桶是马口铁的,必须原桶带走。这样,一个月至少也得跑两三次。如果接到通知分配下来带鱼、黄鱼什么的,还得赶快去拿回来,和大队商量着处理。好在后来经熟悉路径的人指点，抄近路、穿小弄堂少走很多路。"双抢"大忙的时候，如果在工农店，两个人一辆黄鱼车，装上满满一车的货物直送到田头或社员的家门口。碰上进货的日子，还能顺便带上两箱棒冰，一箱在店面供应，另一箱可以带到田头场地。而在联丰，我只能挑着一对箩，装一些生活必需品，比如肥皂、卫生纸、香烟、茶叶、十几包一斤装的食盐、十几瓶灌好的酱油。当然，担子再沉，一甏乳腐和十几包散装好的萧山萝卜干是一定要带上的。

那一年，在进货的路上，留下了我重叠的脚印；在"双抢"和秋忙季节，田头、场地的沟渠里，在哗哗的流水中，倒映着我头戴草帽、肩上搭着擦汗的毛巾、双箩被人围住时那忙碌的身影……

老顾每每见我或进货去，或送货到田头回来，那晒黑了的皮肤上汗水如注，脱下的衣服不多久便绽开白色的盐花，他会说这里比其他的店要艰苦得多，年轻人都不愿来。我说我是主动要求来的。老顾说，你思想真好。我说，不，我自由散漫惯了，公社又经常借我，那是我最喜欢做的事，现在他们就直接找我了，每次都是你批准了我才走的，这要谢谢你。老顾愣了愣说，我能批准你？我说，每次公社来电话，你总说我在店里，你去吧。老顾听后哈哈大笑。

我快乐。

陆景青

感受雷电

那地动山摇的惊雷是地球上最阳刚、最雄壮的天籁之声，那撕裂长空的闪电是天地间最耀目、最辉煌的不规则弧线。在那雷暴突降的夏日的午后或傍晚，你往往怀着一种惊恐的心理，被迫享受一场由大自然奉献给你的视觉和听觉盛宴，感受地动山摇之阳刚之气。

每年惊蛰之后，是一声声春雷唤醒了沉睡的大地。随着气温的不断攀升，时而会出现一些强对流天气。这种天气常常为雷电搭建了舞台，于是它就堂而皇之地粉墨登场了。呼啦啦——咚咚咚！那是在当空震响的炸雷，清脆而响亮，实有金戈铁马之气势；轰隆隆——那是在天边滚动的闷雷，如重炮在轰鸣，沉郁而有力。

那撕裂长空的闪电和震耳欲聋的雷声，所产生的能量实有排山倒海之势。记得少年时代一个夏日的午后，闷热异常。小睡醒后，只见西南天边有大片大片的黑云在聚集，不一会儿就被推到当空。天空突然变得昏暗起来，眼看一场雷暴雨就要从天而降。我一人在家特害怕，就跑到一个小伙伴家壮胆。这时，在田间劳作的大人们都陆续逃了回来。骤然间，一个雪亮的闪电划破了乌黑的天空，紧跟着，一个有篮球大小的暗红色火球从客堂大门口滚了进来，在四周绕了一圈后又窜进房间，又沿着四壁转了一圈。

突然,一个巨雷劈将下来,脚下的地板在微微颤动,窗户嘟嘟作响,耳朵里霎时灌满了叽呤呤之声。几乎在巨雷炸响的同时,只见那火球直冲屋顶,继而破屋而去,在东南方的屋顶上留下了一个大窟窿。这一切都发生在瞬间,根本就容不得你一时半会儿思考,那上下呼应的人间奇景稍纵即逝,直惊得人面面相觑,目瞪口呆!日后凡遭遇雷暴天气,记忆深处这恐怖的一幕就会鲜活起来。

还记得有一年暑假我到泰山旅行,凌晨4时出泰安站时又遭遇雷暴天气。想回到车站避雨,可站警横竖不让我们进去,一行人只得在这座陌生的城市里摸黑乱闯。那闪电那雷那雨真是搅天搅地,头顶上的遮阳伞形同虚设,眨眼之间浑身上下就没剩下一丝干纱。这风雨倒也忍了,反正是盛夏天气。最要命的是那刺眼的闪电和不时在头顶炸响的大雷,真让人有一种生命俄顷被剥夺的巨大担忧!可能一侧就是那大名鼎鼎的泰山,那接二连三的炸雷在千山万壑间滚动,与平原地区听雷实有天壤之别。因了群山的共鸣和回应,那雷声犹如万炮齐鸣,气势磅礴,令人胆战心惊。突然间,一道雪亮的闪电将四周映照得如同白昼。一同事惊呼:"脸上发烫!"紧跟着,一个响雷劈将下来,我索性闭上眼睛,摆出一副听天由命的样子,感觉整座城市都在微微晃动。雷声过后,觉得自己还活着。阿弥陀佛,这回真得感谢上苍的垂怜。此情此景,一辈子都刻骨铭心。

好在现代人都懂点防雷避雷知识,但即便如此,每年夏季,尤其是夏秋之交都有几场大雷、惊雷登场亮相,人员伤亡、建筑物受损的新闻也往往不绝于耳。于是我又傻想:何年何月,万物之灵长才能真正降服雷魔,进而造福人类呢?

健康是笔大财富

说到财富，也许有不少人会想到豪宅名车以及千万甚至上亿资产。当今社会，物质财富果然重要，无钱寸步难行，所以世人看重物质财富不难理解。然而，就财富而言，除了物质的，还有许多精神层面的，比如年轻、经验、健康、知识、智慧、情商，甚至是吃苦、磨难等皆可入财富之列。

在众多的精神财富中，我以为健康这笔财富最为宝贵。早些年已有人索性将健康和其他财富之间的关系彻底数字化：认为健康是1，其他诸如金钱、爱情、事业和豪宅名车等统统为0。唯有了前面的1，后面的0们才有意义，这个说法早已被普罗大众所接收。个人的健康状况有时虽然不以自己的意志为转移，但假如饮食有规律，起居有章法，家庭和睦，子女上进，保持良好的心态，坚持适度健身，倘若基因也没问题，那么一般情况下，健康就不会出什么大问题。

说到体育锻炼，我是有话要说的。现状是青年人沉睡（他们自以为拥有挥霍不尽的健康资本），中年人觉醒（不少中年人已处于亚健康状态），老年人奋起（想延年益寿），而我在很年轻时就注意到健身对健康的重要性，而且喜爱上了运动，并天天坚持，至今已有30余年。我对健身重视到何种程度呢？反正即便在旅游或是出差途中，虽然到达目的地时不一定是早晨,那么我一定会在当天找个时间和地点将这个"功课"补上。人食五谷杂粮,不可能永远不生病,但即使在有点头疼脑热的时日,我都能坚持下来。平生没什么值得骄傲的地方,但在这方面真的让自己觉得很有成就感,甚至还感觉有点伟大。你想啊,30多年1万多个日日夜夜,一天都没落下,那是一种怎样的精神、怎样的毅力、怎样的坚持,又是一笔怎样的财富啊!

  除此之外,有规律的生活、良好的心态、豁达的胸怀,一起为我的身体保驾护航。如今,每当我看到那些大腹便便、赘肉满身的年轻人,怜悯之心不禁油然而生。让人不可思议的是,其中的一些人非但不思改悔,反而觉得那是一种"风度",可见,他们实在曲解了风度的内涵。凡事过犹不及,这营养也是,过剩了就是一种危害。现在生活好了,真的需要管好自己的嘴巴,整天胡吃海喝又不想锻炼,其后果不言自明。由于长期坚持锻炼,加上节制饮食,精神生活健康充实,每年的健康体检,几乎所有的指标我都正常。走路健步如飞,思维依然敏捷,身体轻盈灵活,全身上下无一点赘肉,更无"三高"迹象,一句话,我对自己的身体状况非常满意。

  假如说健康是人生至宝,那么我已拥有了比豪宅乃至亿万资产更为宝贵的财富,这笔财富大大地提高了我的生活质量,使我每天拥有一个好心情。

书香人生

书籍于我而言，就是饥渴者的面包和甘泉，这话真的一点也不矫情。此生爱书，爱到骨髓。

回顾自己所走过的人生道路，可以说每一个人生阶段都有书籍相伴，故而一直觉得自己过得很充实。我的少年时代，正逢物资匮乏时期，正在长身体时偏偏又经常挨饿，那腹中整天空空如也的感觉真是难受。好在我有个办法，那就是读书。但那时书籍也不多，再说家里又穷，父母能供念书已经不错了，花钱买闲书看那简直就是痴人说梦。但我有办法能让自己不间断地读到书，至今我还记得那时读书的三个途径：一是到书摊上租小人书（连环画）看。但凡衣兜里有点零花钱（通常是过年节时父母等长辈给的压岁钱，还有靠自己劳动所得，主要是将割下来的青草晒干和搓稻草绳出卖）就一头扎进书摊中，就是靠着这些零花钱我阅读了大量的连环画。姜子牙、诸葛亮、刘关张、岳飞、杨家将、水泊梁山的108条好汉，那些来无影去无踪、能飞檐走壁的侠客，还有《西游记》里的唐僧师徒和众多的妖魔鬼怪……都是从连环画上初步认识的。二是借书读。但那时书也不好借，一是书源少，再者人家也不会老是没完没了地白给你书看。三是靠出卖劳动力换书读。我既没有做一个孩子王的本领，具备"登高一呼"的气场，却又爱书心切，怎么办？办法总比困难多。通常是做些没什么技术含量的劳动，比如帮有书人家的孩子割上一筐猪草，或是帮人家放上一晌午牛，以此作为借书的条件。当然有时候也会将家里的鸡蛋、黄豆之类偷出去换书看。那时我的爱读书简直达到了痴迷的程度。有道是书非借不能读，能借到一本书时，心里就觉得特别充实，每当书到手之日，用如饥似渴和生吞活剥来形容真的一点都不为过。无论是《七侠五义》《小五义》等武侠小说，《封神演义》《西游记》等神话小说，还是《红楼梦》《西厢记》等言情小说都让我心醉神迷。就这样，靠着少年时代的生吞活剥，为日后的广泛阅读打下了坚实的兴趣基础。再后来，有了一定的经济基础和社会基础，就开始自己买书或去各类图书馆借阅。日积月累，家里也有了一定数量的藏书。时至今日，我依然保持着对阅读的浓厚兴趣，工作再忙、时间再紧，也会每天抽出一点时间来读书。

如此广泛而不间断地阅读，为自己打下了一定的文化和学养功底。在此基础上，我开始尝试写作。以前我一直知道我的家乡佘山地区有着较为深厚的历史文化积淀，我想，假如我能将这些历史文化积淀挖掘出来，并将此变成一本书，那该是一件多么有意义的事情啊！于是我开始格外关注佘山地区的历史文化，即使是一篇不很起眼的报道都不放过，还分别到松江和青浦的档案馆、图书馆等部门去查阅相关资料，又到民间采风，收集了大量资料。1992年，一本以我为第一作者的《云间览胜》由百家出版社出版发行。之后又相继出版了《文化佘山》《九州方圆》两本散文集。2012年，我又应佘山社区学校之邀，编写了《美丽佘山》乡土教材。

年内，一本30万字的散文集《飘逝的岁月》也将由中国文史出版社出版。这些年来，我还先后发表了近500篇散文、报告文学，有50多万文字见诸报刊，至今依然初心不改。

我心里很清楚，此生能在写作上取得一点成绩，完全是依赖长期的广泛阅读。书香伴我一生，一生陶醉书香。在我的影响下，我们全家人都喜欢上了阅读。去年，我家还被街道评为"最美书香家庭"。"生命不息，阅读不止"，这应该说是我退休生活的一句座右铭。

朱正安

沿怒江溯流而上

怒江，顾名思义，应是一条狂放不羁的河。不过，今年春节，当我们从云南怒江傈僳族自治州的泸水县沿江溯流而上时，由于是枯水季节，看到的却是一条温驯的河流。远远望去，它像一条飘落于崇山峻岭里的绿丝带，曲折逶迤，如梦如幻。

我们正月初二从泸水上路，司机兼导游的傈僳族小伙阿什耶首先把我们带到了一个神奇的地方。车至怒江一转弯处，便闻路下人声鼎沸。向下俯瞰，河滩上全是密密匝匝五颜六色的帐篷。公路上，还有许多穿着傈僳族民族服装的男男女女，拎着扛着吃的用的，正向河滩涌去，熙熙攘攘，摩肩接踵。原来，每年正月初二至初六，傈僳族都要在鲁掌镇的登埂举行澡塘会。所谓澡塘会，就是不分男女老少，都要下到怒江边上的温泉里裸浴。在一个个形状不规则的用卵石围起来的露天浴池，许许多多男女只穿着裤头袒露着身躯，若无其事地一边洗浴一边交谈。我们一开始很觉难堪，不敢拍摄，只能好奇地偷偷瞟上一两眼，过一会儿也就习惯成自然了，而且深为眼前氛围感染，就用手机捕捉每一个新奇的镜头，图片视频交替上，最后竟然也脱下鞋袜将脚伸进池中，只是未敢脱衣沐浴。澡塘会还安排了对歌、射弩、上刀山等项目，一连五天不消停，傈僳族人晚上就在这里睡帐篷，白天尽情欢乐，其浪漫之举让人叹服。可惜我们急着赶路，没有欣赏到那些令人神往的异族风情。

沿怒江溯流而上的第二天晚上，在泸水百花岭一个小小的天主堂里，一群不识字不识谱、穿着朴素民族服装的傈僳族农民，为我们表演了四声部无伴奏合唱——古歌、颂歌、苏格兰民歌《友谊地久天长》，还有贝多芬的《欢乐颂》……我在电视节目中曾收看过这个节目并为之倾倒，也知道这个唱诗班曾两次参加过国际合唱节而轰动世界，但那毕竟不是原汁原味的，现在与他们几乎是零距离，听起来就更似天籁之音，意境悠远，荡气回肠。据阿什耶介绍，他们都信奉天主教，20世纪上叶，洋牧师来此传教，盖教堂，教信徒唱诗，久而久之，四声部无伴奏合唱也就诞生了。

老虎跳是因为怒江中有一块巨石横卧其中形成的一处景观。在这里，怒江把从唐古拉山脉带下来的被压抑了一路的野性发泄了出来，惊涛拍岸，轰鸣声震耳欲聋，其气派、其声势，是决不输给名震遐迩的金沙江虎跳峡的。我想，要是在丰水季节，那阵势更加震撼人心了。

从老虎跳再逆流而上，只见人称"东方大峡谷"的怒江两岸奇峰突兀，飞瀑叠翠，高黎贡山与碧罗雪山相向而立，从而形成了高黎贡山、怒江、碧罗雪山三条巨蟒由南向北扶摇直上的奇观。就在左手的高黎贡山山脉中，远远地就能看到一面悬挂于山林峰海中的明晃晃的"月亮"。当然这不是月亮，是由天然大理岩溶蚀而成的深洞穿透山体而成的石月亮。石月亮傈僳族人叫其"亚哈巴"，谓其是该族的发祥地，所以当地人十分敬奉它。环视四围景色，峰峦叠嶂，沟壑纵横，岭高谷深，雄伟壮丽，集黄山之神韵、华山之险峻、泰山之烟云、雁荡之秀丽，让人流连忘返。

在去贡山独龙族怒族自治县的途中，我们还专门驱车进了一处深山老林，拜会了一位独龙族文面老妇人，与她合影留念。这种文面独龙族妇女，如今已是凤毛麟角。出得山来，再溯流而上，便是毗邻西藏的丙中洛了。就在怒江东岸，茶马古道穿行于山崖之上，历历可辨，向着西藏的察

*瓦洛*方向而去。出于好奇,我们下车过吊桥,走上了这种原始的古道。一边是高不可攀的峻岭,一边是深不可测的江水,眼前是坎坷不平的羊肠小道,没走多远,腿已发软,都被吓回来了。在丙中洛的许多地方,还能看见当地农民赶着驮有货物的骡马,艰难地行走在崎岖的道路上,当然那已不是当年去西藏的马帮了,只是本地乡村中的一种运输方式而已,所以多则三五匹骡马,少则一两匹。不过,听着那古老的铃铛声和不规则的马蹄声(因路不平经常踩空所至),还是能体会到过去马帮在茶马古道上艰难行进的情景。

怒江在丙中洛拐了个大弯,人称"怒江第一湾",形成了一个 Ω 型半岛,那便是赫赫有名的坎桶村。之所以说它赫赫有名,是因为这里曾是关押麻风病人的地方,所以又叫麻风岛。不过,时过境迁,如今这里已是一处风景独特的旅游胜地,从架设在怒江的吊桥上步行过去的游人络绎不绝。我们就住在它对面的旅馆里,从阳台上向江对岸望去,早晨或夜晚,那里绿树环绕,薄雾轻笼,安谧恬静,风景如画。据说,这里风光最美的时候,是春天满山遍野桃花盛开的季节,所以这里已更名为桃花岛了。

离开怒江的最后一天,我们住在高黎贡山深山里的一个怒族农家乐里。夜里,我坐在阳台上,四周阒寂无声,天上是满天的星斗,远处山村里不时升腾起庆祝春节的礼花。由礼花让我想起了几天的长途跋涉,除了怒江的千姿百态外,特别引起我注意也难忘的,是那些脱贫攻坚的标语口号,尤其是那条随处可见的"绿水青山就是金山银山"。我为据说是中国目前唯一一条江面上没有水电站的怒江祈祷、祝福!

张林琪

夏夜的星空

夏夜的星空，湛蓝的天幕上总有无数的星星，眨巴着或大或小、或亮或淡的眼睛，把闪烁不定的光芒一股脑儿地洒向人间，引起人们无限的好奇。"天上有多少颗星星，地上就有多少个人。"小时候的夏夜，没有电视，没有网络，我们最大的兴趣就是听大人们讲述关于星星的故事。尽管谁也没有说清楚过天上究竟有多少颗星、地上究竟有多少个人，但这好像并不重要，倒是一颗流星划过，大人们免不了会发出一声叹息："真作孽，地上又少了一个人。"

当火红的太阳褪尽最后一抹余晖时，一颗橙黄色的大星星就像一盏明灯似的悬挂在西边的天空，特别引人注目。奶奶说这是黄昏星，它在提醒人们白天已尽，夜晚就要降临。旧时种田人没有钟表，黄昏星出来，再辛劳的农民也得收工回家。那么有没有早晨星呢？奶奶说有，后半夜寅时与卯时之间（4时至6时）挂在东方天空上的天亮星（启明星）就是。天亮星光芒四射，独领风骚，当值守了一整夜的星星们悄然隐退时，它却昂首挺立在显赫的位置，迎来新一轮的红日。于是，勤快的农民陆陆续续起床了，女主人忙着煮饭及洗洗涮涮，男主人准备当天下田干活的农具，唯有孩子们还在甜甜的梦乡里遨游。

"小暑不热，五瓜不结。""六月六，鸭蛋晒得熟。"小暑紧接大暑的半个月，是一年之中最为炎热的季节。晚饭过后，黄昏星西坠，月亮却迟迟不肯露脸，后面几天也只是象征性地在西天挂了个弯弯儿，好像故意不与璀璨的群星争光辉，深邃的星空便大显身手。东边的天幕上，从西南至东北走向的银河以强大的凝聚力将无数的星星召集起来，编织成一张巨大的天网，为大地罩上了一层神秘的轻纱，还时不时地邀来微微的凉风和甘甜的露水，若即若离地陪伴着纳凉的人们，驱散白天里太阳留下的余热。

"迢迢牵牛星，皎皎河汉女。……盈盈一水间，脉脉不得语。"流传千年的美丽神话，是人们百说不厌、百听不烦的故事。你看，河西边的牛郎星，肩挑一双儿女，正焦急地盼望着河东的妻子，而河东的织女星也张开双臂，迫切地等待着丈夫及孩子，可是狠心的王母就是不让这对恩爱夫妻及其子女团聚，连隔在中间的银河也愤怒地卷起了翻滚的白浪（星云），数说着王母的不是。奶奶惋惜地告诉我们，只有七月初七的鹊桥会，这对苦命的夫妻才能相聚一次。听到这里，我们的眼眶里都充满了泪水。

其实，在我们的家乡，牛郎和织女星的故事，还演绎着另一个与众不同的版本。奶奶说，那位河西的健壮"牛郎"，是玉帝前妻所生的长子；那位河东的美丽"织女"，是后妈所生的次子。平时，后妈溺爱自己亲生的，常常让他挑很轻的灯草，而对前妻所生的，每天虐待他去挑沉重的石头。天庭召开蟠桃会那天，玉帝要求两个儿子挑担过银河。结果，肩挑石头的长子，将石担晃了三晃，乘势越过了河，而那位只挑灯草的次子，却怎么也过不去。从此，那位后妈的名声一直不好听，至今还被人们所鄙视。

现在的人们都知道，北斗七星是指路星，用科学的话来说是导航星，可是先时的乡人不是这样说的。因为北斗七星的形状像一只舀水的勺子，于是人间便有了许多与勺子有关的故事，最著名的要数舀水化雨了。"赤日炎炎似火烧，野田禾稻半枯焦。"是旧时夏天旱灾频发的真实写照。人们在纳凉之夜，面朝北斗，虔诚烧香叩拜，玉帝就会派天兵天将，用勺子不停地从银河里舀水，于是一场瓢泼大雨倾盆而下，庄稼得救了。后来纳凉烧香逐渐演变为家家户户做蚊烟，借此感恩玉帝，顺便驱赶蚊子。

天上的星星数不清，地上的故事说不尽。夏夜的星空，是我们年少时期一段最美好的记忆，它陪伴着我们一路成长，并不断地走向未来。

秋　分

秋分，艳阳高照，风轻云淡；秋分，一条大河波浪宽，风吹稻花香两岸。秋分，是丰收在望的节气，也是家乡农民最喜悦的节气。清晨，三三两两的老农，头顶笼盖四野的薄雾，脚沾晶莹剔透的甘露，乐不可支地来到一望无际、碧波绿浪的田头，或蹲或站，或说或笑，看稻穗含苞绽放，赏稻花吐露芬芳，听稻叶沙沙作响，闻稻谷满畔飘香，脸上喜滋滋，心里甜蜜蜜，半天不舍离去，那发自肺腑、写满脸庞的美感，无论怎么形容都不为过。

"白露白弥弥，秋分稻秀齐。"乡人习惯将水稻抽穗称为秀稻，稻穗扬花称为施花。秀稻如十月怀胎，一朝分娩；施花像婚纱款款，深情绵绵。那年，我曾挤在老农的行列里，分享过稻穗施花的愉悦。那稻穗上的每一粒谷子，都是一组最完美的花群，外边有花柄、颖片和谷稃。阳光下，花柄上的一对颖片托起谷稃向两边徐徐展开，于是里边的浆片、花丝和花蕊全都伸展出来，只见六根细如发丝、长度不足1厘米的花丝各自托起一朵针眼般大小的雄蕊，围绕着圆锥形子房释放出的一双雌蕊，翩翩起舞，左右摇曳。在优美浪漫的舞姿中，雄蕊将裂开的花药纷纷抖落在雌蕊身上，整个稻田呈现出一片白花花的迷人世界。傍晚，首批完成自花授粉的谷稃自动闭合。第二天继续演绎新一轮的施花，稻穗的施花期可持续一星期左右。更绝的是，下雨天稻穗也能照常施花和授粉，只是谷稃和花蕊伸展的时间都显得很短促，不像晴天那么热烈奔放。大自然的神奇让我惊叹不已。

秋分，稻子的主人们也丝毫没有松懈自己手头的活儿。场地上、树荫下，饱经风霜的老农取出精心保管了一年时间、色泽依然碧绿生青的糯稻草，慢条斯理地制作起挑稻索、畚箕索之类的收获用工具；"做人家"的主妇们牢记"忙时吃干、闲时吃稀"的祖训，将瓜果杂粮和捕鱼捉虾时收获的各种小水产，做成一日三餐的美味，既让家人倍感温馨，又巧妙地将剩余不多的主粮节省下来，供秋收大忙时重体力劳动者享用；心灵手巧的姑娘专注于纺纱织布，温婉甜蜜的欢言笑语和吱吱札札的机杼之声犹如美妙的乐章，有节奏地飘逸在乡间的上空，令乡村同龄小伙心生爱慕和思恋，更让巧舌如簧的媒婆踏破姑娘家的门槛；半大不小的孩子成为大人们的好帮手，割猪草、喂牛羊、学种菜，当然也少不了玩上一会儿打陀螺、滚铁环之类充满童趣的游戏。记忆深处的秋分，江南农村的秋分，叫我怎能忘得了。

"三更白露西风高"，"凉风乍起夜初长"。秋分，在日月星辰的旋转中悄然而过。稻穗经过为期一个月的籽粒灌浆和淀粉沉积，谷稃由绿色逐渐转为金黄，终于沉甸甸地弯下了腰。"寒露捉（割）早稻，霜降捉晚稻。"从春播、夏耘到秋收，水稻历经13个农时节气，吸天地之灵气，聚日月之精华，融农民之心血，汇肥水之大成，稻谷金灿灿，米粒亮晶晶，真的是物华天宝啊。"稻花香里说丰年，听取蛙声一片。"南宋辛弃疾如此慨叹。"浦江源头是松江，我的家乡在新浜。荷花开时春还在，稻香时分秋未凉。"婉转动听的田山歌唱出了荷乡人民的心声。2018年6月21日，国务院将每年农历秋分设立为中国农民丰收节。从此，秋分便超越了时令，被赋予社会学意义上的民俗内涵，升华为常驻人们心头的传统节日。

近年来，随着水稻品种的改良，一批生育期仅120天的中粳稻，赶在秋分之前成熟，晶莹的米饭比常规品种提前一个月上了人们的餐桌，松早香1号便是,其余的晚粳稻成熟期也相应提前了半个月。我常常独自思忖:这是否意味着"秋分稻秀齐"的农谚已经过时?但转念一想,社会在前进,科技在发展。怀念儿时的秋分,是丰收在望的期盼;面对今日的秋分,是丰收到手的现实。先人不是还有"白露白弥弥"一说吗?"白弥弥"也可以理解为稻穗施花呀。于是我由衷地佩服先人的智慧,更为当下的科技点赞。秋分,因水稻生长而成为谚语,更因水稻丰收而成为中国农民的节日。秋分,永远值得我们怀念和感恩。

闹元宵

"火树银花合，星桥铁锁开。暗尘随马去，明月逐人来。"欢度春节的喜庆氛围意犹未尽，吃年酒的碰杯声还在耳边回响，元宵节便悄无声息地策马而来了。儿时的记忆中，闹元宵是家乡传统的欢娱节目。一个"闹"字，将农历新年的热烈气氛再一次推向高潮。

吃汤圆是家家户户闹元宵的首要环节。满锅子的汤圆中，必须有一只做得特别大，俗称稻棵圆团，用以祈求新的一年里稻子长得特别粗壮有力。一到正月半傍晚，全家人都围绕着母亲做荠菜圆子，兄弟姐妹们纷纷伸出稚嫩的小手，抢着母亲揉好的粉团，吵着闹着争做慈姑、荸荠等各种形状的小圆子。做成了，母亲一阵赞扬；做不好，揉捏一番重新再做，一家老小，其乐融融。灶膛里的柴火噼里啪啦，锅子里的汤圆翻起了跟斗，我们的馋嘴也随之流起了口水。每人一碗荠菜圆子下肚，小弟小妹已经饱嗝连连，大弟胃口好，吵着还要吃稻棵圆团。母亲哄着说，这个要留给灶君娘娘吃，求她保佑我们今年的稻田有个好收成，稻子丰收了，明年的正月半一定给你加一个。大弟终于破涕为笑。

汤圆吃饱，父亲拉着我的手，赶紧出去放野火。父子俩从柴垛上接连拔出五六个稻柴，一路小跑来到自家的田横头，用自来火点燃柴梢，手捏柴头，举起火把，沿着田埂，边跑边喊："喔啊喔，火啊火，旧年收到三石六，今年要收六石六！"天色逐渐朦胧，月亮尚未升起，田野里的熊熊火把越来越多，到处都在晃动，叫喊声此起彼伏。"喔啊喔，火啊火，阿纳（我家）田里厢长稻，别人家田里厢出草！"哦，这不是太自私了吗？突然，耳边传来了不一样的声音："喔啊喔，火啊火，阿纳田里厢出草，别人家田里厢长稻！"我一听是隔壁的阿扁头，又问父亲，他为什么这样喊？父亲叫我不要管，只要喊对了就好。当我点燃第三个稻柴边跑边喊的时候，正巧与阿扁头相遇。阿扁头哈哈大笑："好兄弟呀，我也搞糊涂了，反正随便怎么喊都一样。"是啊，正月半放野火只是凑个热闹、图个开心而已，稻谷丰收还得靠人们辛勤耕耘哪。

放完野火，一轮圆月升起。咚咚锵，咚咚锵，锵咚隆咚锵咚锵……响亮的锣鼓声，夹杂着围观人群的嬉闹声，串马灯早已在村子中央的砖场上载歌载舞起来。我个子矮，用力往前挤，只见马灯队前面四人骑着由竹片制成的马头，中间四人提着彩色纸糊成的花篮，花篮里的蜡烛火像一盏盏马灯，随着队伍的晃动向四周散发出摇曳的光芒，后面两个被称为稍搭子的，各自手持一把大蒲扇，模仿着驾驾驾的策马声，边走边摇。马灯队员们的脸上都戴了一副纸糊的面具，一会儿装扮成许仙、白娘子、小青，一会儿装扮成铁拐李、吕洞宾、何仙姑……那中间男扮女装的提花篮者，故意扭捏着身子，嬉笑怒骂地闹出各种各样的笑话和洋相，引起围观者一阵阵哄堂大笑。马灯队串了东家换西家，村民们就像潮水一样跟着推来涌去。待到月上中天，喧嚣热闹的夜晚才重新归于宁静。

那天晚上，我因奔波劳累和兴奋过度，睡得特别香，鸡叫三遍还在做着美梦。梦见我家的水稻长得像树木一样高大，隔壁阿扁头家的稻田里却是一片稗草，我问阿扁头："你家今年还能吃白米饭吗？"一个翻身，我又梦见自己成了串马灯队伍中的铁拐李，左脚一跷一跷地骑着马头，后面的稍搭子突然大喝一声，我被惊醒了。父亲说，小孩子做梦不当数。可是一年以后，生产资料所有制改造，正月半放野火没了，串马灯也消失了。又隔两年，我到县城念书，再也没有享受过闹元宵的乐趣。

时过境迁，近几年，经家乡人民改良，串马灯作为非物质文化遗产，已成为一道赏心悦目的靓丽风景，并以花篮马灯舞的形式被搬上了舞台；放野火由大红灯笼高高挂所取代；吃汤圆更是被家家户户欢聚所延续。闹元宵，正在被赋予新的时代含义，在乡村重又红火起来。

钱明光

四明湖边的断想

早就听说四明湖的风景很美，这一次终于能亲眼见了。来的时候正是初冬时节，这时节正是银杏变黄、红花残存、湖面氤氲的时候，也是酒店淡季开始、不会嘈杂拥挤的时候，对于老人来说，这真是出游的好时节。

这里的静是美得出奇的静。没有标语，没有路边提示，没有大声说话，一切尽在自然中。干净的路面和绿草坪间，没有一点纸屑薄膜碎片，近处是草坪、小路、护栏，前方是四明湖水，远处是烟气朦胧的小岛或半岛，环湖皆美景，房屋都在树丛隐约的半岛中。最远处是湖际上下对折的远山。大概静的最高境界就是无视觉和听觉的杂色杂音的干扰。在这样的环境中散步是十分惬意的。慢慢地走着，偶尔会听到轻轻的沙沙脚步声，你一回头，其实他们离得蛮远。

这里的景是美的出奇的景。有山有岛，有湖有渚，有小径有围栏，有花有草，有大树灌木，一步一景，移步换景。无论走到哪里，眼前都是一幅江南水墨画。

中午，同行者要外出去另一景点，我想单独再享受下这里的美景，就一个人留下了。中午去吃小火锅海鲜，临湖而坐，近看湖面和半岛，远望隐隐约约的桥、岛、树和远山，在这里坐上一整天也是享受。在如今，独处可以慵懒地思考，更可深层次地去悟道。奇怪的是，只有我一个顾客。尽管服务员解释高峰时节这里非但客满而且门外还排着队，尽管我就喜欢这样的环境，但总让我意外。在中国几千个湖泊中，这里也算是美的。我马上想起无论何时都熙熙攘攘的西湖。这里缺什么呢？

这里缺文化。西湖之所以成为西湖，是因为有白居易、苏东坡的诗文和白堤、苏堤，有无数书法家的墨宝，有脍炙人口的楹联，有无数文人骚客的足迹，有许仙、白娘子的传说。这里没有。尽管这湖泊处处是景，有20平方公里大，比西湖大了两倍多；尽管余姚有王阳明、朱舜水、严子陵、黄宗羲四大名人，但都没有到过四明湖的记录。这湖不知比宣城的桃花潭美上多少倍，可这里没有李白的足迹，更没有他的诗句。过去这里是交通不便的丘陵和农田，老的省道也是一个山盘过一个山才能进去的。

但这里纯洁，没有假书法家的行为艺术，没有领导的墨宝，没有大红标语口号，没有人造古迹。

我就在想，西湖果然热热闹闹，非凡大气，像个名人，但保留一片村姑般恬静、优雅、含而不露的地方不是也很好吗？照样能让人流连忘返。

小鲫鱼

我喜欢吃小鲫鱼是出了名的。朋友聚会，刚见面，主人往往会歉意地开口，对不起了，这饭店没有小鲫鱼，或说，等会上桌的鲫鱼比较大，不理想。有人钓到了鲫鱼，马上发个视图向我显摆；有人从千岛湖回来，给我捎带了千岛湖大鲫鱼，给我这个老土尝尝真正的纯净水野生大鲫鱼，可我还是喜欢家乡的小鲫鱼，特别是每条二两左右的小鲫鱼。

小鲫鱼要放咸菜一起烧，如果有雪里蕻暴腌的，最好了。烧时，油锅要烫，煎得皮要有点焦，那味道就太鲜美了。有次一饭店拿出一大盆小鲫鱼，朋友都以为我乐坏了。我吃后说，不对，这不是一条条煎的，这是煮熟后再在油锅里煎的，味道差远了。也难怪，大饭店大油锅的，这样一条条煎会亏死的。

我姐姐对我说，她也喜欢吃小鲫鱼，可是现在年纪大了，眼睛不行、舌头不灵，吃不了了。这更坚定了我要趁现在还行时要抓紧品味。鲫鱼的味道特鲜，人们最怕的是它的骨头，又细又硬，很容易卡在喉咙里。我想，如鲠在喉一定指的是吃鲫鱼。特别是脊背上靠近头部的那一小骨头，一头是三角形，特别硬；一头像针，特别尖，卡了一定要上医院。然我却熟能生巧，可以一边说话一边把鱼骨头吐出来，从不会卡喉。我外孙女一岁多一点的时候,我老婆一次特别细致地从鲫鱼肚皮上挑出一片肉喂给她吃,鲫鱼肚皮是没有大小骨头的,她嚼着嚼着嘴里吐出了一根细细的网丝骨,吓得我老婆很长时间不敢喂她鱼吃。好多人奇怪,一个一岁多的小孩怎么会在嘴里把网丝骨理出来呢,他们风趣地说这是遗传。

我反思我为什么那么喜欢吃鲫鱼又那么能吃鲫鱼,主要是小时候家里穷,而鲫鱼是在江南无处不在的,哪怕你新挖个池塘,过不了几个月,不去投种也会有鲫鱼,鱼仔会从水流过来。河边扳罾、龙沟抄网、岸边垂钓,都是瞄着鲫鱼去的。过去弯弯曲曲的河道多,农村的人会在干枯的时候在小河边挖个深潭,扔进大小不一的树枝,鱼冬季会躲在深潭里。当春季水再落潮时,拿开树枝,一窝鲫鱼逃也逃不掉,农民把这种捕鱼的潭叫鱼窠潭。鲫鱼适应性强,不论深水、浅水、流水、静水、常温、低温,都能生存,又以浮游物为食,虽说味道鲜美,但是到处都有。白色的鲫鱼汤,还是催乳的良药。

鲫鱼还是江南美景的好角色。春暖花开,杨柳拂岸,农民们开始忙碌地在金黄的油菜花田旁做秧田,一块块平整的秧田如毯样展开,这就是人们喜欢的江南春景。农民们在一板板秧田中挖秧沟,这时候不时有人会从秧沟里抓到逆水到稻田里觅食的鲫鱼,沟浅水浑,很容易抓到。这个时节的鲫鱼,农民们都叫菜花鲫鱼。春夏时节,烟雨江南,总能看到"细雨鱼儿出,微风燕子斜""莲叶何田田,鱼戏莲叶间"的美景。几十年前,我插队落户时,连续雨天,无法出工,我就学会了扳罾。老农说,雨天或天闷时扳罾收获大,雨声会掩盖岸上的动静,天闷缺氧会增加鱼的游动。扳罾起网是关键,起网力量要大、要突然,一下把网的四角露出水面,鲫鱼的窜动速度极快,这样来不及逃,然后可以慢慢地拉上来。

好多人感叹现在野生的食材越来越少了,我想鲫鱼是个例外,因为它的生存能力太强了,农民仍可经常捕到,菜场仍可随时买到。

阿　妹

那个无法追回的青春岁月最近让我们无比兴奋地追回了一次，时间相隔整整 50 年。

那次，我们三个当年的知青，宴请了生产队长和青年社员，还有那些当年只能干放牛、赶麻雀等小农活的未成年人，现在都是爷爷奶奶了。50 年后重相见，那个场面啊，叽叽喳喳、无拘无束热闹一片。

阿妹不嬉闹，坐在一边，开心地看着大家尽情欢乐。

"一定要找到阿妹。"这次碰面前，那二位老知青多次来电叮嘱我。阿妹是我们三个知青的房东，与我们交往最多。她的身材、皮肤、脸型，都好。是那个不好的出身成份让她苦苦地抬不起头来，早早地与外公社的青年农民订了婚，想走得远一点。

人经历再丰富，插队落户的经历总是最深刻的。

下雨天、农闲时节，我们漫无目的地闲聊，她的一双大眼睛告诉我们，她听得很认真，她认为我们有知识。我们很同情她，因为她是女的，因为她成份不好，书读得少，要不然，大学生、女强人都说不准。这次碰面后得知，她的两个儿子都是名牌大学的高才生。

她常在妇女群里低低地发牢骚：知青的扁担硬得像杠棒，荡势都没有，叫他们怎么挑呀。后来妇女中多人对队长发难,队长到大队部反映,到公社竹木部交涉,可计划经济时代,没货。后来,周边社员如干其他事,都会把扁担让我们用。农村干活,巧劲能省力,说的就是力气、技术、扁担一个组合的运用。

那个年月,计划经济,完成征购任务是天大的事,不可能像现在这样搞成本核算。于是,就革命加拼命,有了"三夏""三抢""三秋"。所谓"三抢",就是抢收早稻、抢种后季稻、抢抓田间管理,而且是在天气最热的7月中旬至8月上旬。吃不好、睡不好、蚊子多、蚂蟥多,劳动的强度是惊人的。凌晨4点出工,晚上九十点收工,人的五官、走的步态都是变形的。我们挑完秧不能闲着,也要种秧。种秧落后就会成为空白的"弄堂",人家种好了就转移走了,你面对的,要么缺秧,要么余秧都堆在你"弄堂"里。阿妹等几个快手种好后,总会悄悄地兜到我们田块,帮我们扔点秧进来或把余秧运走,有时候还在后面帮我们接龙插几段秧。这种艰难困苦到极限时的帮助,我们几十年后还是印象深刻。

我们知青的房门是不锁的,那时候农民家的大门也都是不锁的。那个端午节前,我们三人劳动回来,桌上放着一个匾,里面堆着好多粽子,显然是好几家人家送的。我们三人望着这堆粽子慢慢地由喜转忧:怎么吃得完?阿妹家没有裹粽子,我们正好有了个小回报的机会。可她无论如何不收,说:"应该我们给你们的,怎么可以吃知青的呢。"没法子,我们只好拿回家。

那时候,在社员眼里,生产队长是很有权威的。想不到16年后,我当上了她夫家隔壁乡的党委书记,消息传到她耳中时她不信。好事者把她带到我所在的乡政府,她就是不肯上楼来。有人上来问,窗外有个人你认识吗?我探窗一看,十分惊喜,阿妹,10多年不见的阿妹,羞答答地躲在一棵大树后面。我连忙下去,她像小孩子一样跑得无影无踪。这次聚会前我老婆好不容易找到了她,想不到她横竖不肯参加聚会,说现在自己苍老得厉害，满头白发，皮肤已皱巴巴了，背也弯了，见不得人了，在她老公的劝说下才来的。她说，这50年间，这三位知青我是不会忘了关注的。一位知青在全国运动会上代表裁判员宣誓的画面让我也高兴了好久，市人大开会时另一位知青的画面不时会出现，我不时指给我老公看。

  此次聚会，她还像当年那样，坐在一隅，笑着，听着，不说话……

欧 粤

小嫁妆大变化

新娘出嫁，必备嫁妆，是千年不变的习俗。乡间有谚："姑娘养来扫帚长，娘肚皮里生肚肠。"说的是，女儿初省人事，当娘的就要开始为女儿筹备妆奁。20世纪六七十年代，物资匮乏，经济收入不高，不未雨绸缪，嫁女时必定尴尬。当年上海稻作地区农村姑娘的标配嫁妆是一只木箱、四条棉被、数匹土布以及马桶、脚桶等生活用品。如嫁妆中有凤凰牌自行车、上海牌手表、红灯牌收音机等物件，那绝对会让邻里啧啧称赞，让待嫁的姑娘羡慕不已。

记得是在1988年，我从农村中学调到县城某机关不久，村里的阿坤找到我，说是女儿的婚期已定，准备买台彩电给女儿做陪嫁，要我无论如何帮他买一台，而且指名要17英寸的金星牌彩电。以前集体种田，阿坤的家境也是一般般，自从实行家庭联产承包责任制以后，他和全家人起早摸黑，承包的责任田年年丰收，家庭养鸡场更是办得有声有色。几年苦干下来，攒下了不少钞票，老房子翻建成新楼房，成了远近闻名的万元户。为了回报女儿多年来对家庭的贡献，当然也为了显示万元户的实力，阿坤决定好好地办一场婚礼，风风光光地把女儿嫁出去。

面对阿坤的要求，我坦言无能为力。当时彩电凭票供应，我又不在家电部门工作，根本没有办法搞到极其紧俏的彩电票。任凭我如何解释，阿坤就是咬定了不想作罢，说我当过老师，学生多、人头熟，现在又是县里的干部，这个忙是一定要帮的。送走了阿坤，我确实把这事放在心上，辗转托了好多朋友请求帮忙，但均无成效。事有凑巧，过后没几天，我在上班路上看到某银行贴出的吸储大额定期存款的海报，规定凡存储一定金额的定期存款者，可获赠17英寸彩电或者电冰箱等紧俏商品购买券的奖励。我心头一喜，立即将消息告诉阿坤，并要他赶紧来办，先来先得，要是被人捷足先登，后悔就晚了。当天下午，阿坤夹着鼓鼓囊囊的小皮包，急匆匆地赶了过来，和我一起去银行办存款手续。一切停当后，阿坤弹了弹手中的彩电票，志满意得，笑着对我说，我的心总算定了，想想真开心，吃喜酒那天你可一定要到场。

阿坤女儿出嫁那天，彩电、冰箱、四喇叭收录机、电风扇等家用电器，箱柜、沙发等家具，以及传统的棉被、土布、马桶、木盆等嫁妆装满了一辆2吨卡车。看到这样的情景，一位70多岁的阿婆感慨地说，解放前一般的地主、富农嫁女也没有这个排场，现在的种田人真是了不得，全托共产党的福啊！

此后，随着城乡人民生活水平普遍提高，居住条件不断改善，新娘嫁妆内容的变化简直可用日新月异来形容。木箱、马桶、土布等六七十年代标配的嫁妆如今都已基本被淘汰，就是八九十年代流行的家用电器、助动车、沙发等也不再是嫁妆的主角，以家用轿车、成套家具等高档商品做嫁妆的也不再稀奇。随着妇女社会地位的提高，嫁妆的形式也在悄然发生变化，有男女双方合买住房的，有男方负责买房、女方负责室内装潢的等。前不久，我还听到一个关于嫁妆的新闻报道，有位相当成功的农场主，为了让女儿女婿能回乡继承他的事业，在婚礼现场，当众宣布要把他的农场作为陪嫁赠给女儿。后来女儿女婿从大城市回到农村，在父亲的指点下，农场办得十分红火，引得电视台等新闻媒体纷纷前来采访。

习俗是最草根的文化，它的每一个细节都折射出时代的特征。改革开放以来，嫁妆的内容和形式不断在变，变得五花八门，眼花缭乱。所有的变化都在证明：我们的国家每天都在阔步前进，老百姓的生活越过越好，越过越红火。

陈福康

难忘篱槿堂老人

篱槿堂,已故兰州大学赵俪生教授的斋名。"篱槿"就是可以编篱笆的木槿。赵先生以这样普通的植物命名自己的书房,一定有其深意,可惜在他生前我没有请教过他老人家。每当我想起这一斋名,脑海便浮出陆游的一首诗:"竹屋茅檐烟火微,长歌相应负禾归。穷居幸可支朝夕,世事何曾有是非。新茁畦蔬经宿雨,半开篱槿弄斜晖。老翁略与吾年等,眷眷遮留莫苦违。"语曰,人生得一知己足矣。如果你的眷眷知己竟然是一位比你年长许多的老翁、一位著名的老学者,那么你又将如何感到足矣?赵老,就是我非常敬重却敢于妄称知己的前辈史学家。

我甚至没有见过赵老,但我很早就知道他的大名。早在"文化大革命"前,我读初中时,就曾在旧书店里淘到过一本他写的《史学新探》。虽然当时我看不大懂,书后来也不知何时弄丢了,但却记住了著者的名字,而我与老人开始联系,则是在18年前。记得那是在2001年初的《中华读书报·文史天地》上,我读到了赵老写的《含苞待放、脱颖欲出的王瑶与冯契》一文。王、冯两位先生当时先后去世不久,一位是文学研究大师,一位是哲学研究大师,正好都是我认识的,而且我都曾"登堂入室"(指都曾去过他们家,并非说是他们的入门弟子),因此赵老此文也就特别引起子我的注意。我是"文化大革命"后第一批中国现代文学史的研究生，所以知道赵老和王、冯三位都是20世纪30年代北平左联的成员。看了赵老的文章，更知道了三位原来是最要好的老同学。文章把两位大师写活了，赵老以历史学家闻名，没想到散文也写得这么好，真不愧为左联老作家。

我在文中看到了这样一段话："他（王瑶）后来之所以能带出那么多精彩的研究生，一个一个对周作人、郑振铎、夏衍等做出那么精湛的研究，其中那股'气'，是在1934—1937年间积贮下来的。……这些研究生的名字我都留意，他们的论文和专著，只要我能弄到的，都读过了。就是说，风采已经领略，只是无缘亲炙（赵老用词过谦，不妥，但报纸竟误植为'亲受'，不通），乏握手之欢。"王瑶教授"文化大革命"后的研究生，我大多熟悉。王先生带的第一批研究生钱理群、吴福辉、赵园等都年长于我，但他们读研时，我也是复旦大学相同专业的研究生；王先生第一次教博士生温儒敏、陈平原时，我则在北京师范大学同一专业读博。赵老说的对周作人做出精湛研究的，我知道当然是钱理群。可是王先生的高足中好像没有人专门研究郑振铎，那是谁啊？忽然，我闪过一个念头：赵老会不会把我误认作王先生的研究生了？因为我虽然不敢自认是"那么精湛的研究"，但当时倒已写过几本研究郑先生的书（加在一起超过200万字），而且有的已得过教育部人文社科著作奖了。要是赵老读过拙著，那我就太荣幸了。

我就给赵老写了一封信。我没有他的地址，试着寄往兰州大学历史系。信寄出后好久没有回音，也就几乎忘了。直到3月底，我忽收到从兰州挂号寄来的一包书。在纳闷中打开一看，不禁大喜！原来是赵老寄来的一本《篱槿堂自叙》，并附有一信，字迹有些抖颤。原来，兰州大学有很多小区，历史系离赵老的家竟有20里之遥。赵老已八五高龄，当然平时不去系里，此信便在系办公室耽搁甚久。赵老是在看到有人带给他的信后，马上就写回信的。他写道："您的揣测是完全正确的。我一直把您当成王瑶兄的研究生了。读来信，方知是李何林先生的研究生。李先生在华北大学时就相识,他在二部,我在四部。可以说,何林先生挺喜欢我。"啊,原来赵老还是先师的老同事!

赵老在信上说,他在五年前就读了我写的《郑振铎传》一书。在拙著中写郑先生在茅盾家里挨文化部领导班子批评的那几页上,他都画了很多的记号。拙著中写到当时那些批评郑先生的领导同志的话时,都用了×××姑隐其名。赵老说他都知道是谁,随手就点出了几个,"这些嘴脸我闭上眼都能映出来"。我去信时曾提到,赵老既是当年清华大学的学生,也应当认识当时在那里任教的郑振铎先生,能不能请写一篇回忆郑先生的文章呢?赵老回答说:"您说得不错,我是应该写一篇文章追念郑先生的,因为郑先生对我有恩。"原来,当赵老才24岁,在陕西乾县某中学当一名英文教员时,郑先生就多次发表过他的作品。信中说:"试想,当年郑先生对我这个小伙子算是够抬举的了吧。这点恩情,我永生难忘。"根据赵老信中说的,我当即查知他当年发表作品,用的是茅盾也曾用过的笔名冯夷(当是出自《庄子》)。特别是他信中还提到,1946年他得悉闻一多先生被反动派刺杀后,马上悲愤地写了一篇《混着血的记忆》,称颂闻先生为"剖肝绝腹"的"人民忠臣",立即由郑先生发表于他主编的《文艺复兴》杂志上。在当时,写这样的文章和发这样的文章的人,都是慷慨激昂不畏死的!我想,赵老如写出追念郑先生的文章,一定非常生动。

此信读到后来,却令我担忧起来。赵老说,他患有前列腺病,在医院里吊瓶子输液,现在出院还不到一星期。可知,赵老是扶病给我写这么长的回信的,而且还同时寄赠新书,真是待我太好了!他信上最后这样说:"我一接到信,就很想结交您这么个朋友。您大概也不过五十几岁吧,来日方长,要比我们这一辈机遇好得多。祝您著作等身!"读至此,我既激动,又大受鼓舞。而如今,王瑶先生的老同学赵先生,竟一直认为我就是北京大学王先生的弟子,还写了"精彩""精湛""谁带的徒弟像谁"这样的话,心里头还实在有点高兴的。

那以后，赵老还给我来过信。记得他老人家一再热情地表示非常高兴与我这个小辈交朋友，我真的感到受宠若惊。我从信上看出赵老身体欠佳，工作又忙，因此尽管我非常想与赵老多多通信请教，但还是不敢随便写信。赵老说的他要写的追忆郑振铎先生的文章，我也不敢去催。非常遗憾，最后好像他也没写出来。我只在他老人家题字赠我的《篱槿堂自叙》中得知，早在20世纪30年代，他就与郑振铎、茅盾、叶圣陶、王统照等文学研究会作家有来往。1946年冬他到上海，还去过郑振铎家。书中写到，郑先生"对我是一往情深的"，"他正在写字，没有等我开口，他就抢先说：'顺便也给你写一幅吧。'他的书房简直像一座古墓，到处摆的都是明器（殉葬物）。我临告辞时他说：'差点儿忘了，你的稿费我写个条子，你到中正路找李健吾先生那里去取吧。'"郑先生给他写的字是什么内容啊？我也未来得及请教他……

　　2007年底，我突然从报上得悉赵老走完了他90年人生的历程。当时我的心里非常悲楚，只是默默地想，赵老对我真是一往情深。这点恩情，我永生难忘！

俞福星

圆梦之旅台湾游

飞越台湾海峡，游览祖国宝岛，这个向往已久的梦，终于圆了。

己亥早春二月，携家人跟团8日环岛游归来，提笔却有点困难，因为觉得不够精彩，更无关轰轰烈烈。作为老驴友，是否心态已老？抑或还有别的牵扰？

凭直觉说，在台湾转悠，没有陌生感。即便发现住宿的宾馆不设第四层、没有4号房（数字避讳）时，也不太惊讶，反而有"似曾相识燕归来"之感。我猜想，毕竟是同根同种同文化，同胞一家亲，耳闻尽乡音；加之两岸经济发展水平趋近，不少方面内地还略胜一筹，比如上海已有10多条地铁线，大大超过了台北的5条线。因而在城市，不过是放眼望望高楼大厦，迈步逛逛超市商厦。无论在台北还是台南，高雄还是花莲，感觉都差不离，仿佛还在内地的大城市。

觉得有点新鲜感的，是游览阿里山和日月潭。这两个景点，都是在台湾的腹地，也就是台湾岛的中心，崇山峻岭之间。哎，别说，原来的我，或许也包括你，脑袋中对台湾的概念很片面，以为台湾就是个岛，即使是中国第一大岛，也毕竟是一个岛（注意是"一个岛"），仿佛如一座大山。却不料与事实大相径庭，在大巴上听导游一介绍才脑洞大开。台湾全岛共有 2000 多座大大小小的山。台湾岛多山，高山和丘陵面积占全部面积的 2/3 以上。台湾山系与台湾岛的东北——西南走向平行，竖卧于台湾岛中部偏东位置，形成东部多山脉、中部多丘陵、西部多平原的地形特征。有五大山脉，其中的中央山脉纵贯台湾岛，长约 320 公里，宽约 80 公里，有 62 座山峰高度在 3000 米以上，其中 22 座超过 3500 米，最高峰为玉山，海拔 3952 米。该山脉主要由片岩、石英岩和片麻岩所构成，东边为台东裂谷骤然截断，西边则降为较缓之山地后，逐渐没入西岸的肥沃平原。而阿里山山脉位于台湾嘉义市东方 75 公里，海拔 2216 米，东面靠近台湾最高峰玉山。由于山区气候温和，盛夏时依然清爽宜人，加上林木葱翠，是全台湾最理想的避暑胜地，是台湾著名的旅游风景区。我们在阿里山实际就是在森林里兜了两小时，与许多大树特别是一棵须七八个人合抱的千年古树合了影。

日月潭位于阿里山以北，是台湾第二大湖泊，日月潭本来是两个单独的湖泊，后来因为发电需要，在下游筑坝，水位上升，两湖就连为一体了。湖面海拔 748 米，常态面积为 7.93 平方公里，最大水深 27 米，湖周长约 37 公里，是台湾外来生物最多的淡水湖泊之一。它以光华岛为界，北半湖形状如圆日，南半湖形状如弯月，故名日月潭。2009 年，日月潭入选世界纪录协会台湾最大的天然淡水湖。远在清代时即被选为台湾八大景之一，有"海外别一洞天"之称。游日月潭，乘了游艇在碧绿的湖面上巡视式观赏一圈，然后登上一座有古建筑的山上朝拜式观一点景。游人摩肩接踵，拍个带有"日月潭"标志性石碑为背景的照须排队等候。

听导游说，沿台湾岛周边绕一圈约 1000 公里，但公路是曲折的，特别是过一些大山会绕得很厉害，故汽车行驶一圈要接近 1800 公里。原来没有东西直穿的通道，20 世纪台湾当局为了便于战争失败时从海峡这边的西部迅速退往东部（必要时再逃往别国），调动数千名老兵挖通了一条穿越群山的东西通道，死了不少人。那些人基本上都是抗日老兵，想想很可惜。

让我感到新奇甚至惊讶的是，小小的台湾（包括马祖、金门、澎湖等岛屿）居然建有18个飞机场，当然民用主要是桃园等三大机场，其余多是军用为主的小机场，但也已大大出乎我的预料。原本一直以为上海拥有两大国际机场属国内独一无二而自豪的心态立马被颠覆了。

台湾在20世纪七八十年代经济发展较快，成为亚洲四小龙之一。随着改革开放，内地快速发展起来。仅以如今的上海为例，就经济发展水平而言，不要说是台北，就是香港，与上海也有一段距离。在台北街头，每当红绿灯转换时，猛然震响的轰轰轰的摩托车噪声，让我下意识地唤起似乎早已遥远的回忆，如今在上海哪还有这样的街景呢。怪不得台湾导游不无悲愤地说，20年来，台湾经济几乎停滞不前，明显表现在起点工资也已被上海赶超。

更令我惊奇和震撼的是，电视里天天有政情通报，一个个政治人物你方唱罢我登场，热闹非凡，而那几天主要议题是关于新当选的国民党高雄市长韩国瑜访问内地的事，反对的也有，但压倒性的是支持的声音。韩国瑜仅去了港澳深厦就签下了总计约52亿元新台币的大订单，然而岛内绿营却对此一片酸言酸语，扬言罚韩国瑜50万元新台币。韩国瑜对此做出回应，情绪激动地痛骂台湾当局一分钟。显然，在台湾，振兴经济，是最顺应民心的事。

早就知道除了北京、沈阳外，台北也有故宫，所以这次能去台北故宫探秘倒是一种大的期待。原本猜想台北故宫应该跟北京故宫相似的，差不多大，结果想错了，完全是两种格局，没法相比。台北故宫，仅从正面看有点古色古香的样子，几大建筑也可说是华丽辉煌，尤其是夜晚在灯光映衬下，绝对漂亮，令人赞叹，但内部根本不是宫殿结构，更没有北京故宫的那些太和殿、保和殿、乾清宫、坤宁宫等宏伟建筑。不过，台北故宫也有自己的优势，就是在文物的收藏上，无论是数量还是质量，某些方面恐怕要占上风，原因众所周知。尤其值得称道的是，台北故宫在展示藏品的做派上有自己的特色。三层大楼分几大展区，分门别类，极为精细，展示的均为国宝级展品，很能满足参观者的观赏欲求。

最后一站，当登上台北101大厦俯瞰大地时，面向祖国大陆，想到海峡两岸已分离70年，不禁默念起台湾已故诗人余光中的那首诗："……乡愁是一湾浅浅的海峡，我在这头，大陆在那头。"真心期盼两岸统一的那天能早点到来。

于是又想，游了一次台湾，就真的圆梦了吗？

冯　韬

我家最累是孙女

我们家目前是三代同堂的五口之家。

我们老两口都六十开外，儿子媳妇接近四十，孙女正在读初中。按理说，家里最苦最累的应该是上有老、下有小的儿子媳妇这一辈。可我们家里，最苦最累的偏偏是才十几岁的小孙女。这一点，我想，很多有正在读初高中的孩子的家长，都有同感吧。

累之一，睡眠时间严重缺乏。

谁都知道，初中生的睡眠时间应该在9—10小时。可是眼下孙女的睡眠时间远远不够。每天早晨千呼万唤将她从睡梦中喊醒，为了让她尽可能多睡几分钟，连吃早饭都安排在送她上学的车上解决。晚上做完各科作业，最早也要晚9点半后，上床早已过了晚10点，有时遇到难题卡壳，10点多才解决作业，上床的时间还要推迟，怎么算都睡不足8个钟头。可她现在才初二，到初三，还得增加一门化学，还要对初中几年学到的各科知识进行系统复习，准备中考。我真不敢想她那时每天可以睡几个钟头……

累之二，无法享受双休日。

我国的双休日制度是1995年5月1日从教育系统开始实施的。我因为在学校长期承担初三教学任务，星期六学校要组织初三学生补课，所以一直戏称：我从没享受过双休日。其实这话也有言过其实的地方，因为我们一般会把每个老师周六上课的时间集中到半天，也就是说，至少还有半天加周日可以休息。但现在我的孙女，从小学低年级开始，双休日就变成了单休日。几年来，她在学校以外的教育机构参加过美术、书法、沃格英语、钢琴等的学习（沃格英语一学就是几年，钢琴从小学二年级开始到现在还在学），因此她的双休日总是不完整的。从初一暑假开始，她父母还为她报了新东方的学习，每周日从上午8点开始，一直到下午4点，中间只有一个多小时的吃饭时间，怕回家吃饭时间来不及，只好订外卖在上课教室自行解决（不少学生都这样）。

累之三，各科作业做不完。

大概从小学一年级开始，孙女的作业每天都是一门学科一大张（8开纸正反面）。我曾跟踪观察过很长时间，发现小学的作业几乎有1/3是同样的，今天做了，隔个一两天、两三天，同样的题目又有了。初中生的作业，没有年级的差异（特别是语文），六七年级的题目和八九年级没有多少区别。反正现在市场上各种版本的辅导资料铺天盖地，学校的复印机、一体机使用方便，要什么试卷有什么试卷。有些学校，初二的学生就已经在做初三的中考模拟卷了。而学生只埋头做试卷，忽视了对知识的梳理归纳，做对了，不知为何是对的；做错了，也不知错在何处，简直成了解题机器。

孙女读小学一年级的时候，我曾写过一篇《接孙女放学》，文章最后是这样写的："我在想，待孙女二年级的时候，就让她自己上学放学，可我不知道，到那个时候，能否如愿？"可是，现在孙女都读初二了，我还在接孙女放学，因为我实在不忍心看着她娇弱的身子背着沉重的书包，走几十分钟，到公交车站，去挤正值晚高峰人满为患的公交车，脱了一班，还要等20来分钟；更不放心让她骑自行车在华灯初上、车来人往的马路上独自回家。还是仍然由我来接她放学吧，至少路上的十几分钟，她可以不用背书包，坐着歇口气。我知道，这可能对她某些方面的发展不利，但我也确实找不出两全的好办法。不过，在路上我倒是常常在想：减负，喊了快 30 年了，什么时候，中小学生才能真正减负呢？

41年再相聚

一批学生约我见面，考虑到我年纪较大，近来又骨折过，行动不方便，见面地点就定在离我家不远处，我不好拒绝，就答应了。

我是1978年2月接到这个班的，1978年7月就送他们毕业。从送出那一刻起，除了和其中的少数几个学生有着断断续续的联系外，与绝大多数的学生已经分别41年了，这些孩子现在都怎么样了呢？

这一届学生是恢复高考（1977）、中考（1978）以后我接到的第一批毕业生，说的是高中生，实际上当时学制是两年初中、两年高中，他们充其量也只能算高一，由于当时的特殊背景，他们的文化底子都很薄，而教学的时间又特别短（这是由春季招生恢复为秋季招生增加的一个学期），一共才四个多月，就要参加当时恢复高考后的第二届高考。说的是高考复习，可无论是教师还是学生，都是两手空空，除了几本教材外，什么都没有，所有的资料，都要靠我们自己搜寻、自己刻写、自己油印的……

聚会那天，来了16位同学。昔日那些天真无邪的少男少女，如今一个个都开始步入老年，所有的女同学都已经退休，男同学再过一两年也都要退休。相互招呼时都说："哎呀，你是……认不出来啦！"于是各自自报家门，以唤起彼此的记忆，随之引来一番感慨："噢，对对对，那时你……"

大家七嘴八舌地讲起了往事。听着他们絮絮叨叨地说着,看到他们都已经成了爷爷奶奶辈了,不少人的头发都已花白,我的思绪一下子还转不过来,没想到他们也是快到花甲之年啦!时间过得可真快!

看看现在的这些学生,我不禁感慨万千:他们当时的录取率极低,除了少数学生进高一级学校(中专、技校)继续学习外,绝大多数学生就直接走向了社会(当然,有不少学生在以后的工作中陆陆续续取得了相应的文凭)。好在如蒋大为的《要问我们想什么》里唱的那样:"漂亮的姑娘十呀十八九,小伙子二十刚呀刚出头,如金似玉的好年华呀,正赶上创业的好时候。……"他们走向社会的日子,正和我国改革开放的时间同步,经过几十年的拼搏,虽说不上个个业绩辉煌,但都有自己的一份事业。现在,他们已经或将要离开第一线,换一种生活……

大家说着聊着,都有点兴奋,好似要把这41年来没有讲完的话一下子全部讲完,他们有的提出要成立一个基金会,用于帮助有困难的同学;有的提出组织几次旅游,世界这么好,想出去走走……不在意彼此身份如何,不在意彼此挣钱多少,而在于我们是师生、同学加朋友,真是道不尽的风风雨雨,说不尽的沧海桑田啊……

奇怪的是,这些学生,尽管在说到往事的时候感慨万千,有时也发发牢骚,自嘲一番,但没有抱怨,更没有愤慨。因为经过这么多年的磨炼,大家都把生活中的风雨、生活中的沧桑变化,看得很淡很淡了。

大家都知道,天上不会掉馅饼,只有靠自己的努力,才能改变自己的生活,最好的人生状态就是随遇而安,遇事不急不躁,该出手的时候能拿得出自己的东西,不该有的时候就心安理得地闪在一旁,敢对自己经历的风雨自嘲一通。

大家都知道,抱怨是一种毒药。它会摧毁自己的意志,降低自己的身价,摧残自己的身心,削减自己的热情。抱怨命运不如尽自己所能改变命运，抱怨生活不如尽自己所能改善生活……

大家都知道，生活中的任何不顺心都是一种修炼，生活中的磨难可以造就不平凡的人生。正如那句话所说的："强者不是没有眼泪，而是含着眼泪在奔跑！"

事实也正是如此，在这些学生中间，虽然绝大多数命运坎坷，在社会底层艰难地生活着，但大家都生活得安逸坦然，也有不少人经过自己的努力，为自己谱写了嘹亮的进行曲。当然，现在这一切都成了过去，但至少可以说明，无论在什么生活状态中，只要努力，只要把握机遇，还是会得到生活的回报……

这大概就是这次聚会给我们自身留下的感受，甚至对我们的后人的启示吧。

大家说着聊着，都有点兴奋，桌子上满满的菜肴，几乎没有动多少，上菜的服务员说："你们怎么不吃呀，都摆不下啦！"

为了留下这美好的记忆，大家掏出手机，留下了彼此的欢笑和喜悦……

夜深了，大家依依不舍地告别。多年来，大家虽然很少见面，但彼此之间有一种牵挂，有一种念想，许多学生总是关心教过他们的老师，老师也非常想念他所教过的学生，因为同学之间、师生之间有着一种情分、一种亲情、一种牵挂、一种爱……这种情分、这种亲情、这种牵挂、这种爱，应该是人类最美好的情感之一吧。

今天我们聚集在一起，就是为了了却我们相互想念的心愿，就是为了让我们之间的这种情感更好地发扬光大……

吕六一

古渡口

安徽省泾县桃花潭，因了李白的诗歌出名："李白乘舟将欲行，忽闻岸上踏歌声。桃花潭水深千尺，不及汪伦送我情。"可以想象，李白在汪伦陪伴下，纵酒赏花，尽兴而别。古渡口，李白上船，依依挥手，汪伦忽然手舞足蹈，引吭高歌，谁人接受过如此动人的场面？诗仙即景抒情，寥寥数笔，形象地刻画出了人们都有的瞬间心底浮起伤离恨别的质朴永恒的情怀。

桃花潭是青弋江上的一个点。青弋江发源于黄山，河身宽广，波涛汹涌，故不名河而名江，"弋"是箭或箭射出去的模样。一江青碧好水如离弦之箭，奔腾向前，一去不返，其名极为生动。

做个不恰当的比喻，青弋江就像一条表带，而桃花潭就是那个表盘。江水到了这个硕大的水潭，宁静和缓，于是成了过渡的好地方。青弋江向北流入长江，渡口呈东西方向，西岸更显宽广，远远的斜坡上，青瓦白墙，灰白色，向两侧包围。走近，墙上漫漶水渍，墙皮剥落，间或看到墙上有小草。两个小小的门洞，进去回看，门边有门杠，该是早晚有人管门的。东岸显得陡峭，上岸就要登阶梯，仰头上望，徽式高楼逼在头顶。两条小道，引着渡人去向远方。道窄，窄到两人交叉会碰肩。这样的场景，让人直觉，这是个有故事的地方。月黑风高时，肯定有过翻墙入屋要钱要命的事情。高墙小门窄道，就是古人的用心防备。

　　古渡能应运而生，完全是因为生活的召唤，这可以从岸边城镇，从周围的景点文昌阁、翟氏宗祠等看出。桃花潭两岸分别为南阳和万村两个古镇，资料介绍有700多幢民居，是安徽古建筑保存最多的地区。那个汪伦，当时是泾县县令，卸任后就住在这里，可见渡口极富魅力。文昌阁高三层，分别题有"盛世文明""文光射斗""共登云梯"匾额。阁内每年举会，倡导读书之风。读书就如过渡，读书也确实要过渡口，要去乡试京试。寒窗数年，渡口告别，慈母游子，天各一方，于是引出了多少千古流传的诗文。再看那个祠堂，被誉为"中华第一祠"，五楹三进，据说正堂能放下百桌酒席。祠中议事，牌位进堂，这里有多隆重，渡口就该有多热闹，打躬作揖，迎来送往，一幕幕不知会有多少。再是那婚丧嫁娶，唱歌的、哭号的、不肯告别的、欢快挪步的，还有那南来北往的船只，在这里休息，从这里出发……渡口就是改变生活的起点，渡口让生活富于变化，生活的精彩、生活的无奈、生活的标签都可以在渡口找到。

　　古渡口，催人浮想。宋代大词人柳永的"留恋处，兰舟催发。执手相看泪眼，竟无语凝噎"，让沉重无奈的感情，自然地凝聚成如此简练明白的渡口素描。现代作家沈从文在渡口而生的翠翠情结，陪伴他一生的怀念和思考。是的，渡口是出发点，过了渡口，就是另一片未来。渡口有慎重的选择，渡口值得纪念。时间的长河之中，每个人心里，都会有这样那样的渡口形象。安徽泾县的桃花潭古渡口，不见粉刷，古朴端庄，满载岁月的痕迹，让人怀想。

暖泉年味

春节里，驱车从北京去河北蔚县暖泉镇体会年味。穿燕山山脉，过冀中平原，来到太行山脚下，到得镇上，已是傍晚。

街不宽，勉强容得两辆小车交会。车极多，静静地，比人行慢，车内很多人索性探头眺望新鲜；人极多，四处穿插，欢喜顾盼。应该是保暖需要，这里的房屋比之江南，形制略小，多为青砖墙面。屋瓦半圆筒形，勾连紧密。四角檐脊高翘，蹲着砖雕镇兽。屋顶却多不做脊，筒瓦直接延展到两侧坡面。街上张灯结彩，一派喜气。沿街商铺鳞次栉比，满眼缤纷。处处大红门联，粗笔大字，或有蓝色或绿色门联，那是近年家有丧事的，也要展现年味。许多门楣之下还有彩纸载着祝福言语，挂着彩条，风中荡漾，活泼耀眼。窗上的纸花精工细雕，饱含寓意。树上彩灯闪闪烁烁，街边地灯温暖幽静。街口摊位集聚，明码标价，葡萄干、杏干特多。摊主笑脸相迎，却不招呼。游人随心所欲，惬意挑选。鞭炮高升随处炸裂，震耳欲聋；礼花四飞，星光灿烂。空气中弥漫着柴火味、蒸汽味、杂食味、烧烤味、火药味……比之当时鲁迅笔下的鲁镇，空气中的年味浓郁多了。

街上两种商品极富特色：一是灯笼，满店铺挂着，四片压铸的铁片，纯黑，围成圆柱，或大或小，千姿百态，有的还会旋转，衬以彩色窗纱，内里嵌上一盏电子变色灯，小到十元，大到数百。造型、质感和精细的程度已趋完美，客厅里放上一盏，平添喜气。再是刻纸，人物、场面、风景、静物、花卉……题材丰富；染色、套色，工艺多样；刀工极其细致，人物胡须的丝缕、花瓣重叠的边缘，似有若无，却又清晰可见。这里的窗花之所以耐看，就因了这刻纸工艺。发现一幅领袖肖像，以为是油画，竟是刻纸，难不成我老眼昏花，揣摩良久，就是找不出破绽。

如果说刻纸展现了燕赵儿女最柔软的心愿，那么晚上的泼铁水打树花展现的是他们最豪壮的气概。晚上7点半，零下15摄氏度，能容1000多人、盖着顶棚、四面透风的剧场，却已是人声鼎沸，座无虚席。台侧，土高炉烈火熊熊，出铁口金光灼灼。一炉铁水抬上来，泼水的勇士头戴毡帽，身穿皮袄，一声大喝，手中木勺飞舞，铁水如线、如束、如扇、如大树临空、如神龙冲天。铁水碰上对面的墙壁，再次飞溅：霎时大树浓荫，神龙驾云；大树摇曳生辉，神龙漫天布雨，满台金光灿烂。恐怕没有色彩能如此灵动、耀眼，如此华贵。也就在燕赵，这块出煤出铁的土地上，在这易水壮士的历史中，才能凝聚出这样摄人心魄的年味。

第二天上午参观瓮城。城下古道石板起伏，如蛋清水滑。两侧车辙深有寸许，左边两条，右边一条。这里地处中原与塞北交通要道，车辚辚，马萧萧，汉民族与北方少数民族之间交流、战争，那出使、进贡、和亲、杀伐以至皇帝被扣、朝代更替，不同制式、无数车辆来往碾压的车辙催人沉思。城楼上看去，内外两门，中间方方50米空间，敌人攻破外城，就如陷入瓮中。瓮城的更大作用，还在于震慑敌人，避免战争。下午去看元代的王敏书院，大院子，三进深，保存得很好。王敏曾任工部尚书，离任后把老宅改成书院。内房四根门柱上两副楹联，中间一副"五六月中无暑气，两三更里有书声"朴素明白，院边三层的魁星楼上"凌霄摘魁星"一匾高挂。那个时代，舍去读书，还有什么能让民众心存敬畏和希望呢？此时，锣鼓声震天动地，隔壁广场上赛社火开始了。各庄的队伍都有主题，划旱船、踩高跷、跑驴子、老汉背妻、丑媳妇回娘家……演员们衣着鲜艳，神态极其夸张，或八字腿，或大弯腰，或挂眼，或龅牙，或鼠尾须……却又个个精神抖擞。你进他退，抬头低头，左晃右闪，扬手踢腿，演的看的都欢悦忘情。

　　暖泉之行，我在历史的深度上感受到浓郁的年味。

邢砚斐

蔡显与《闲渔闲闲录》

蔡显，原名隐修，生于康熙三十六年（1697）。本姓梅，其父为小商贩，人呼梅暑袜。隐修寄姓于蔡，雍正七年（1729）中举后，易名为显，字景真，号闲渔、笠夫。乾隆三十二年（1767）因《闲渔闲闲录》案被清廷斩决，归葬于集贤乡三十九保采花泾北。

《清代文字狱档·高晋等奏查蔡显呈首审拟折》中，称蔡显为华亭县举人；《清代文字狱档·书词狂悖比照大逆缘坐人犯清单》中，称蔡必照（蔡显之子）为江苏华亭县人。

准确地说，蔡显是松江府娄县人。《嘉庆松江府志卷四十七·国朝举人表》记："雍正七年，蔡隐修，改名显，娄县人。"《娄县志卷十八·选举表》载"蔡隐修"，并注明"北榜，华亭籍"。而查《华亭县志》，则未见记录。另，娄县许嗣茅《绪南笔谈》云："乾隆三十二年丁亥五月，吾郡闲闲录狱起……"据此，蔡显为娄县人无疑。

蔡显家有田200余亩，故居在谷阳门外香花桥西（即秀水路南，原松江工人俱乐部处）。案发后田宅均被没收，其宅于乾隆四十年（1775）充作娄县县丞衙署。

乾隆年间《闲渔闲闲录》案，曾轰动一时。为避时忌，该案未见载入松江府及华、娄县旧志。《清通鉴》《绪南笔谈》《养吉斋丛录》《明清江苏文人年表》等略有记载，均曰蔡显著《闲渔闲闲录》，书中以"论祀乡贤祠节孝"一条，为郡绅所嫉。摘其所作诗有"风雨从所好，南北杳难分"句，又《题友袈裟小照》诗有"莫教行化乌肠国，风雨龙王行怒嗔"句，举报蔡显"隐约怨诽，情罪甚重"。

此案并不复杂，乾隆三十二年（1767）三月蔡显刻成《闲渔闲闲录》，共刻120部，自留20部。五月九日，因本地乡人举报其"谓其怨望讪谤"，蔡显赴松江府署呈书自首。五月二十一日，两江总督高晋、江苏巡抚明德初审后奏请朝廷拟以凌迟。六月初五，谕旨从宽，改为斩决，责令对"蔡显案各犯应按律严治不得姑息"并"再行详核审拟复奏"。六月初六，蔡显被斩决。六月二十九日，高晋等具奏，案内其余人已复审处置。

处置如下：长子蔡必照（年十七），发黑龙江给索伦达呼尔为奴；次子包大、三子大慈保、蔡妾朱氏及未字三女，给付功臣之家为奴；闻人倓、刘朝栋、吴承芳（思劬），各杖一百，发伊犁充当苦差；倪世琳、凌日跻、黄锦堂、李保成、吴秋渔、戴晴江、王允之、金子敬，各杖一百，流三千里（因金子敬年趋七十，照律收赎）；吴建千（书商）杖一百，"定驿充徒"三年；徐介堂、闻声远、陈鸣山、马姓刻书匠，各杖八十。案发时已身故三人（送书工朱驼子、陆湘萍、闻子尚），免于置议六人（吴球、吴西序、李掌平、廖古坛、陆云璈、胡吟鸥）。如是，除蔡显外案情共牵涉33人，处置24人。

《清稗类钞》记载：青浦胡吟鸥（字鸣玉）时年83岁，因为蔡显《宵行杂识》作序而被捕。邑宰褚启宗（字亮侪）尽力安慰，亲至苏州监狱，对蔡显说："尊集序文刊名为胡某，察笔意，似出先生手。"蔡悟曰："然。"褚曰："如此，当不必累胡。"蔡颔之。褚即嘱胡坚辞不承。在牢中，蔡显矢口自认，胡吟鸥遂得释归。

蔡显著作除《闲渔闲闲录》外，尚有《笠夫杂录》《宵行杂识》《红蕉诗话》《潭上闲渔稿》《闲渔剩稿》《老渔尚存草》《续刻红蕉诗话》《闲渔闲闲录余》《翳如录》等，案发后均被列入禁毁。

民国初，浙江湖州著名藏书家刘承幹（字贞一，号翰怡、求恕居士）辑刻嘉业堂丛书，收录《闲渔闲闲录》九卷，序言称："闲闲录者宵行杂志存稿也。"鲁迅先生在《且介亭杂文·病后杂谈》中曾说："蔡显的《闲渔闲闲录》，是作者因此'斩立决'还累及门生的，但我细看了一遍，却又寻不出什么忌讳。"

另，《申报馆丛刊》有《笠夫杂录》一册，由蔡显门生华亭陆明睿作序。观嘉业堂《闲渔闲闲录》及《笠夫杂录》，书中均无"诡诈悖逆，不法之词"，而"论祀乡贤祠节孝"则共有之。恐怕，这就是蔡显惹祸之根。

闲说曲水村

读顾炳权先生《上海风俗古迹考》，内有介绍曲水村一节。

曲水村旧属华亭县白沙乡。《云间志》曰"华亭管十三乡"，白沙乡为其中之一。白沙乡下辖里三：白沙、九棱、横林，村十：上义、道安、德升、恩仁、永安、曲水、文兴、归化、仁福、陈村。

曲水村又名百曲港村，属白沙里，坐落于百曲港上。崇祯《松江府志》载："百曲港，自金汇塘东流，其南为车沟塘，入郭家塘；北为雪塔港；又北为卢沟，为菴港，并东入运盐河。港之曲折最多，因以得名。其上有曲水村。"光绪《奉贤县志》记："百曲港从金汇塘齐贤桥折而东流，过画栏桥（一名扶栏桥，即百曲港桥，明永乐年初葛彦诚建），至贯泾。"

百曲港"长四百八十丈（约1.65公里）"。据顾清《曲水草堂诗》序曰："曲水之南有儒而医者，曰姚君以正。"百曲港南，东为司马庄，乃张弼兄椿庭的别业，庄前有司马桥，司马桥西即曲水村。

曲水村是"儒而医者"姚氏家族世居之地。张弼《曲水草堂记》称："自宋以来，以医学教授起家四五百年。"《松江府志》《华亭县志》均有记："自宋来以儒医名吴越间。""姚润祖，元医学教授，着声吴越。""姚旸，字启明，号柳隐，世其家学。洪武中，以人材试授行人。宣德间，除莆田知县。"张弼作《曲水草堂记》时，曲水草堂乃姚氏兄弟隐居之所，其主人为：兄姚蒙，字以正，号梅趣；弟姚临，字以大，号曲水。

姚蒙为当时名医，《云间人物志》称其："沉静博学，善医，尤精太素脉，定人休咎若符契。"崇祯《松江府志》载，都御史邹来学巡抚江南，召姚视疾。公问之，姚叙病源一二，公亦知医，颔之。最后姚曰："大人根器上别有一窍出污水。"公大惊曰："此予隐疾甚秘，汝何繇知？"姚跪曰："以脉得之。左手关脉滑而缓，肝第四叶有漏洞，下相通既久。"公始改容谢之，乃求药。姚曰："不须药，只到南京便好。"以手策之曰："今是初七，得十二日可到。"公曰："知之矣。"即治行，果十二日晨抵南京，入会同馆而卒。

邹来学（字时敏）《麻城县志》卷九有记，景泰五年（1454）邹来学任苏松巡抚，其时长江下游一带大旱连年，瘟疫流行，邹赴苏松巡查各郡，令各县立即停徭役、开仓廪，赈济灾民；同时上疏朝廷，请求留"输京米"30万石备赈，获得批准，民命得苟活。于是劝农桑，修水利，查贪官，抑豪强，诛暴横，惫者复苏，灾区露新颜，但邹来学因夙夜忧叹，"以劳遘疾卒"。

另据湘江人王伟所撰《都宪公行状》，邹来学卒于景泰七年（1456）。据此，姚蒙为邹来学诊疾一事，应在1456年。

明代曲水村，名重一时。有王一鹏（字九万，一字启云，号西园、西园野夫）为其作《曲水草堂图》；有张弼撰《曲水草堂记》及《棹歌十章》，并为姚氏所居"海曙丹房"题匾；顾清则有《曲水草堂诗》并序，而俞寰（字允宁）撰有《海曙丹房赋》，因而顾清称其："曲水之名遂隐然若晋之兰亭，唐之盘谷矣。"

雍正四年(1726)，析华亭县东南境白沙乡和云间乡置奉贤县。自此，曲水村归属奉贤。

《上海风俗古迹考》录有张弼《棹歌十章》之一，遗憾的是把首句"司马桥西百曲流"误作"司马桥西百花村"，今以订正之："司马桥西百曲流，舟行一曲一回头。酒旗招我还来醉，自笑行人不肯休。"

刘　敏

面向大海

一间铅色木屋，一扇小窗，套红的"平儿小窗"几个字，使书的封面简洁而不失庄重，符合作者当过兵的经历。军人生活明显地影响了作者的性格和情感，装帧和文字，都显得洒脱、大气。

说到写作，就不能不说到语言。凡是语言好的，都是些敏感的人。先天与人不同，感知四季更迭，风霜雨雪，更在乎世情冷暖。收在这本散文集里的，都是这样的文字。作者写天灾、过年、亲情、感动，写部队里、社会上、同事的朋友的认识的不认识的人和事。这里有战友兄弟，有面条鸡蛋，有旗袍女人，有太平猴魁，有百年梦圆，有百岁罗洪，有草根情怀，有……三言两语，就把一个人写活了。尤其那些口语化的描写，更是传神。这些文章，每篇都在千字左右，内容是生活化的，文字却精致老道，把别人在生活中看不到、不起眼的小花瓣收集起来，打散排列，织成五彩的锦缎，铺展在我们面前。在感叹作者勤奋的同时，更感叹作者感知这个世界的能力。因为作者在乎这个世界，不论远在千里之外的地震雪灾，还是百岁老人；不论是山川秀色，还是军营歌声，都是作者情感世界的组成部分。不是吗？三年，每周一篇，没有一次空缺，这是什么样的情怀和才情。

这是我读许平散文集《平儿小窗》的突出感受。

有人说，写文章追求什么呢？利没有，名也不见得有，只有孤独罢了！

这话说得并不错。但是写作者对文字的那份热爱，是生就的骨头长成的筋，任什么也改变不了的。把文字颠来倒去地摆弄，就是写作者在抒发内心苦苦思索、放之不下的那些情感。关于过去，关于苦难，关于未来，都是写作者歌唱的源泉，是享受创作快乐的田园。

读书也一样，最快乐的莫过于读到精彩的地方，这样的文字，是作者心血的结晶。比如，作者在《不忘先烈》这一篇里，写她代替父亲看望牺牲的战友，因为小时候，随父亲去过高桥烈士陵园。那时小，她说，我会来看你们的。成年后，她一直记着这个承诺。在一个雨天，一个人来到陵园，为烈士扫墓，在这里，作者回忆父亲讲述的故事。讲高桥之战打了五天五夜，很惨，后来上海解放了，可他们牺牲了。

雨天是沉思安静的，她蹲下来擦拭墓碑上雨水的时候，瞬间的感觉是正在与历史对接。墓碑冰冷，但记忆活着，因为在这里，张开十指轻轻一按，就按出一串凝固的枪声……我的阅读在这里停住了，因为发烫的文字穿透了心灵的重门，让人震撼。这该是作者最动情的地方，也是热爱文字的美好回报。我相信，在这样的地方，写作者的心壮怀激烈，手却是颤抖的，展开的思绪飞向永远。那些逝去的生命，那些曾经的枪声，一定是在作者心中徘徊得太久了，情感的出口，就在这一瞬间喷发，然后是凝固。作者为了一个少年时代的承诺，红尘滚滚40多年，冒雨赶赴这样一个跨时空的约定，联通的是一条血脉……

读这样的文章，才能领会文字的千般美妙。

再如《妙音洗凡》里那柄良琴，由山见桐，经千年而成琴，其声旷世奇绝，之传奇经历令人慨叹。千把字就把这古今中外、前世今生的故事说得通透空灵，收放自如。

这不是功力如何，而是天性使然。

在这本集子里，还有很多这样的故事叙述。有一些几乎不是故事，就是一个场景，就像速写、照相；是人海拾贝，是沙海淘金；是拎着篮子，满山遍野采一枝最美的花。作者把这些精心收集的贝壳和鲜花放在靠窗的书桌上，然后推开小窗。

我们看到，小窗外面，是浩瀚的大海……

黄忠杰

行走笔记（三题）

行走大地，是在寻觅大地上留下的一些集中体现其精魂的遗迹，感受一种书本中无法满足的文化气韵。

这些年，我的生命几乎被这行走所溶解，真是如痴如醉，流连忘返。以我之浅见，一个人的文化生命，就看他曾被行走中的未知课题溶解过没有。

行走是一种溶解，行走是一种体验，行走是一种人生享受。

我可以表述，也可以不做表述，但在行走中被那一波波千古幽情所萦绕，居然难以摆脱，没有表述倒成了一种失落。于是产生了一种沉潜久远的内心冲动，边行走边写文章。

千年古道

我喟叹千年古道，又寄情于千年古道。

向九峰十二山瞭望，遥想着这一条漫长的崎岖古道上的文化苦旅者，由东向西，艰难跋涉，由此激活了群山的早期生命力。

历朝历代的文化学者摆脱九世衰乱的噩梦，拔离贵族私门的巢穴，走向披满晨曦的九峰十二山。

秋风渐紧，衣袂飘飘，是选择，是追寻？只有风在回答，古道在留痕。

九峰十二山是一本教科书，让世人把地理读成历史，把行走古道理解为文化苦旅。

千年古道不会阻遏街市，妨碍前行。远道而来的追寻者目光深邃，把深深的脚印层累成一个个拔地而起的台阶，乐于看着身后的所有高台。

古道的凋零，是营造的起点，是进化的长链，是精神原创者的汇集。

古道的宁静才有力度，才能上升为寓言，因此一条千年古道实在是一种古文化的伟大构建。

古道昭示着沧桑，应有凤鸾长鸣，变成长长的脚印，让人偷窥到文化步履的蹒跚。只有这条千年古道，才会让九峰十二山真正遇到同样等级的对话者，由此产生了着魔一般的精神淬砺。淬砺的结果，获得了山道与人生最高层次的文化自觉。

千年古道的宽容气度，拓宽了精神追求者的辽阔视野。九峰十二山的诚恳坦然，使人文变得大气。这条千年古道的留存，为现代文明做了最初的奠基。

殷商旅栈

一双脚在河南殷商的故土上驻足停留，几千年中华文明的成熟门槛即刻浮现在眼前。

翻开《史记》"洹水南殷虚上"的记载，阅读唐人《史记正义》"相州安阳本盘庚所都，即北冢殷虚"的文字，让我穿越岁月，走向遥远⋯⋯

日夜通视殷商，有了文化的自信、人生的向往。

难忘的记忆在此唤醒。

古人恰逢生命无奈时，寻找那种"龙骨"妙药，甲骨文由此横空出世。上千块、上万块的龟甲和兽骨上，被一代代"殷人刀笔文字"记载着商王盘庚把都城遥迁殷地，盛况空前；记录着殷墟人的坚韧和勤奋，拨开久藏心怀，向陌生的原生态挑战，共筑理想家园。

我一遍遍地反复爬剔，找寻那庞大族群赖以生存的初始密码。

密码往往总有一种奥秘深藏，总会出现意想不到的神奇。20世纪初，甲骨文研究者屡遭噩运：著名学者王懿荣悲壮离去，金石学家刘鹗背着一个莫须有的罪名而死，仅留下《铁云藏龟》一书。令人吃惊的是，当年那YH127最大的甲骨窖穴，安睡的集装箱，抵至安阳火车站，顿起电闪雷鸣，大雨滂沱，倾泻不止。

是凶耶，还是吉耶？是问卜，还是送行？

气势浩荡，又悲情漫漫。

终于，后人看到了殷商的文化谱系，见证了原始部族的艰难跋涉，映现出一幅幅殷商的繁荣图景。

优越的阴阳合历、精密的冶炼技术、先进的作物栽培、司母戊大鼎的气韵、妇好墓的奇特……难以重复的一个个远古奇迹，让人叹为观止。

殷商开始从传奇走向了信史。

此时，我的耳畔忽然响起《商颂》中的诗句："天命玄鸟，降而生商，宅殷土芒芒。古帝命武汤，正域彼四方。……"

那简古而宏伟的诗句，唤来了劲厉的山风，抢着为我朗诵古老大地上的美丽诗篇。

殷墟人用诚实的目光照亮了岁月，他们用勤劳和智慧抒写夏商周三叠交融的文化篇章。

我重走殷墟遗址，满心浸润着坦诚而透彻的文化生命。

望巫山神女峰

遥远的瑰丽传说，让片片情思萦绕在巫山，洒落的至美至情遍及整个人世间。自然精灵的争胜，只有神女峰知道。

这里也许有惊吓，也许有宽慰，也许有铺排的仪式，也许有曾经的呼唤，都会抵达爱的彼岸。

"神女"在连峰间侧身而立，妙龄文静，风姿绰约，让朵云悠然，让山谷忍耐，让河流凝固，让蠕动于山川间的渺小生灵占据一角观礼。

传说她曾帮助大禹治水，传说她曾月夜与楚襄王幽会，传说她行走时有环佩鸣响，传说她云雨归来时浑身异香……这些美丽的故事，足以惊天动地，长久享用。

坚硬的肌体、无羁的畅笑、情爱的缠绵，只存一个残缺的神话，然而那健全的个体生命并不遥远。

情爱之路，从来没有拥挤，总会有一声声序曲；那千年的悬崖展览，没完没了地陈述，抒写出至爱的生命。

哦，神女峰。

徐亚斌

大美青海

薄暮时分，列车终于到达了此行的第一个目的地西宁。对于这个"悬"在高原的"夏都"，我可是期待已久，今天终于得以投入她的怀抱，亢奋之情无以言表。

自动扶梯载着我从地上进入地下，又从地下爬到地上。随着一抹亮色，我被"送"到了车站广场。天色将晚，但我并不急于去投宿歇脚，反倒在广场上徜徉起来。广场很大，布局新颖别致，间或夹杂着一些西域风情，不远处，还有三座金碧辉煌、流光溢彩的清真寺。我顿时醒悟，这是一个多民族聚居的城市啊。

华灯初上，霓虹闪烁，多彩的灯光把远近不一的大型建筑投射到我的眼帘。此时，广场上的人在悄然增多，其中不少是和我一样的远方来客。在广场的一侧，是一个富有艺术情调的大花坛，花草的品种和颜色各异，让人眼花缭乱。我是典型的花盲，但还是一眼就辨认出了格桑花，说不出什么原因，她在我的心里早已留有美好的印象，今日相见，自然是喜出望外……

在广场的远端，两排耀眼的景观灯吸引了我的眼球，我不由自主地朝灯光的方向走去。渐近，汩汩的水流声击打耳鼓，我不禁加快了脚步。走近,才知道这是一条穿城而过的河流。景观灯沿河而设,边上还建有美观新颖的围栏。围栏处已经站满了人,我找了个空隙挤了进去。河水不深,清澈见底,水流溅在河床大小不一的石块上,发出哗哗的声响,也在瞬间留下无数白色的花朵。

周边朋友的议论让我明白,这是湟水河,是黄河上游最大的一条支流。朋友的议论让我心头一震。黄河的支流,不就是母亲身上的一根血管吗?我终于明白,源自母亲体内的"血液"本是清澈的……

我有点流连忘返了,但我知道,青海的美景太多,仅西宁周边就有闻名遐迩的十三美景。我只得狠狠心,挪动脚步,去找个投宿的地方,为着更远的行程保持能量。

第二天一早,天还没有完全放亮,我就和西宁依依作别,坐上了前往青海湖的大巴。真还说不清行程的路线,我只知道大巴是顺着倒淌河、沿着文成公主进藏的方向行驶的。我也没去在意车到底开了多久,沿途都是目不暇接的美景,哪还有心思顾及时间!

中午时分,大巴穿过一块又高又宽的牌匾,转了两个弯后,在一个广场上戛然停下——经验告诉我,青海湖到了,心情顿时激动起来。青海湖呀,你是青藏高原上的一颗明珠,也是藏族同胞心中的圣湖!等不及导游的引导讲解,拿过门票,我一头扎进了她的怀抱。天公也真的善解人意,就在我们进入景区时,刚才还在下着的小雨停了,太阳红着脸钻出云层。哦,这是怎样的一种景致呀!离头顶不远的天空是那样的蓝,而不时飘过的朵朵白云,又多像洁白的哈达,似乎只要一伸手,就能摘下围上脖子。湖面是那么的宁静、那么的深邃,让人感觉有一种高贵、冷峻的美。这一刻,我不敢大声喧哗,我甚至也不敢用力呼吸,我怕由于自己的鲁莽,打破了这安宁而静谧的氛围……

行程还要继续,我只好和心中的女神作别。又是几小时的车程,我们来到了茶卡盐湖。一样的蓝天白云,一样的水天一色,心情却迥然不同。

漫步在盐道上，内心不由得升腾起一股敬畏之意。谁说她们只是小小的菱形晶体，仅仅在我们人类生活中，盐的作用已经发现有1.5万多种。对我们人类而言，这些晶莹剔透的菱形晶体，是那么圣洁而美好，是那么崇高而伟大……

　　来不及再发感慨，起程的时间已到，导游又一次很"残忍"地把我们赶上大巴。这也难怪，接下来的路途更远，美景更多。这不，大巴又疾驶起来，向世界上独一无二的大柴旦水上雅丹风景区进发。这是一个神奇的地方，它的四周是荒无人烟一望无际的荒漠，而水上雅丹就这样静静地卧在这荒漠之中，显现出无与伦比的惊艳美色。

　　我已经记不清到底去了多少地方，我只知道我们还穿越了美丽的祁连山大草原，跨越了位居世界第三的黑河大峡谷，感受了见不到一名警察的祁连县城，领略了广袤的门源油菜种植基地……

　　哦，青海的美实在太多，这则短文是断断无法容纳的，我不由得从内心深处发出一声由衷的感慨："青海大美，大美青海！"

兰州一日

拂晓时分,列车终于驶进了兰州站。我长长吁了一口气,随人群向站外走去。此次西北之旅,我独自提早出发,想留出时间,在兰州待上一天,静静地读一读这座金城。

但此刻,我的内心却茫然起来。兰州是深厚的,我该读些什么,怎么去读,才算领会了它的内涵?下意识地四处张望,只见街道两旁,到处飘扬着写有"一条河""一碗面""一座桥""一本书""一所校"之类字样的彩旗。凭那点有限的知识,我知道上述所指的是黄河、牛肉拉面、中山桥、《读者》和兰州大学。它们都是兰州的名片呀!我不由得兴奋起来……

稍稍平复一下心绪,拖着拉杆箱,我开始翻阅这本厚重的大书了。打开的第一页是"一碗面"。这里,一家挨着一家的拉面馆,店牌都标着"兰州"的印记——"兰州拉面",正宗的牛肉拉面……

正在我遐想之时,一股牛肉、香菜、蒜苗混杂的味道飘然而至。我已走到了一家拉面馆前,于是欣然走了进去。人很多,买筹取面处都排起了长队,我得等待。这当儿,一碗碗出锅的牛肉拉面从我跟前端过,送到各位食客的手里。店堂里氤氲着团团白雾,也飘浮着牛肉和香菜的特有味道。终于轮到我了,我把大碗捧在手里,却迟迟没动筷子。我想起了余秋雨先生在《文化苦旅》中关于兰州拉面的描述来，对照眼前的实物，我才算真正领略了那"一清二白三红四黄五绿"的意境。我也似乎明白，那满世界的拉面馆，为什么很少有勇气冠以"兰州"的原因了……

吃完"一碗面"，撸一撸油嘴，我便去找寻那"一本书"了。说起《读者》，我和她还真渊源不浅呢。20世纪80年代初，我还是个学生。那时，上海和兰州，一南一北，相继推出了《文汇月刊》和《读者》。我毅然从每月17.5元的助学金中拿出部分，自费订阅了这两本杂志。《文汇月刊》订阅了10年，后来不知何故，悄然停刊了，而《读者》至今仍陪伴着我。

七转八拐，我终于来到了读者大道658号。虽然是休息日，大门也敞开着，但我没有走进去。我只是长时间地驻足门口，凝视着写着"读者"的这个并不起眼的牌匾，一股莫名的敬意油然而生。在一个经济不发达的边远城市，有这么一群人，坚守办刊初衷，寻觅那一篇篇富有人性美的佳作，为读者送来浓浓的人文关怀……此时此刻，我要由衷地说一声："感谢你，兰州；感谢你，《读者》。"

一条条大道、一条条小巷，我在兰州城内穿行着、阅读着、感受着。兰州无愧于历史名城，随便走到哪儿，一不小心，就会触摸到浓浓的古意；稍不留意，已经置身于历史文化的园囿。一直以为自己是了解兰州大学的，在我的心里，它是西北地区名望最高的大学。恢复高考那年填报志愿，我还把它列为候选学校呢。这次走进兰州大学，我对它却是敬意陡增，我终于知道了它的身世——不折不扣的"贵族"出身啊。我站在校牌前久久没有挪动脚步，这所诞生于清末、开启大西北近代高等教育先河的学府，让我崇拜得挪不动脚步。

这样的感慨接连不断。就在我刚离开高耸云天、摩登现代的兰州中心大厦，沿七里河路没走多久时，一头撞见了一个名为小西湖的公园。这里市井味甚浓，人们在园内或打拳，或做操，或跑步，也有人在拉琴弹唱，或者在湖边垂钓，不远处，还有人在遛狗逗鸟。我想，这个人人都可以随意进出的场所，大概是近年才修建的市民休闲公园吧，但在读过了公园门口铜匾上的介绍后，我张大的嘴好久没合上。谁能想象，这个全然平民化的朴素小公园，原来也是"名门"之后，其前身竟是当年的肃王府园林，它可是久负盛名的兰州八景之一呀……

太阳西斜，我这才意识到还空着肚子，只得很不忍地叫上三轮车，直奔正宁路美食街而去。那可是兰州的另一张名片，央视的一档什么节目曾做过介绍。果然名不虚传，在600米长的街道上，只见人头攒动，摩肩接踵，地面完全被人们的双脚占据，连一只蚂蚁都很难穿行。我被挤在人群里，机械地移动脚步。终于轮到我了，也没看店名，要了两份喜欢的甜品——醪糟和水晶糕。在付钱离开时，我下意识地瞥了一眼店名，竟是"68号老马家"。这可是被央视重点介绍过的名号呀，据说就数这家老马的醪糟做得地道，其他的老马只能算是拷贝的。能不费一番努力，吃上68号老马家的醪糟，多少也算是一件幸事。

夕阳西下，华灯初上，我终于站在了中山桥北岸的过街天桥上了。侧转身来，举目南望，夜色下光影交织，河堤旁垂柳摇曳，大水车和母亲像若隐若现，河面上是一片波光潋滟……回首北眺，则是另一幅景象，满山的树木在灯光的映照下，呈现出浓淡不一的绿色，山顶上闪亮的白塔此刻显得更庄严肃穆，虔诚地护佑着金城的祥和安宁；俯视脚下，但见黄河水正从容地缓缓东流……哦，好一派宁静的金城夜色，令人如痴如醉。

夜已晚，我得离开了。但这样的意境又怎能舍得离开？我终于没走，在黄河边上找了家客栈住下。是夜，我是枕着黄河温柔的波涛入睡的。我睡得很甜很香……

陆　良

我的算盘缘

多年前，父母的老房子拆迁，在整理物品时，发现了一把算盘，由于年代久远，算盘已显得十分陈旧。我仔细抚摸着手中的这把旧算盘，心中充满了感慨。虽然已经多年不再使用它，却有一种温馨的回忆萦绕在心头。就是这把陈旧的算盘，把我的思绪带到了以前使用算盘的年代。这把旧算盘，我父亲用过多年，那时候家里经济很困难，他是用来算家庭的生活开支账的，我们弟兄几个在小学时也都用它学习过珠算。我与算盘的缘分，从小学时就开始了，在我上小学四年级的时候，便有了珠算课程，学校要求学生必须自带算盘。因为家里穷，买不起新算盘，父亲就把他用过的那把旧算盘拿来给我上学使用。上课时，教室的黑板上挂着一把大算盘，这把大算盘串珠杆上附有绒毛绳，起到防止算珠滑落的作用，是专门上课教学用的。老师一边教我们拨算盘珠，一边口中念道："一上一，二上二，三下五去二，四下五去一……"这样循环直到九，就是珠算口诀。在使用算盘几千年的历史中，珠算口诀还衍生出另外一层含义，如"二一添作五"就是平分，"三下五除二"又代表着做事干脆利落。

我在1974年高中毕业后参加商业工作，成为一名商店的营业员，当时的计算工具就是算盘。算盘便成了我的职业工具，珠算成了我的必备技能。记得上班到商店当学徒的第一天，老师傅就教我用算盘。那时每个商业职工都会打算盘，用算盘来计算收款，用算盘来制作报表。在高科技发展日新月异的今天，算盘这一传统的计算工具早已淡出了我们的视线，已成了一种历史老物件，代替它的是效率更高的先进的电算化处理系统，再到大数据推广运用。然而，每当我看到几十年前用过的那把旧算盘，就会勾起我对算盘的回忆。"一下五去四，三下五去二，一去九进一"那曾经熟悉的珠算口诀和悦耳的算盘声总在耳边响起。

我和算盘有着几十年的缘分。我从参加工作开始，一直到20世纪90年代，一直与算盘打交道。算盘就像我的亲密助手，多年来我的很多工作，都是用算盘来完成的。从商店的营业员开始，后来我又先后担任过商业单位的会计、农场的会计和行政机关的会计，无一不是用算盘来作为计算工具的。20世纪90年代初，我担任了行政机关的人事干部，但我的部分工作仍然是要靠使用算盘去完成。那时候电脑尚未普及，我们全局才一台286的老旧电脑，而且还不是配备在我所在科室。人事干部就靠一把算盘来计算工资。平时的人员工资、津贴的调整，全局党费的收缴，我都是用算盘去完成的。1993年工资制度改革，凭借自己多年的珠算功底，我硬是用一把算盘算出了全局人员的增资。值得我自豪的是，那次工资改革，我局是100%的准确，没有任何差错，得到了市局有关部门领导的好评。

我读小学的时候，学校有一门学珠算的课程。后来，在2001年教育部颁布的《义务教育数学课程标准》中珠算被取消了。据考证，算盘起源于我国汉代，几千年来一直是我国劳动人民普遍使用的计算工具，也是一项古代劳动人民的伟大发明，是我们祖先智慧的结晶，人们往往把算盘的发明与我国古代四大发明相提并论，称之为中国第五大发明。虽然计算机网络时代的来临，已经淡化了算盘的使用，好在前几年珠算申遗成功，正式成为联合国教科文组织认定的人类非物质文化遗产。世界上很多国家都有算盘节或算盘纪念日，我真心希望珠算能够世世代代传承下去。

胡志娟

伯　母

第一次见到伯母，是在一个雨打芭蕉的黄昏。一位中等身材，年约40岁慈祥端庄的女人来到了我家。她默默地流着泪，在一片狼藉的屋子里找出一些衣被和有用的东西，然后替我抹去眼泪，梳好辫子，叫着我的小名，柔声说："孩子，跟我回家吧，从今往后，我就是你的亲娘。"那年，我不满10岁。

伯母的房子虽没有我家宽敞明亮，但温馨祥和。

伯母拉着我的手，对堂兄弟姐妹们说："她也是你们的亲姐妹，你们要事事让着她、护着她点，更不要让别人欺负她。"

那时，伯父常年在外工作，大堂哥已经成家立业，二堂哥也考取了一所免费就读的师范学校，他们都顾不上家。照顾祖父和养育六个未成年孩子的家庭重担就全落在了伯母身上，她像一头老牛，套着牛车，拉着一车人艰难地跋涉。

在我的记忆中，伯母一直有洗不完的衣服，还有做不完的针线活，我们穿的鞋子都是她熬夜做出来的。到了冬天，她生怕我们冻着，就东翻西找，找出一些零碎旧毛线给我们编织围脖和手套，织好了，总是先给我，余下的再分给她的亲生儿女们。过年了，我有新衣服穿，而她的儿女们却没有这个待遇。偶然有了好吃的糖果、糕点或者荤菜，伯母也总是先孝敬祖父。伯母言传身教，把美德传承给了下一代。

生活虽不易，可伯母是个乐观豁达的人，无论多忙多累，有事没事，她总要哼上几句，尤其喜欢唱沪剧。记得我刚到伯母家时，晚上睡觉常想起母亲，想着想着就会伤心地放声大哭。伯母就把我紧紧地搂在怀里，一边抹着眼泪，一边抚摸着我的小脸，"萍不哭，萍乖"地哄着我，嘴里还轻轻地哼了起来："一只青蛙两条腿，两只青蛙四条腿，扑通扑通跳下水……"渐渐地，我在伯母的呢喃中进入了梦乡，时常梦见母亲就在我身边。

到了春暖花开的时候，伯母忙里偷闲右手牵着我，左手拉着小堂妹，衣角上扯着大堂妹，后面跟着三堂哥和挎着竹篮的堂姐们，一路上唱着"春天到，花儿朵朵开，红花笑，白花开，蜜蜂蝴蝶都飞来"的歌谣走进了青翠欲滴的大自然中，我们在歌声中捉蝴蝶、踢毽子、跳绳，在歌声中收获了马兰头等野菜，然后又带着丰收的喜悦蹦蹦跳跳地回家。到了夏秋，我们一群孩子跟着伯母去采摘野生的莲藕、菱角、茭白、芦根、茅根，还捞河蚌、捉螃蟹、钓蟛蜞、钓鱼虾。河蚌营养价值虽高，但不易消化，伯母就捣碎了做成丸子。我们吃着这些没有污染的绿色食品，在伯母的关爱下健康快乐地长大，也在伯母讲的故事里知道了做人的道理。

伯母对我的呵护，我终生难忘。那年冬天，天特别寒冷，还下了一场罕见的大雪，我感染了流行性腮腺炎，发高烧抽筋说胡话。这可急坏了伯母，她顾不得自己也在咳喘，顶着风雪背着裹得严严实实的我径直往医院奔去。医生诊断我得了急性肺炎。伯母心急如焚，她听同室的病人家属说，癞蛤蟆耳后腺和表皮腺体的分泌物——蟾酥可以治疗小儿发高烧抽筋。伯母一心想我早点退烧，就病急乱投医，也不问问医生这法子管不管用，就急匆匆地跑到附近的中药店去买蟾酥，但伯母身上的钱不够买1克干蟾酥，回家拿钱又怕耽误我的病情，情急之下，伯母摘下了娘家陪嫁的一只金耳环，贱卖给一位配药的顾客。伯母买到蟾酥后如获至宝，兴冲冲地赶到医院，却被医生告知西医不信这个，可伯母不后悔。第二天晚上，当我苏醒过来，听见伯母在不停地喘气时，眼泪像断了线的珍珠似的流淌下来。伯母见我醒来，她那疲倦苍白、喘得有点发青的脸露出了欣慰的微笑，连声说："退烧了就好，退烧了就好。"伯母的微笑，就像一盏灯，永远温暖着我。

转眼，我也到了齿摇发白、喜欢怀旧的年龄。

往事如昨，几十年前我离开故乡的情景清晰依旧。记得那天伯母早早地起了床，给我煮了好多鸡蛋和做了很多草头烧饼。她的眼圈是红红的，听小堂妹说："姆妈一个晚上都没睡，在不停地掉眼泪呢。"我听了，心里难受极了，不知该用什么语言去安慰她。伯母一直把我送到了崇明南门港轮渡码头，我一步三回头地挥手让她回去，但伯母依然站在那里目送着我远去。就在我登船的那一瞬间，我又情不自禁地回头张望，见伯母还是一动不动地站在那里，风舞动着她的头发。这一幕便成了我心中的永恒。别了，故乡！我望着滔滔江水，不知等待我的又是怎样的人生。这样想的时候，我的眼泪再也忍不住了。

在我离开故乡的日子里，每天等着收我那些报喜不报忧的家信，便成了伯母的期盼。时间长了，伯母竟落下了晚上睡不着觉和心口疼的毛病。堂哥堂姐请来中医给伯母号脉，中医说伯母是思虑过多引起的，抓了几十服药吃了依然不见效。为了让伯母早日康复，堂哥堂姐想出了一个不是办法的办法，带伯母去给我算命。算命的说我因为是凌晨出生的，所以命中注定奔波劳碌，要去外地的。伯母听了信以为真，病也渐渐地好转了，但她不知道算命先生其实是我大堂哥请他的师傅扮演的，这是后来我从堂哥堂姐他们的来信中获知的。

我每年休探亲假前都要写信回家的，那是伯母最快乐的时候，她忙里忙外，逢人便说我那侄女快从外地回来了。伯母知道我喜欢吃酒糟鱼，就早早地买来了小黄鱼、小鲳鱼等海鱼，洗净后挂在竹竿上晒干，再用酒糟腌在坛子里密封好，还磨了糯米粉，做好豆沙和芝麻馅，芝麻馅是伯母手工用石臼捣碎做的。接下来的日子，伯母就扳着手指头，计算我的归期。伯母做的酒糟鱼吃起来真是酒香扑鼻，这些食品如今是随时可以吃到的，可在那个物资匮乏凭票供应的年代，却是我最美的佳肴，弥足珍贵，至今不能忘怀。

最后一次见到伯母的时候，她已经瘫痪在床，脸上满是岁月留下的褶皱，我的眼睛模糊了。说来奇怪，多日不说话处于半昏迷状态的伯母，冥冥之中好像听到了我的脚步声和说话声，竟睁开眼睛看了我一眼，嘴角动了动，似乎有话想对我说，但没能说出来。

前不久，小堂妹来看我，聊起往事，无意中提道："当年因为大姐说漏了嘴，姆妈才知你虽然离开放射线企业多年，但白细胞和血小板依然没有恢复正常，所以很担心，中风的前几天还托人到罐头厂给你买花生衣呢，她生前常挂在嘴边的一句话是希望你身体健康。"于是，我想，伯母去世前想对我说却没能说出的那句话，应该是要我好好保重身体了。

伯母临终依然想着我的健康，这让我唏嘘不已。每当我想起和伯母在一起的日子，鼻子总是酸酸的。因为当我有能力回报她的时候，她却永远地离去了，就像买了船票赶到码头时，船已经开走了那样，这是一种天人永隔难以言表的遗憾和痛，以至于好多时候，当我想买点吃的或穿的时候，我就会想到伯母。她勤劳善良为儿女们付出了一生，一辈子却没有享过福，一种深深的负疚感便涌上心头，但我知道，伯母在天之灵一定希望我健康快乐。

今晚，月上树梢，当年的一幕幕又萦绕在脑际，我仿佛看见伯母低着头在灯下穿针引线纳鞋底，又仿佛听见伯母在抚慰我，在呼唤着我的小名，带我回家……

何伟康

访永定土楼

永定位于闽西、粤东交界处，永定县名的由来似乎为土楼的诞生找到了一个很好的注解。西晋时永定长期处于战乱，直到明代才从上杭县分出置县，寓意永远安定。而客家先民为了抵御匪盗的侵扰和野兽的威胁，用原生态的生土、沙石、竹木夯筑成一个浑然一体的森严堡垒精巧奇特的庞大建筑——土楼。

初冬季节气候凉爽，我们从厦门乘车到永定。车子驶入洪坑村，映入眼帘的是高高耸立的石碑坊，青山怀抱，绿水环绕，田园烘托，游人络绎不绝。土楼与蓝天、修竹、阡陌、炊烟构成一幅天地人相和谐的美丽画卷。

如果把民居建筑比喻为中华文明巨著中绚丽多彩的华章，那么客家土楼则是这一华章中璀璨夺目的一页。据导游介绍，永定是闻名遐迩的土楼之乡，历史悠久，萌发于唐宋时期，鼎盛于明代中叶，有圆楼、方楼、五角楼、八角楼等各式土楼30多种、2万多座，可谓千姿百态，异彩纷呈。

洪坑村至今犹存的30多座大小不一、方圆各异的土楼，有的平地突兀，气势恢宏；有的玲珑精致，巧如碧玉；有的斑驳褶皱，尽显沧桑。我们途经天后宫、古老水车，呈现在眼前的便是有"土楼王子"之称的振成楼，为国家重点文物保护单位。它依山临溪，器宇轩昂，占地5000平方米，耗资8万光洋,历时5年才建成。该楼是楼中有楼,楼外有楼,环环相扣,由内外两环构成。外环高4层,每层48间,1层为粮仓,2层为厨房,3、4层为卧室,按八卦图布局而建,中间用青砖防火隔墙,隔墙中开设拱门,关门后自成院落。内环楼分两层,1层镂空屏门和2层走廊铸铁栏杆,古朴典雅,内环正中有中西合璧装修的大厅,宽敞明亮,是集全楼人家婚丧喜庆、族人议事聚会、接待宾客或演戏为一体的多功能大厅。楼内水井、磨坊等公共设施一应俱全,设计凸显了天人合一、以人为本的思想,反映了客家人传统家族伦理和家族的亲和力。楼内楹联、字画、雕刻,俯仰之间随处可见,体现了客家人的聪明睿智,也是客家文化内涵与意蕴的象征,不愧为永定土楼的一张名片。

  从振成楼出来沿洪川溪西行,来到迄今发现最小的圆楼,称袖珍土楼。它背靠青山,傍水而建,因外形像客家量米工具米升,故名如升楼。直径仅17米,楼高3层,16开间,可住6户人家,楼内居家井然有序。推开土楼的大门,登楼凭栏,可远眺悬崖峭壁的风竹寒松;俯首临窗,可浏览溪畔小桥流水人家的清新画面。

  走进土楼,仿佛走进一座博大精深的东方古城堡博物馆。它有着冬暖夏凉,兼具安全保卫、通风采光、抗震防火、防潮保温、隔音隔热等功能,堪称世界之最。那雄浑质朴的外形、玄妙精巧的结构、美轮美奂的内饰、积淀丰厚的文化、聚族而居的遗风,堪称中外建筑史上的奇迹,难怪于2008年7月被正式列入世界文化遗产名录。

  奇哉!土楼,倾倒了国人,迷醉了世界,这正是:土楼不土洋楼羞,古城真古今风流。

想起织草包

故乡是童年的美好记忆,珍藏着我的许多梦。在梦中时常有很多怀念的事,或一个片段,或一个细节,都随意走进我的思绪。

20世纪60年代末,我的家乡在冬季农闲时几乎家家户户以织草包为副业增加收入。草包是用稻柴编织而成的袋子,可用来防汛抗台风、筑塘断坝、存放化肥等不可或缺的常用物资。

童年的记忆是断断续续的,而织草包的记忆至今十分清晰。当时老屋客堂内西侧放两台摇绳机,东侧正中放台2米多高的木制织机,在平地上还挖了个约40×50厘米、深30厘米见方的小坑,专放织机的踏板用,这样人坐在板凳上双脚能给力,减少疲劳。织草包稻柴的质量是基础,一般挑选长而青白并伴有草香味的柴,有了好的柴才能摇出好的草绳。那两只铁的小喇叭分别一根根添柴,连续地在脚踏齿轮的机械作用下,两根柴经过互相挤压缠绕,在绳盘上越积越多。草绳是织机的经线,摇绳质量是关键,添柴时须长短均匀、粗细适宜,这样织出来的草包才能密度高、手感好、有光泽。

通常吃好夜饭后,父亲手拿铁丝做的爪耙选柴削柴,去掉柴壳后整齐地放到织机旁。记得那时还没专用木架,索性就地取材,将一板凳四脚朝天，柴就放在上面。母亲摇粗绳，专门用来缝包和打包，哥哥气力小摇细绳，奶奶负责清理打扫乱柴，姐姐当织机手，我尚小只能做些传递送柴的简单活，全家人分工明确。依稀记得为了保证草包的质量，父亲还不时地在柴上洒些水增加韧度，以防止柴断裂。此时在客堂昏黄的灯光下，只见姐姐坐在织机前，脚蹬踏板，眼疾手快，双手添臂穿梭，筘起筘落，一根根稻柴织出了一片片微绿色的包片，待一张张包片织好后必须得织机上重新绷绳。我人虽小但很敏捷，帮助姐姐传递草绳往返于机旁。此刻摇绳机哗啦哗啦的齿轮声和织包机梭筘噼里啪啦的声响不断传出屋外，响彻静谧的夜空。

每逢星期天或寒假，痛苦的日子就要来了，那就是给草包片锁边。父母为了鼓励我，说定每锁一张以3分钱为诱饵。我看在这钱的分上，一天要锁20张。开始时将包片摊在外面场地上，一股一股均匀地绞起来锁好，久而久之，趁大人不在时便偷懒马虎，锁边跨度大，不符合要求，遭来父母一顿训斥。返工重来是常有的事，时间长了稚嫩的小手皮肤开始皲裂，食指和中指流血不止，后来实在不行戴上布手套继续干。母亲将锁边后草包进行修剪去毛，然后用粗草绳穿铁针把四周缝好，对折叠成口袋状，上面留有盖子以防入袋物品散落。到了收购站人员前来检验、解包时，全村人像过年一样喜气洋洋，热闹非凡。我家织的草包由于质量好，密度实、针脚匀，甲级包为多数。就这样一个冬季下来，竟有200多元收入，对于经济拮据的家庭来说，不能不说是雪中送炭，着实改善了生活条件。后因推广三熟制，稻草越来越短，无法织草包，加上塑料编织袋出现，草包被取而代之。

白驹过隙，岁月如歌。50年前的织草包印象常在梦中浮现，难以忘怀。

俞富章

当佘山毛笋遇见康熙皇帝

  大都市上海大厦如林,许多外地人只知上海有高楼,却不晓也有山,虽上海的山还不如上海的楼高,但上海总是有山的。

  上海的山,集中在上海西南的松江,也是星罗棋布,其中有座山,叫佘山。佘山占两峰:一峰为东佘山,一峰为西佘山。东佘山与西佘山如今是国家森林公园,公园以竹为景,以竹为营,以竹为胜,生态清幽,环境宁静。

  有竹必然有笋。佘山山上的竹是毛竹,所以佘山也盛产毛笋。佘山毛笋具有壳薄、肉嫩的特点,味道鲜美,很受当地百姓的青睐。而给人印象尤为深刻的是,这笋会散发淡淡的香,味如兰香,故佘山毛笋又称兰笋。

  尽管佘山毛笋受人欢迎,终究还是平凡普通的毛笋,然而这毛笋因为长在了佘山,便注定不会是平凡的笋、普通的笋。

  话说康熙四十四年(1705)的春天,康熙皇帝出宫南巡,检查吏治,考察民情。在苏州停留期间,时任江苏省高级官员奉旨前往报告工作。其中,江南提督张云翼在汇报时说松江官吏清廉勤政,社会安定太平,百姓安居乐业,叩谢皇恩浩荡,并奏请皇帝亲驾松江。康熙听说在他治下,有这么一个好地方,龙颜大悦,兴致勃勃,当即表示前往看视。于是,特别增加行程，专程前往松江。

从苏州乘船经过佘山时，康熙乘兴登山，在山间漫步时隐隐闻到一股兰花香味，问及陪同的松江官员，官员说这是山中毛笋散发出来的，因其味香如兰，故又称兰笋。佘山毛笋能散发兰花香，引得康熙好奇。午餐期间，厨师又专门用佘山毛笋烧了一道菜，康熙边尝边品，感觉其笋不仅肉嫩味鲜，且幽香可口，便大加赞赏。康熙返京路上，想着在松江期间，看到曾经战火纷飞的松江，经过多年休养生息，官吏爱民勤治，百姓安居乐业，有一种国泰民安的气象，加上他所到之处，百姓扶老携幼，由衷地向他表达欢迎之情，令他深感安慰。回到京城，康熙在对松江念念不忘的同时，又想到了佘山毛笋，便欣然御书"兰花笋"三个字。康熙皇帝不仅题了字、制了匾，并钦点杭州织造员外郎孙成至、苏州织造司库那尔泰两位钦差大臣，奉旨离京，坐船南下，护送御匾至松江佘山，以鼓励松江官吏与百姓。

皇帝亲自为佘山毛笋赐名并挥笔御书"兰花笋"，这让佘山毛笋身价倍增，一只平凡普通的毛笋拥有了一段传奇的经历。佘山毛笋不再是毛笋了，华丽转身而成兰花笋了。兰花笋的故事不胫而走。从此，每遇春来笋出之时，天下文人纷纷来到佘山，游山赏笋尝笋品笋，还留下不少诗文。如黄霆《竹枝词》"待得佘山新笋出，兰芬沁齿劝加餐"，兰花笋的清香激发食客的味蕾，进而胃口大开，要添饭加餐了。佘山热闹了，兰花笋声名远扬。

一只生在山里的普通毛笋，能够遇到人间至高无上的皇帝，是一件很不容易的事，说起来也是有缘吧，而一只毛笋还能得到皇帝的赐名御书，那就更是一件非同寻常的事，这应该是幸事了。这毛笋邂逅皇帝，虽然是偶然的事，却也有着必然的因果关系。康熙垂青佘山毛笋，其中当然有佘山毛笋香味特别的因素，但更重要的是当时松江地区民风淳朴、官吏勤勉、百姓安居乐业的实情让康熙心里舒坦了，于是龙颜大悦之下，毛笋走了大运。假想一下，若当年松江的形势不合康熙帝所愿，官吏腐败，民不聊生，民怨沸腾，那样的情形下，康熙未必移驾松江，自然就很难遇到毛笋了；即便到了松江，因为心情不佳，也未必有心关注那能散发兰香的毛笋，或许吃在嘴里也是食之无味的；倘若再遇引得龙颜大怒之事，这佘山的毛笋被连根铲除也不是不可能的，以康熙大帝当年的手段，是什么事都可能发生的，所以佘山毛笋成为兰花笋，不仅要感激皇恩浩荡，更要归功于当年松江百姓的淳朴、善良与勤劳。是可爱的松江吸引了皇帝，佘山毛笋也才有机会结缘了皇帝！毛笋虽然是自然之物，但也离不了人间冷暖与百姓世相。

300多年过去了，康熙皇帝的"兰花笋"御匾已不知去向，但佘山兰花笋的名字却是更加响亮了。佘山国家森林公园每年春天都举办兰笋文化节，游客可以在佘山亲自体验挖兰花笋的乐趣，品兰花笋的美味。一只笋能够拥有一个文化节，这大概是兰花笋在今天拥有的最高荣耀了。

这个雨季,去寻找戴望舒的雨巷

江南的雨季如约而至。

雨滴落在一条古老的巷子里,淋湿了巷子里的青石板路;一位撑着一把油纸伞的姑娘,迈着轻盈的步伐,踩着雨点,出现在黛瓦白墙之间的巷子里,那是一位像"丁香一样的结着愁怨的姑娘"……这是多么惊艳的风景!这风景让戴望舒念念不忘,成就了一首著名的《雨巷》。

在这个江南的雨季,我心心念念地想着一件事:要在松江的城内,寻找一条巷子,一条雨巷,一条有撑着油纸伞像丁香一样姑娘的雨巷,一条令戴望舒刻骨铭心、诗情奔涌的雨巷。

江南水乡,有许多古镇;每一个古镇,都有几条古色古香的巷子;每一条巷子,都有着情意绵绵、人事悠悠的动人故事;每一条巷子,在雨季里就淋成了雨巷。

松江是一座有着悠久历史的古城,古城里有着无数悠长的巷子。那是1927年的夏天,也是雨季,一个闷热且令人焦虑的雨季。经历了血腥的四一二大屠杀的中国,笼罩在一片白色恐怖之中,而上海则更是危机四伏、血雨腥风。刚刚22岁的诗人戴望舒,因为参加了进步活动而被迫秘密离开了上海,来到了当年隶属于江苏的松江,隐居在朋友施蛰存的家里。

施蛰存的家坐落于松江城内一条古老而悠长的巷子里的一栋小楼之上。

戴望舒在松江的那条巷子里的小楼上度过了一段难忘的时光。他常常伫立窗前，望着楼下寂静的小巷；幻灭与痛苦、希望与憧憬两种情绪在心中交替出现，互相交织，纠结而忧伤。隐居的生活，令诗人兼革命者的戴望舒深感压抑与煎熬，这期间，既有诗人的孤独与苦恼，也有革命者的理想与不屈；既有迷惘，又有清醒；既有痛苦，又有梦想。也许就是处在这样复杂的情景与情感之中，戴望舒在避居期间，萌发了爱情，爱上了朋友施蛰存的妹妹施绛年。

我们是可以推断那个爱情故事的起点的。当年的诗人，正值谈情说爱的青春花季，意气风发，激情澎湃，然而因形势严峻而不得不与世隔绝，令青春的活力无法勃发。就在这时，一位"羞涩的，有着桃色的脸、桃色的嘴唇，和一颗天青色的心"的姑娘走进了诗人的视野，这是黑夜里的一道光辉、寂寞中的一抹灿烂、迷茫中的一盏明灯！诗人看到了希望，产生了梦想。诗人的爱情之火被点燃了，感情深沉细腻的戴望舒对比自己小5岁的施绛年一往情深，诗人动了真情……

只是，这段爱情终究没有发展下去，几年后，戴望舒与施绛年解除了婚约，最终没有成为眷侣，但这段特殊时期的爱恋经历激发了诗人的诗兴，让戴望舒迷惘的心引发了朦胧的希望。就在发生初恋的那个夏日的雨季，戴望舒站在小楼的窗口，望着淅淅沥沥的雨飘落在楼前的小巷里，眼前却不断地浮现出那位让他心动的姑娘的身影，撑着一把油纸伞，像盛开的丁香，芬芳里飘着忧愁，慢慢远去，走过巷子的尽头……戴望舒终于抑制不住内心奔腾的情感，转身走到书桌前，一气呵成：

……
撑着油纸伞，独自
彷徨在悠长，悠长

又寂寥的雨巷

我希望飘过

一个丁香一样的

结着愁怨的姑娘

句句真情流露,字字真切传神。从此,吟诵江南的诗卷里多了一首朦胧恍惚的《雨巷》;江南的巷子,多了一条诗情画意的雨巷;那位撑着油纸伞独自行走在雨中的姑娘,成为江南古镇巷子里最为动人的风景!

显然,《雨巷》诞生于松江。有人说戴望舒的雨巷在杭州,有人说戴望舒的雨巷在扬州,还有人说戴望舒的雨巷在苏州,而我始终相信,戴望舒的雨巷应该在松江。松江的城里有《雨巷》中所有的元素:寂寥的巷子、篱墙、丁香花、油纸伞、姑娘,尤其是那种脸上散发着细腻、温婉、迷蒙、深情而凄清、愁怨气质的姑娘,曾经是松江城里女孩子最典型的模样,所以戴望舒的《雨巷》就是在施蛰存家的小楼里写出来了的,诗中的雨巷就是施蛰存家楼下的那条巷子!

松江应该有一条雨巷,一条属于诗人戴望舒的雨巷,一条有着像丁香一样撑着油纸伞的姑娘独自默默行走的雨巷。

这个雨季,我要在松江城里寻找这条雨巷。

李宗贤

渴望阳光

刘慈欣最近在银幕上把60亿年后将会发生的太阳氦闪提前到未来50年内的"近未来"里发生,因而有了正当的理由给地球安装万台发动机,推动地球向6万多倍于日地距离的远方半人马比邻星系流浪而去。一个个影院里,宇宙级别的革命浪漫主义像超级期货,先于60亿年后或是"近未来"太阳的氦闪而氦闪月余。有学生问我《流浪地球》里的地球流浪路线,我诧异他观影如此投入,便很受感动地指着墙上的中国地图对学生说,你想加深印象的话就把半人马比邻星系想象成延安,把影片中需要用25000年时间完成的地球流浪路线想象成红军二万五千里长征吧。

我至今都在票房之外——我对光影视界的技术确实还没有产生一探究竟的好奇心,所以对于60亿年后或是"近未来"太阳氦闪释放的成百上千亿度的超高温缺乏想象的机缘,而近来并不短的日子里,我居然已久违了阳光,阳光的灿烂、炽热或温暖快要成为一组苍白的概念,这多少减弱了我对太阳那要命的氦闪进行想象的能力。所谓超高温,我的对标物还是学工时候看到炼钢炉里烧红到发白的有一千五六百度高温的钢水,可是缺位的阳光使我消失了依据钢水去想象太阳氦闪的热情。

戊戌年入冬之初,连着三四天我都感觉傍晚时分的太阳很是异样:闪耀着金光，晃得人睁不开眼，可平时的夕阳通常让我感觉它只是一枚恬静的蛋黄，绝不晃眼。随后竟不觉转入长阴天气，上海区域的大气层好像是屏蔽了太阳光，天空弥漫着荫翳、阴霾和阴雨的"三阴"天气带来的清寂苍凉，如此清寂苍凉的天气竟然迤逦延续到己亥年早春二月了，似乎还没个完结哪。要不是朋友们从国内外风景佳绝处用微信传来阳光灿烂的照片，我真以为太阳出了问题。

我手机上每天的尚乐汇信息里留存着沪地近四个月令人郁闷的天气记录："多云到阴""阴到多云有短时小雨""阴有小雨转阴到多云""阴到多云转阵雨""阴有时有阵雨""阴有时有小雨""阴有小雨或小雨夹雪""阴有雨""阴有小雨""阴有阵雨""阴有时有小雪或小雨""短时小雨转有时小雨""小雨转阴有雨""阴有小雨转短时小雨""多云到阴转阴有阵雨"——被这样描述的"三阴"天气几乎跌进了一个无限循环，不由得让人气馁、沮丧；若在散文家笔下该又会出现边塞古战场隐晦惨淡的"黯兮惨悴，风悲日曛"，或大湖之上风雨锁日的"淫雨霏霏，连月不开，阴风怒号"这样让人情绪黯淡的文字了。

连月不开的阴湿天气自然很适合绿苔生长。庭前屋后、路边街侧，无论东南西北，人迹稍疏，就有这一摊那一溜"苔痕上阶绿"的诗意铺地。这还真是长时期的阴湿天气孵出来的唐诗意境了。除了这遍地苔痕之外，妻子发现了连阴天气的另一杰作，她种的好几盆小可爱多肉的根部竟都出了霉，起根看时，连根须都染着霉，不得不倒掉霉变的土，给花盆消了毒，摘出多肉最肥厚的瓣儿，也消了毒，再种进新土。妻子莳弄完几盆多肉，望着空蒙的天空愤恨地说，快出点太阳吧，多肉得晒晒！

岂止是多肉和营养土要晒晒太阳，人更渴望着阳光呢，阳光是生命的要素。三九冬冷，料峭春寒，阳光的曝晒和温暖着实是人的生长需求和幸福体验。连月阴天遮去了阳光，拒绝了人们的生长需求，剥夺了人们的幸福体验。阴冷天气萎缩了我的存在感，我似乎只剩下蜷缩起来的欲望。朋友微信里奚落我说，别借口阴天懒得什么都不想做，读张爱玲的小说也许很合适。我并不怎么习惯张爱玲的文字，读大学那会儿看她的《金锁记》就觉出张爱玲笔下浓郁的阴冷味儿，总觉得她的文字里洋溢着台灯灯光照在落地窗帘和沙发布套上散发出的一种阴冷天气的隔宿味儿。

漫长的连阴天气里我最渴望的只能是阳光。我会回忆戊戌年夏天里炽热的阳光，想起丁酉年入冬后孵太阳的暖洋洋的惬意感觉，想起过去一轮又一轮生肖年里太阳给予我的灿烂、温暖，甚至炽热的多种恩惠。我还会想起芭蕾舞剧《白毛女》第七场白毛女在山洞里迎接照进洞口的阳光的感人场景，想起音乐舞蹈史诗《东方红》序幕的歌舞背景上旭日东升、阳光普照的动人画面，想起小提琴曲《阳光照耀着塔什库尔干》让西南边镇塔什库尔干洒满阳光的迷人故事。

我知道，我现在理性和感性的紧迫需求暂且都还不会是坐进院线去跟刘慈欣辛苦辗转逃离氦闪，而是在户外或是家里的逼仄阳台上执着地渴望着阳光的曝晒和温暖。

陆　云

永远的汤医生

这世界绝大多数的人，从生命的起跑线、一生奔跑的行程，以至生命的终点，往往是离不开呵护生命的白衣天使——医护人员的。人是吃五谷杂粮的，难免会得病，跟医生打交道是免不了的。

我从读小学一年级开始，住在被称为"云间第一桥"的跨塘桥东面临街的民宅，开始门牌号为中山西路1587号，后来重新编号为中山西路471号。上学一律划地段就近在城西中心校，说是城西中心校，其实教师和4/5的学生都是城镇居民的孩子，贫下中农的孩子都在村小就近上学。那时候我品学兼优，是班级里第一个加入少先队的，是班长。小学三四年级时，细心的母亲发现一段时间以来，我进进出出时走路有点异样。撩起我的裤管检查，竟然发现左腿比右腿细了，而且一按压就痛。没想到长达几年的漫长就诊就这样拉开了序幕。

开始找原因，起初回忆起来，觉得是自己玩耍时摔过跤跌坏了，但一直未见好转。父母不断地带着我到城西卫生院、县人民医院、瑞金医院等处就诊，医生说不出个所以然，小儿麻痹症又不像。用了贴膏药、中药熏蒸和药洗，几乎天天去医院打青霉素或者链霉素等手段，因为不知道病因，自然没任何效果。吃得苦头最大的一次是，瑞金医院伤骨科要在我的左腿胫骨上切片化验。那是在门诊手术室内，局部麻醉情况下，用锤子、凿子，叮叮当当地硬生生凿下一小块骨头，进行化验。每凿一下，全身剧痛，我清楚地记得同室临床的一个浙江来的汉子痛得哭爹叫妈。当手术结束，父亲抱着我上公交车时，我满头是黄豆大的汗珠，浑身都湿透了。然而遗憾的是，这种种苦头，还是白吃了。一次次就诊，还使得家里本来就捉襟见肘的经济更加入不敷出，雪上加霜。

父母想方设法、千方百计找医生给我看病。一次，母亲打听到市区大医院的医生来松江巡回医疗。记得那天是我大舅舅用自行车从学校载我去了新桥卫生院，找到瑞金医院来的医生汤华丰。汤医生中等个子，圆脸，说普通话。由于卫生院条件有限，汤医生稍事检查后，另外跟我们约定时间到松江县人民医院骨科。过了几天后，按照约定时间，父母带着我到了县人民医院骨科，汤医生给我的左腿做了认真的按压、拉伸等检查，然后很确定地说是肿瘤，如果是恶性的要截肢。为方便病人，约定时间，就由汤医生不辞辛劳来县人民医院骨科为我手术。

到了手术那一天，医生按规定给我这个小病号注射了镇静剂。打了以后果然胆子大了许多，我泰然自若地跟医护人员讲，我自己走到手术室里去好吗？医护人员笑了，拒绝了。躺在手术台上，麻醉师从腰部给我注射了半身麻醉的药，药物起作用后，汤医生遂在无影灯下开始给我做手术。在旁观摩的有县人民医院的骨科医生唐林安等人。我记得清清楚楚，手术接近尾声，主刀的汤医生举起我的左腿，安慰地对我说："看，现在好了啊！"

中午12点多，汤医生拿着搪瓷碗去食堂吃饭，我父母焦急地询问汤医生。人民医院负责接待协调此事的党支部一位领导罗鹤飞说，先让汤医生吃饭去吧，他还饿着肚子呢。

后来经切片检查，结果是血管瘤，肿瘤无包膜，是良性的！全家人一块石头终于落了地。

作为患者和家属，总还是不放心，担心肿瘤无包膜，是否会恶变。我们不懂这些专业知识，而汤医生又非常忙，所以父亲两次写信到瑞金医院伤骨科，向汤医生询问病情和医嘱，而与我们没有任何私交的汤医生，每次总是亲笔回信。数年后，我参加工作，自己给汤医生写过一封信。结果后来医院退信条上告知我，汤医生这段时间带医疗队出国支援非洲去了。

汤医生给我做手术已经过去四十几年了，我的身体一直良好。我先后搬过四次家，许多东西扔了，但是汤医生的回信，我一直珍藏至今。巧的是，我1992年在法院经济审判庭当法官时，听人说中院经济庭的汤法官的父亲就是汤华丰。有一次我接到汤法官打到庭里的工作电话，我说我小时候你爸爸帮我开过刀啊。她第一反应说，啊？不可能吧？当我报出她父亲的大名后，汤法官惊喜地说，哪能介巧啊！

遗憾的是，后来我准备去探望下他这位医德医技俱佳，堪称德艺双馨，我的大恩人时，竟然听到的是他早些时候突然病故的消息。这成了我一个永久的遗憾。

世界真小，后来汤法官从浦东新区法院调到松江法院工作。我把汤医生给我们的亲笔回信给她看，并且复印了信封和信笺给她。她说他们家里有很多病人的来信。汤法官说她父亲经常带医疗队出国，打飞的到外地动手术，实在是超负荷运转透支了身体，令人扼腕痛惜。

周　平

戏迷、摄友混搭的我

熟悉我的人，多知道我是个戏迷。碰上想要看的戏，一天几场都不嫌累，哪怕凌晨刚几千公里飞回家，倒头睡没多久，还是会闹钟叫醒冒着大雨去场子里看戏。

熟悉我的人，也多知道我还是个摄友。即使晚饭后出去散个步，溜达一下，也会时不时地拿着个手机拍上拍下、拍东拍西。

作为这么一个戏迷兼摄友的双料混搭，人们常常看到的我，是看戏时总带着相机，在满足耳福兼眼福的同时，还绝对贪婪地把舞台上那些精彩美好的瞬间咔嚓下来。

我爱拍演员喜怒哀乐的神态，爱拍他们举手投足的动感，爱拍他们相互间的交流互动，爱拍五彩光影下他们的浓彩淡墨，爱拍他们可能在台上难得一现的突发，爱拍不一般角度中的他们，更爱拍剧情细节中的他们……

像几乎所有的摄友一样，我电脑里也藏着数百个照片文件夹，其中一个名为《大小戏台》的，塞满了我从本世纪初至今拍摄的沪剧、越剧、京剧、锡剧、昆曲、黄梅戏、滑稽、评弹、相声等各种戏曲以及话剧、舞蹈等舞台剧照、戏曲名家。每当耳畔伴着那些让我陶醉的各种唱段，打开文件夹一张张翻看时，就好似又坐进了场子——

沪剧名家茅善玉的剧照我拍得不算少，从《红灯记》的铁梅到《露香女》的顾露香，从《雷雨》的繁漪到《敦煌女儿》的樊锦诗，或者是晚会、讲坛上的她，都是要么鲜明地角色示人，要么自如地侃侃而谈，但2006年初这一组照片中她却是如此的尴尬：拿着话筒有蹲在地上的，有弯着腰的，还有坐椅子上的……全然没了平时台上那美妙的神韵风采。原来，那回市里组织开展保持共产党员先进性教育活动下乡巡演，那天巡演来到松江佘山举行。茅善玉上台后突感一阵不适，且并非一般的疼痛和难受，她不得已只能蹲在了台上，但她还是想坚持，便让人搬了把椅子上来，坐在那里硬是勉强唱完了一段……于是这才有了茅善玉这一组看似没有风采实际却极显精神的照片。

在《大小戏台》相册中，有一张一般人都颇感不解的照片。画面中，除了一只穿着白袜的脚压在一面鼓上，上方两只手上分别是两根鼓棒外，再无其他。

照片拍摄于2016年10月。作为第十八届中国上海国际艺术节的重要演出项目，来自全国7省市、9个剧种的14位戏曲界代表人物集聚上海，以3场总时长600分钟的演出，20折经典戏曲折子戏，荟萃为了一部活化的中国戏曲浓缩大观。演出节目中，中国最古老剧种之一、来自闽南地区的梨园戏，保留着与京昆系统全然不同的表演形式，特别是乐队中那蜚声中外、素有"万军主帅"美誉的特种司鼓技法，全场的表演和音乐节奏全由它指挥着。鼓师司鼓时，瞧着演员台上的表演，将一只脚抬压在鼓面上，利用脚的位置变化和用力轻重，敲出千变万化的鼓点，指挥着乐队中其他的乐器，一心数用，几百年下来无可替代。

那天，望着那一抹追光下那只白布袜的脚，伴着两根上下飞舞的鼓棒，翻转腾挪间仿佛也有了表情，在鼓面上熠熠生辉。我全然顾不上台中央唱演的名角，只把镜头对准了台侧这神奇的"压脚鼓"，仿佛一定能从中拍出个乾坤旋转来似的。

要说这些年来，在市区各大小剧场拍得最潇洒自由的还得数是2017年上海广播节九州百戏·绝活儿展演那次。演出是在白玉兰剧场，场子不大，但观众席与其他有无名气的剧场略有不同，整个场子前后坡度明显；正中两栏座椅，外侧各有女儿墙般挡栏，栏外是宽宽的走道。我在走道里前后左右随意走动，不阻挡观众席中任何一位观众。那天，我拍到了展现椅子功绝技的蒲剧《挂画》，演员飞身上圈椅，展现双腿立、单腿立、单腿蹲、凤凰展翅、童子拜佛等种种表演。我还拍到了泉州悬丝木偶《钟馗醉酒》，真正体味了"死木头揪住活人心"这句泉州俗话。本没有生命的木偶钟馗，靠着演员的一双巧手，犹如有了灵魂，有了生命，在台上栩栩如生，活灵活现，传神地表达出了人的思想情感。

但让我拍得最过瘾的当是堪称昆曲做工戏的《醉打山门》。它讲述的是花和尚鲁智深潜往五台山削发出家，嗜酒的他一日大醉后模仿寺中十八罗汉造型，寄托抱负：时而拉长身形呈长臂罗汉，时而鼓起肚子呈大肚罗汉，时而以头依拳呈思考罗汉，时而以单腿支撑下蹲，另一腿悬空平伸呈打坐罗汉，还有降龙罗汉、伏虎罗汉、拳杖罗汉、抱膝罗汉、望月罗汉、睡罗汉、捧狮罗汉、看书罗汉、擎天罗汉……整折演出，演员始终以单腿支撑全身，变换着十八罗汉的高难度造型，扎实的功底令全场观众瞠目结舌，而我则时而不停地旋转变焦环，时而前后左右走动变换站位，真可谓天马行空，独来独往，拍得那才叫个爽呵！

细细想来，我拍舞台照，从起初的仅仅拍下演员在戏台上的影像，到后来开始慢慢留意抓拍我们平时看戏时可能会忽略掉的他们一闪而过的一举手一投足，再到看见舞台上那特意设计的光影处理会情不自禁兴奋，可以说，如今我进剧场时对摄影抓拍的期盼并不会比享受唱演视听的欲望低。

前不久我被邀请去上海大剧院参加中国上海国际艺术节开幕式并观赏开幕剧《永不消逝的电波》，当然不带相机是绝对舍不得的，但刚刚坐下才拿出来，就被服务员小姐很温柔地命令道："先生，不可以拍照噢！""我不打闪光灯的。"我想跟她捣捣糨糊。"那也不可以拍的！"得！又不让拍！好吧，不拍就不拍，咱今天就做一回好观众吧。于是，我把相机放回了相机包。可是，谁叫这舞剧编演得这么美妙绝伦呀，特别是那几个光影处理极为漂亮的大场面，诱惑得我实在是忍不住，趁那服务员小姐不在边上时，以迅雷不及掩耳之势，拿出相机，装上镜头，端拿起来，不管三七二十一，对着舞台咔嚓咔嚓一阵连拍，也不管拍得如何，随即马上放到座位下，又正襟危坐得那么一本正经。嗨，这叫啥人品哟！自己想想也差劲得很。

其实，对我等这些草根摄影爱好者舞台摄影大门越关越紧的，早已不仅仅是大剧院了。这两三年来，各大剧场纷纷亮起了红灯，这不让拍，那不许摄，真不知今后我这戏迷兼摄友如何才能满足这特殊的爱好享受哦！唉——

许 平

小小的一座院子

北京东四环八里庄鲁院门口,我仰天看。深秋的北京,天蓝透。

全国基层作协负责人首届培训班。接到鲁院通知书的那天,我也仰天看。那天我眯缝了下眼,阳光并没晃着我,是通知书的红色炫目:鲁院,文学人的朝圣地。

这天推开朝圣地的边门,保安上前接过我的通知书,对照桌上的名册,然后说,您请进。

临行某著名评论家对我说,鲁院不大,条件也一般。

真的不大。直径也就100来米,我很快就到了报到处。进门先见鲁迅雕塑,合十鞠躬说先生文学战士来报到。墙上的屏幕闪着"热烈欢迎新学员",上有两只白鸽在飞翔。我心灿烂和风暖。

401,门上贴着我的名字。我在鲁院的家,有点亢奋。单间,10平方米左右,斗室,但一应俱全,酒店标房的缩小版。

桌上放着一摞书、一个笔记本、一支水笔、一个印着"鲁迅文学院"的包。

还有一枚校徽,红底金边金字,就别上。在鲁院的日子里,这枚校徽就没离开过我的胸前。

午后的阳光罩着窗台，暖暖地看我的同学们的简历：上过小说排行榜的，得过鲁迅、茅盾文学奖的，几多强手。珠玉在侧，我好生期待。

一摞书里有一本《我的鲁院》，我花了一个黄昏和半个晚上晓得了鲁院的前世今生和她的冰魂雪魄。

第二天，开课啦。电铃声起，久远久远学生时代的那种老式。

大师来讲课。妙语连珠的、口若悬河的、从容不迫的、不动声色的、横贯古今的、满腹经纶的，即便是旧瓶，那新酒的行市也能问鼎中原横扫六合。都有奇招，都非一般人所能。有一位，不躲闪不回避，更不含糊其词，语出惊人，句句缀着惊叹号。却让人，产生静下心去观察世界、厘清生存生活与文学之间关系、以文学的名义叩问生命的念头。

没上几节课，我的笔就没了墨汁。跟班主任要，班主任说你记得真多。我说恨不得把大师的喷嚏也记下。班主任扑哧一笑说，这可就邪乎了。

其实我借了略莎小说里的一句话，哪能真把喷嚏变文字。但校徽和老式铃声和略莎，让我做回了好学生，这，是真的。

鲁院怎样的小呀？只一高一矮两栋楼房相对而立相互守望。高的五层，宿舍和教室；矮的两层，教师办公室和食堂，还有一个图书室叫百草书屋。

百草书屋也是小，几个书橱、几张圆桌、几盆绿植，外国文学多些。没有管理员，有茶叶、咖啡和饮水机。进来的、坐下的、离去的，都儒雅。

院子有雪松、樱桃树、悬铃木和芭蕉。石子甬道伸出的假山石和品茗亭，叫风雅颂，称聚雅亭，每天都有同学瞪着两只眼睛去发现别人没有发现的不同处。

忘了哪天，班主任把微信群的名字改成"基层作协第一期"。我们有点嘚瑟，跟黄埔一期似的牛掰。

除了班主任，我们很少见到鲁院的老师。偶尔会看到他们笑眯眯地迎着太阳忙碌，但从来看不到他们手忙脚乱和焦头烂额。

食堂的师傅也是，一日三餐，换着法子妥妥地填饱我们的胃。老北京酸奶永远受欢迎，蜂蜜味儿、小瓦罐儿、圆嘴儿扎着根儿橡皮筋儿，直喝到吸管吱儿吱儿地叫，我们还不松劲，还拢着嘴唇抻着脖子吮呀吮呀吮个不停。

那天下课，走在我前头的同学路过我的屋，说："401，这屋王安忆住过。"着实一小惊。会吗？王安忆是鲁院第五期的学员，该是1980年，那会儿鲁院在白家庄。但也没准，兴许王安忆后来来过八里庄呢？

总之，从那天开始，我对这间小屋有了敬畏感，进与出，轻轻地开，轻轻地关。有个夜里我面壁静坐了至少一小时。一小时里我没干别的，光回味王安忆的《雨，沙沙沙》。崇拜她，就从这篇小说开始，那会儿我还在部队。王安忆肯定想不到，1980年，她的"雨"，淋着了一个小女兵。

在鲁院的日子里，脱了面具，洗了铅华，解了神经，上课下课，敞亮舒坦，我还原了自己。

一期的37名学员，东西南北，报到前就在群里你方唱罢我登场，待到见面，自然省了程序少了客套，握手一下嘻哈两声就成了朋友。

山东同学老爱在暮色里走鲁院的那条道。走过来走过去，九九八十一回。忘情处，一嗓子就开起独唱会。高音了得，我说不唱《卡门》可惜了你。她嫣然："硬要唱，谁能拦得住哈？"接着飙高一声又说道："我的歌跟鲁院的树一样，连着天，在空中摇呀摇，像不像我们自由的心？"挺喜欢她，不做作。

河北同学其貌不扬，罕言寡语不喜形于色，又离群索居不喜做客。自言守拙，我等皆信。某日读其文，我口呿目瞠忘收唇。好节奏、好语感，字字珠玑。岂是蓬蒿人！惭愧。警告自己任何时候都不可自以为是。

内蒙古同学天天一脸小说情节，眼睛眉毛鼻子哪哪都有环境描写和心理刻画。亲眼见他左手一只碗右手一支笔，咀嚼之间还惦着人物的哭和笑。他的宏图大志：叶辛鲁院4个月60万字，我日子短但怎么着也得拿下10

万大军。众人咋舌：一匹来自北方的"狼"。

班长天津卫嘴子，捧逗合，回回笑得我们前仰后合。靠着皇城根儿近，班长还有帝王气。掏银子，煮酒论英雄。长歌当啸，豪气冲天，手指群雄，后自指，都等他曰"天下英雄，唯使君与操耳"，却不料，他峰回路转，颔首低眉问我道："结界（姐姐）你干嘛呢？吃饱咱散了？"

散了。像任何盛宴一样，一期也到了说再见的时候。

离别前夜，群里沸腾。说鲁院的门卫比大清的军机房还甚，晚间一过11点，大门必锁，鸟儿也休想飞进来；说鲁院的外面风帘翠幕，参差十万人家，不舍昼夜地熙熙又攘攘，柳永的市井味，铺叙白描一泻无余；说鲁院遗世独立不俗不凡，在这文学贯穿了我们的每一个细胞和每一根神经，外出归来，远远看到鲁院的灯光，就温暖，就加快脚步；说鲁院给我们的，是继承、创新、担当、超越的基因，是真善美、敬天爱人的初心，是不离不弃将文学进行到底的情怀。最煽情的一句来了："鲁院，我们不分开，好吗？"话落，集体无声，微信沉寂，星星悄悄地蒙上了眼。

走笔至此，鲁迅雕像凸显在我的眼前。在鲁院，每天路过，有没有安静地在他身边待上一会儿？一抹胡须，两道横眉，风骨不屈，邓友梅、蒋子龙、莫言、余华、王安忆、张平、叶辛、张抗抗、叶文玲、刘震云、陆天明、邓刚、毕淑敏、周梅森、迟子建……当代文坛的名家，谁没从他这过一遍？

知否知否，鲁院不大，条件也一般，可就是这小小的一座院子，在中国当代文学史上的位置，无可替代。

周　明

想起了梅朵先生

我与梅朵先生先前并不认识。曾拜读过梅朵先生的大作，从文字中了解到梅先生是个文学大师、大戏剧家、大评论家。偶然有一次，我有幸认识这位大师，当然大师未必记得住我等无名小卒，因为如此敬重、喜欢大师的"朵丝"实在太多了。

当时，记得是20世纪80年代中期，我们一批热血青年也是文学艺术爱好者，在松江成立了松江电影评论协会。协会办公地点在松江电影公司，并以此为点开展了各类讲座、观摩影片和评论等活动。初期协会组成人员中有孙宜林、朱琪、陶继文、周平等人，现如今朱琪和陶继文已远离我们而去了。

因为要举办一次讲座，而且按照原定计划，在郊区的县城里要搞得轰轰烈烈，有点影响，于是协会决定聘请上海知名人士来松江做一次讲座，并约定由我联系。因为我在大学曾经担任过高校电影评论协会的副秘书长，人员比较熟悉一点。其时，我还不认识梅先生。于是肩负着松江人民的重托，我便找到了时任上海师范大学电影教研室教师的任仲伦先生，托他帮助联系梅先生。任先生没有食言，帮我联系好了，并告知梅先生家的电话与地址，我们说好派车来接梅先生赴松江讲座。我把这个喜讯告诉同伴，大家高兴得不得了，这在当时是轰动的。一个民间的社会团体，能够请到如此大牌的名家大师来做报告，实属大新闻了。

到了那一天，根据任先生告知的地址，我们驱车前往梅先生家。到了地点，我用小区的电话打通梅先生家的电话，梅先生让我们在楼下等着，说马上下来。不多时，梅先生神采奕奕地走下来。这时的我仔细地端详梅先生，中等身材，不胖不瘦，穿着呢子大衣，围着围巾，人很精神，迈着矫健的步伐走到我们车旁，很客气地问："是小周吗？"并主动伸出手来，当时小年轻的我很激动，连忙伸手握住梅先生的手。

汽车载着梅先生和我，一路飞驰。梅先生询问了松江电影播放和电影评论开展的情况，我——做了回答。了解到松江市民有如此高的热情和有一群热爱电影的爱好者的时候，梅先生不住地点头，称赞松江在这一块领域里做得好、做得实，可能在全市郊区走在前列。

车很快到了会场门口，当梅先生步入可容纳300多人的大会堂的时候，原先如茶馆般的声响，顿时变得鸦雀无声，大家都很新奇地望着这位大上海来的大师。梅先生信步走上主席台入座，拿出讲稿和几本书放在桌子上。当主持人介绍完梅先生后，梅先生很有礼貌地站起来鞠躬致意，台下响起了雷鸣般的掌声，随后梅先生便开始了讲座。当时中国处于改革开放初期，电影市场方兴未艾，更谈不上国际地位，但是当时西方文化的入侵和影响却在不断地扩大，所以梅先生在讲到电影及其发展史时，一再告诫大家，要用批判的眼光来分析现今电影思潮和文化市场，不能被一时的西方思潮所影响。大师毕竟是大师，在今天看来，梅先生的话还是具有前瞻性和指导性的。

大师的讲座，使到会的影视爱好者大受裨益，大家对梅先生的讲座予以赞扬和肯定。梅朵先生的到来，在当时的松江掀起了不小的轰动。

侯建萍

流浪的生命也可贵

也许我的前世是一条狗，今生居然遇到了一条认识我的狗。它有话，可惜我不懂；也许饥饿中的狗更机智，竟然几次等候在我的车旁，它不说，但我懂。也许狗有一颗感恩的心，它能伴我穿过多条马路，送至目的地后独自返回……

一

第一次去几条萧索还有残垣断壁的支弄，为的是找寻一条狗，一条仅偶遇了两次的狗。我想象着它听了我的问话后，是点头，还是摇头，抑或是口中发出急促的哈哈哈哈。尽管我是诚意的，但它没有出现。以后的数日，我也试着找寻，然它再也没有出现在我的视野里。

还清晰记得第一次的遇见。那是2017年4月17日中午，我如往常一样餐前散步，转向景德路时，一条狗在我的右侧望着我，嘴里发出急促的哈哈哈哈，似乎有话要跟我说。我虽害怕，但不忘从手包里取出仅有的一块饼干丢给它。它只是看看，没吃。我往前走，它紧随，嘴里依旧发出哈哈哈哈，虽然它的眼神是平和的，但这急促的声音，使我畏惧。

我把垂下的双手放在了胸前，远离它的嘴。"你待在这儿，我去给你拿吃的。"我站定后说。它似乎听懂了，不再跟我。我走向百米远的食堂，要了几块红烧小排骨就往回赶。狗蹲在原地。当我把裹在餐巾纸里的小排骨放在地上时，它只是低下头闻了闻，没有吃。哪有狗不吃肉的呀，我毛骨悚然，转身往河边走。我停，它也停；我走，它也走。我向单位方向小跑，它居然也跑了起来，并跟进了大门。在进入单位的玻璃门后，我快速关上了门。

隔着玻璃，我与它对视。那是一条黄色中型犬，背部深咖啡色长毛向两边散落，粗尾巴，细长眼，貌似狐，但它的眼神是无助的。我决定把它送回遇到它的地方。它尾随我，再次来到了景德路。我说："你的家应该在附近。我是不会带你回家的。"说完，我头也不回地快速往前走，从后门回到了单位。随后的一个多星期，我不敢再去景德路了。

第二次遇到它，是两星期后的某个中午。它站在景德路的东头望着河面，与我有几十米的距离，当它发现我时，一阵风似的奔向我，同样哈哈哈哈，同样急促。我惧怕了，大声呵斥后，快速向前走。几十米后，我侧过头，见它蹲在路中间，头面向我。

人与自然有许多解不开的谜，就像我，听不懂这条狗的话，也理解不了它的举动，但我坚信，它是认识我的。

二

二中心大楼前曾有两条流浪狗，一灰一黑，它们有属于自己的领地。小灰的家在楼梯西面的绿化带里，小黑则在东面。清晨，它们旁若无人地蹲在台阶两旁，如一对昂首挺胸的小型石狮子在站岗。我不知道小狗们是否也这么认为。

小黑是一条小型跛脚狗，骨瘦如柴，牙齿往外突，长相甚是难看。我关注小黑是在2017年9月1日上午，它生下的一条小狗因好心人在路上喂食，被一辆经过的车擦碰至死。我去看小黑时，它的眼里裹满了泪，如罩着一层水晶玻璃，泛着光。那是一种发自生命深处的泪，没有虚伪和恩怨，只有伤心。

从此，我会时不时地从食堂带点肉或骨头，只要我在它的地盘旁喊几声小黑，它就会从远处跑来。它知道，小黑就是它，喊它就有吃的。有几次喂食时，小灰站在它的领地前看着，但从不过来抢食，遵循着和平相处、互不侵犯的原则。有时，在我上班停好车下来时，小黑已站在车后摇着尾巴看着我。有几次下班，它早已蹲在了车旁。它不发声，但我懂。每当此时喂食，它不再细嚼慢咽，而是狼吞虎咽。

不知何时，西南面的草坪上多了四条流浪狗。清晨，它们随意蹲在大楼的台阶上，貌似迎接上班的人。它们不知，危险在靠近。一个月后，打狗队把流浪狗和小灰以及小灰生下的三条小狗抓走了。小黑在此生活的时间最长，历经数次死里逃生，它变得更加机智和谨慎了。

今年3月，再次怀孕的小黑不见了。5月的某天，我去用餐的路上见到了它，肚子小了，更加羸弱了。我要了点食物回来，它却不见了。一位经常喂它的女孩带我去了它的新窝。这是一幢被废弃了的办公楼，四面围墙包围，院落里杂草丛生，要不是有简易的防盗门，还看不到里面呢。小黑是智慧的，找到这里生儿育女。他害怕失去它的孩子，害怕曾经死里逃生的经历。我的一声"小黑"，它带着四个孩子跑了过来。小狗抢着我从铁条缝里丢下的食物，小黑不吃，以一种母爱的姿态看着它们。

"如果说世界上还有哪一种爱可以让我们泪流满面，那也只有母亲对儿女的爱；如果说世界上还有哪一种爱可以让我们放弃一切，那也只有母亲对儿女的爱。"此话多半形容人类的母爱，但小黑呢？

三

邻居家的狗情商高，对整幢房里进出的人，都会摇摇尾巴打招呼。尽管它是散养的，但从不乱跑，它独自活动的范围仅限这幢房子的南北，晚上则睡在邻居家开启一条缝的车库内的一个泡沫盒里。每天傍晚，它会等候在卷帘门外，迎接主人一家。邻居的车从主干道一转弯，它会立刻起身迎候。主人进卷帘门后，它身体在外，头伸向门内目送，直至门快要合上的那一刻，才缩回了头。如不是投宿，它不踏进主人家的内室。见到骑车放学的主人家孩子，它摇头晃脑直奔而去，兴奋得如久别重逢，抬起前爪或抱住孩子，或搭在自行车后架上推着前行。那场面，美好又感人！

今年新春佳节，邻居家外出旅行，它就把地当床、以天为被，却不怨。雨天，我拿了毯子放在我家楼道门口，它竟然等我离开后，用嘴衔到垃圾桶旁（前后有两次），它要睡在靠主人家楼道口的花坛一侧。邻居回来后，不再开启卷帘门让它投宿，但它仍然守在卷帘门外和主人家的汽车底部。

我开始每天喂它食物，用梳子清理掉毛，它很是享受。东隔壁两位女性也喜欢它，时不时拿些吃剩的饭菜喂它。它成了有人管饭的流浪狗。或许是我的关心更多，它也会天天迎送我上下班，偶尔也睡到我家楼道口的花坛一侧，还跟随我步行。一次，它的主人和我同时出门，它站在中间看看东边她的背影，又看看西侧的我，愣了愣，选择了跟我走。狗也会思考，也懂得权衡？

第一次它伴我步行近40分钟到吾儿家，由于不敢乘电梯而独自返回，以至于我后来改走楼梯。我去外面候车或办事，它送我至目的地，而后自己回小区。我到附近超市，只要告诉它等在门外，它定会等我出来。穿马路，它会站在我一旁，我走它也走，我停它也停。遇到它的同类，它只是看一眼，从不靠近或追赶。虽然没有拴链子，但它从不惹麻烦。有时我会想，它可能为有人带出门而觉得自己不是一条流浪狗，假如我给它拴上链子，它会接受吗？

  活着不易，生命可贵！

李　烨

爱如雪飘

从那个遥远的、我所熟悉的并深深挚爱的东北，来到了这在全世界上都算得上繁华的大都市上海，无论生活上还是思想上我都陷入了困顿。从窘迫的租来的房子中出来，踏进从东北带来的汽车，奔波在上海燥热难当的路上，只想快一点把刚买的新房装修好。

红灯啊，这上海的街道怎么有这么多的红灯！天气啊，怎么这么热！热得让人无处躲藏。从上水管到下水管，从红砖水泥到玻璃螺丝，需要穿过根本不熟悉的街道，走进根本不熟悉的市场，一件一件购得。妻子趁假期回北方去看父母了，我被抛弃在这暑热熏蒸的南方都市，独自辛苦奔波。

给妻子打个电话吧，原本想借她的"逃离"来发泄一下连日辛苦的怨气，可电话那边传来的净是抱歉话语和热切的鼓励，诸如千万别中暑啊，千万注意安全啊，千万不要和装修师傅吵架啊……我的火竟然无处可发。放下电话，买了两瓶冰镇的盐汽水，把车开到阴凉处，把空调调到最低档畅饮起来，是该降降温、降降火了。我打开车载收音机，收音机里播放的是熟悉的老歌，歌声柔和甜美，散发着旧日的味道……

好凉爽啊！空调和盐汽水的双重作用，让我暑气渐消，而疲乏却从身体的每一个细胞传来，我竟昏昏欲睡。我的耳边传来了似乎久远却又十分熟悉的歌声："竹子开花啰喂，咪咪躺在妈妈的怀里数星星，星星呀星星多美丽，明天的早餐在哪里？"这歌词真的太熟悉啊！记得那是在我和妻子读大学的第一年，四川的竹子开花了，国宝熊猫没了粮食，于是世界人民都想拯救它们，我们也第一次知道可以用捐款这种方式表达爱心。有个叫程琳的女孩用甜润的歌喉唱出了这首《熊猫咪咪》，而这首歌也是妻子当年上大学时唱得最好的歌，声音浅浅的、甜甜的、柔柔的，惟妙惟肖……那时妻子好年轻啊！我的思绪变得凌乱了、轻盈了，飘飘摇摇，我不知道自己是睡着了还是醒着，我的天空开始飘起了雪。

的确是飘着雪，就在那年，就在那个冬季。

东北的雪花像棉絮一样飘落。我走在从教室回寝室的路上，一路玩着雪。雪已经下了厚厚的一层，在脚下松松软软，惬意极了。忽然，背后传来一声弱弱的呼叫："同学！同学！"

回头看见一个个头适中身材苗条的女生。她身上穿着当年少有的酡红色棉衣，扎着一条长长的围脖，当然后来我也有了同样的一条，原因不猜也会知道。

我从来没想过会有女生叫我，但看看左右没有别人，就回头问："是叫我吗？"

她没有回答，只是点头。

"我们是一个班的啊。"她说着，抖落头上的雪。

"哦，是你，新生联谊会上唱《熊猫咪咪》的那个。"我笑了，原来真是那个"咪咪"，其实我也注意到她了。

"你是那个个子高高的、帅帅的。"她说，我感觉到了她的脸一红。

她这样说，我瞬间也感到自己真的帅帅的，就连那件在大雪中飘飞的军大衣也显得十分拉风。我们聊着一起向宿舍走去，路程很短，当分手的时候我忽然觉得时间转瞬即逝。我在犹豫还能和她说些什么，脚步迟疑起来。

她说："我们下午没课，我想去买点日用品，学校这里的商店东西太少，可我自己又怕走丢了。"

当时只有公共汽车，一般都得步行，我们都是刚刚到这座城市，所以真可能迷路。从她眼神里，我看出了她的意思。

"那好吧，我们一起上街吧，反正我也没去过街里的商店。"

"那我们吃过午饭就约在校门吧！"

"好的。"

她挥挥手，脚步轻快地走进了女生宿舍。

我有些茫然，又有些兴奋，人生中的第一次约会竟然这么简单。不能不说明的是，那是改革开放不久的事。

那一天，大雪就没有停过，纷纷扬扬，纷纷扬扬飘在我们同行去街里购物的路上。东北下雪天是惬意的，那天下的雪尤其让我感到惬意。

大雪飞扬，路就是滑的，天也是冷的。我们走在路上，我的手插在军大衣的口袋里。距离校园越远，我们一路上的距离却变得越近。最后我发现，当走到路很滑的地方时，她会不自觉地扶住我插向大衣口袋的臂弯，我紧张得像是被缚住了一般，而她却兴高采烈，一路说笑。当然，当我适应了以后，竟然发现挽在一起原来那么甜蜜，与其说是迎合，不如说是主动。我们吃了如今早已有名的东北大板，买了诸如牙膏之类的日用品……没有庄严的恋爱宣言，没有谨慎的接触试探，也没有轰轰烈烈、惊天动地的恋爱过程，就像闲步在路上遇到清风拂面，就像哼着小调忽然响起音乐伴奏。

回到学校忽然尴尬起来，因为此时我们班级正在上体育课。如何混进正在滑冰场上的同学中还是需要动脑筋的。好在东北的冬天，黑得比较早，并且偌大的滑冰场上体育课也不只是我们一个系的同学。我们先后溜进人群，并在同学的帮助下，换上了冰鞋，融入了课堂。原以为一切顺利，可我的突然现身还是被老师发现了。老师询问我去了哪里，我含糊地说我一开始就在啊！老师说了声"见鬼了"，就把我推上了冰面。我惊恐地在冰面上滑行，人群中，我看到了她追随关切的眼神。

雪还在飘。我，好惬意。

我的脸是凉凉的，手是凉凉的，身体各处都是凉凉的，无边的雪在飘摇。忽然，我脚下一滑摔倒在冰面上，我也就在刹那间惊醒，年轻时的妻子在我眼前一下子消失了，我就此醒来。原来我还坐在车里，全身的凉爽来自汽车的空调。

我嗟叹不已，这时收音机里响起另一首熟悉的歌："我只想唱这一首老情歌，让回忆再涌满心头。当时光飞逝，已不知秋冬，这是我唯一的线索。"我随着歌曲哼唱起来，外面的暑热依旧，但我的内心已经平和。抱怨什么呢？为了曾经的爱恋和爱恋之花——女儿，再苦依然也是幸福。爱，并没走远。

瞬间我感到自己已经柔情似水……我用手机拍下了自己待在车里的照片，连同这篇文章一同发给妻子看。原以为妻子会因此高兴，会夸奖我的能干、忍耐和爱心，可妻子却表示坚决反对并声言，如果把这篇文章给别人看，就和我没完。问她为什么？她说我是往自己脸上贴金……

她说，当年的故事应该是另一个版本……

那天，雪一直在下。她在回宿舍的路上，想起了《白毛女》的选段，于是在雪中边起舞边歌唱。当然，舞姿迷人，歌声动听。一个男生尾随路上，最后找到机会和她搭讪，而那个男生不用猜，就是我。我一路殷勤之至，话语幽默美妙，最后相约出游。她说，她本想叫上另外的女同学，只因为别的同学不想上街，就因此打住。自从那次回来后，我就成为她们寝室的常客，后来就那什么了，然后毕业就那什么了，直至今天。她说得真真切切，我居然怀疑起我当初的行为了。

大概、可能、也许，就真的是我先开始的吧！虽然这里不飘雪了，可爱还在，那记录我为了所爱的人辛苦奔波的照片还在，我会常常回味。幸福瞬间总会铭记，哪怕那铭记涂上自恋的颜色。

我的情怀依旧，浪漫如雪；我的爱缤纷美好，犹如雪飘。

那第二十一只蜗牛

有女如花,本是我十分欣喜的事情,我一直陶醉在有女儿的快乐中。看着她呱呱坠地,看着她咿呀学语,看着她渐渐长成,有一种期待花儿绽放的感觉。我带着她去学琴,带着她去游泳,带着她去旅行,我快乐着她的快乐,幸福着她的幸福。

可升入小学后,我渐渐发现女儿变得不快乐了,有时甚至烦恼不已,我常常听到她的叹息……我了解到背后的事实是,上小学后语文老师开始留作文的作业,这对于她来说,困难重重。

对女儿,我一向主张采用散养的方式让她自由地生长,出现什么问题主张由她自己解决,不去刻意约束她,更不会去刻意地要求她承担什么额外的负担。因而女儿的整个童年过得轻松、幸福、快乐,可无拘无束的生活,在升入小学后似乎终结了。她的叹息让我也焦虑不已……

在一次女儿又愁眉苦脸之后,我追问她原因,女儿叹了口气说:"老师又留作文了,真不知道该写什么。"

"就写你的生活啊!"我说,"你每天的生活都可以写啊!"

女儿很茫然。

"老师让写爱护地球、爱护环境、爱护生命的作文,这与我的生活有什么关系啊！"女儿的脸都涨红了，"我哪里有这样的生活啊！"

我忽然想起一件暑假带女儿一起旅游时发生的事情，就提醒女儿："你还记得苏州拙政园里的那只蜗牛吗？"

暑假的时候，我带着女儿游览了苏州的拙政园，这个具有千年历史的私家花园因其独有的江南味道而闻名。作为一个在北方长大的孩子，来到如花似锦的锦绣园林，女儿高兴极了。走着走着，女儿忽然发现在花丛中有一只大大的蜗牛伏在绿叶上，这在我们北方难得一见，于是蜗牛就成了她一路的玩伴。蜗牛软软的身体伏在她稚嫩柔软的小手上，像是找到了一个可以安身立命的巢穴，软体动物与人类天真的儿童相依相偎的美好景象一下子融入了我的眼帘。我深深体会到，生命与生命之间那种温暖的交流。

美景成了女儿游览的点缀，一路的行程似乎变得短了许多。就要出拙政园了，我停下脚步对女儿说，这只蜗牛我们无法带走，这个绿色的园子是蜗牛离不开的家，如果带走蜗牛，蜗牛最后的结局就是死去。女儿犹豫了，我从没见到她这么犹豫过。她站在拙政园的出口处不肯离开，犹豫了20分钟左右。导游在催促上路，可女儿还在犹豫。我知道，她对那只蜗牛充满了无限的爱恋。

我说："你还记得在长兴岛上你捉的蜗牛吗？"

这句话终于触动了女儿，她小心翼翼地把蜗牛放在了一棵大树上，沉吟了片刻，长长地叹了口气，说："小蜗牛，你走吧！有机会我会来看你。"

我回头看看女儿，她早已泪花闪闪了。

说到这里，我不得不回溯另外一个故事。前年，妻子在暑假的时候，也曾带着女儿去旅游，去的是辽宁的长兴岛。无垠的大海、广阔的沙滩，给女儿儿时记忆增添了美好内容，下海游泳、戏水的生活，更让女儿感受到了别样的快乐。最让女儿高兴的是，在要回家的前一天她捉到了很多小蜗牛。有了小蜗牛的陪伴，使她的暑假生活陡增了别样的趣味，真是愉快极了。就要回家了，女儿小心翼翼地把蜗牛装在方便袋中，准备带回家。

可当第二天，登上火车打开袋子的时候，她却发现蜗牛都已经窒息而死。女儿伤心地哭了一路，回到家依然念念不忘，懊恼悔恨。因此我一提起长兴岛的蜗牛，女儿就想到了自己的残忍，最后痛下决心，将那只蜗牛放走。

一经提示，女儿仿佛有了感觉。要动笔的时候，可又发愁了，怎么把这两件事在标题中体现出来，就是要给作文起个什么标题。于是我提示女儿："在拙政园你放掉蜗牛，不就是爱惜生命吗？你如果能把你前后两次不同的行为写出来做对比，就更深刻了啊。"

女儿羞愧地说："我捂死了那么多的蜗牛怎么写出来啊！同学们会恨我的。"

"的确啊，可你后面不是改正了吗？"我说。

"可那也是那么多的生命啊！"女儿依然不肯原谅自己。

我说："姑且把你捂死的蜗牛写作20只吧，也许你的罪恶感小些。如果你把在拙政园里命运不同的那只蜗牛都算进去，应该是第几只呢？"

"第二十一只。"女儿回答。

我笑了："那你还没有作文的题目吗？"

女儿一拍脑袋，叫道："我知道了，就叫《那第二十一只蜗牛》"。

倪红霞

被遗弃的小树枝

有一天,我和儿子在花园里散步,看到道路两旁,横七竖八地躺着被园丁修剪下的瓜子黄杨的树枝。儿子随手捡了一根,从此这根小树枝就走进了他的生活。小树枝快乐地成长为一棵迷你小树,给儿子带来了许多生命的感动。

那天回到家,儿子拿着小树枝问:"妈妈,小树枝放在哪里呢?"

我说:"我们用它来做插花吧。"

"做插花?"儿子低下头仔细地看着手里的小树枝,一脸的疑惑。

我找来了花瓶交给儿子,让他将花瓶装上清水,配上几朵花,一起插起来。儿子被这个创意和最后的景象感动到了——一个被遗弃的生命在不经意间绽放出美丽。他欣赏着自己的杰作,若有所思地问我:"这小树枝很精神,不知道能养多久呢?"

"是啊,能养多久呢?但是不管多久,我们好好照顾它,好吗?"

"好的,我要经常给它换水,还给它配上花。"儿子自信满满地说。

我说:"你真棒,小树枝一定会感受到你的爱。"

就这样,儿子拥有了一份独一无二的插花。小树枝时时展现出勃勃的生机,渐渐地,儿子和小树枝有了一份深厚的感情。小树枝在儿子的期待中成长着,树枝间的花也在不断地变换着。

有一天早晨,儿子大声地喊着:"小树枝长根了,妈妈快来看啊。"

我听到后急忙赶过去看。

"真的,小树枝长根了。那白白嫩嫩的根好可爱。快给它安个家吧。"我说。

于是我找出报废的灯罩,在灯罩的底部缺口处放上了酸奶盒的盖子,再将灯罩盛满花泥,最后将小树枝植入花泥。当小树枝被清凉的水浇灌之后,它就心满意足地伸展着枝叶。就这样,废弃的灯罩成了小树枝美丽的家,废弃的酸奶盒盖成了美丽的家门,小树枝从容优雅地安居在新家里。

小树枝静静地吐绿,既温馨又轻盈。它努力地成长,创造着一个爱的奇迹。在这个充满关爱的空间里,儿子拥有了许多感动,尽管很微小,但充满力量。

儿子问我:"妈妈,我在你肚子里的时候,是不是也像小树枝一样一点点地长大?我是从一个小肉球探出头,长出手,伸出脚丫的吧?"

我笑着回答:"对啊,这小树枝和你真的有点像呢。"

儿子久久地凝视着迷你小树:小树枝的树干灰白光洁,叶儿碧绿青翠。儿子的脸上时而惊奇,时而喜悦。也许就在这一瞬间,他知道了什么是生命的喜悦及其意义。一根被遗弃的小树枝和一个废弃的灯罩、酸奶盒盖,它们因为邂逅了小小的关爱,拥有了新的生命,洋溢着喜悦。

有一次,儿子发现小树枝开始落叶。他看见我,立刻扑了过来,拉着我奔向小树枝,结结巴巴地说:"妈妈快看呀,小树枝生病了,叶子都快落光了。怎么办,怎么办啊?"我能判断出他的声音里带着哭声。

我看了一下,很为难地说:"对不起,我也不知道该怎么办啊。"

儿子一愣,马上说:"不行,妈妈是个见多识广的人,不知道是不行的!你要学习,学会了,再教我。"

我听了儿子的话,脸一下子红了起来。我说:"我们一起学习,好吗?"

"好的！"儿子用热切的目光望着我。

"我们一起去苗圃，请教园丁老师吧。"我说。

于是，我们去了苗圃，请教了园丁老师。

园丁老师说："这棵瓜子黄杨生了煤污病，治疗的关键是清除介壳虫，并且要经常给叶面喷水，冲洗灰尘。"

儿子和我在园丁老师的指导下，购买了药水。我们一起给小树枝进行了一次彻底的治疗，康复后的小树枝绿意盈盈，精神抖擞。

春天里，小树枝又发出了新枝。那嫩绿的小叶油亮亮、光鲜鲜，一点点地探出头来，羞答答地触摸着春天。

有时候，迷你小树还会给人一份惊喜。记得春节的时候，迷你小树花期提前，开了一树嫩黄色的花，毫不张扬地吐露着芬芳，毫无保留地传递着欢欣，那种静谧中的安详、质朴中的馨香，感恩地绽放，彰显了一个朴实无华的生命。

儿子说："小树枝肯定也知道过年了，所以才开出了小黄花，就像我们过年要穿新衣、戴新帽一样。原来小树枝和我一样，也喜欢过大年！"

公公说："它香得让人心花怒放，喜笑颜开！"

婆婆说："它的香味让人喜气洋洋，心旷神怡！"

丈夫说："它的香味是斯斯文文、朦朦胧胧的。"

我即兴作了一首《赞瓜子黄杨》诗：

爱心育出数朵黄，
隐身叶丛不张扬。
幽幽暗香把春报，
万物共生幸福长。

儿子说："在我眼中，这被遗弃的小树枝是和我一起成长的好伙伴。

我给它一份关爱，它送我一树的花香。人间万物，要共生。以前我不理解这句话的含义，而现在我明白了。什么是共生？共生最简单的意思就是生命不分你我，一起友爱地生活，就像我和这根被遗弃的小树枝一样。"

后来我查了资料，书上说瓜子黄杨的花期应该是每年的四五月份，而我家这根小树枝在新春佳节盛开，给我们带来了惊喜——我想，它是有心的。这让我相信：有爱，就会有奇迹；有爱，就会有花开。

享受生活，无须太多，只要拥有一份浪漫的情怀，就会有诗意的生活；感受生命，无须太多，只要能够做出感恩的举动，就会有生命的鲜亮。

小树枝抽芽吐绿，生命如此可爱。

小树枝扎根泥土，生命如此顽强。

瓜子黄杨还有净化空气的本领，被遗弃的小树枝，在我家默默地担负着净化空气的责任，成了名副其实的室内空气净化小卫士。

儿子和我一起写了一首童谣，名叫《小树枝》：

小树枝，住我家，绿树叶，白脚丫。
伸伸腰，做做操，晒晒太阳，快长高！
我的爱，住我家，酸奶盖，粉灯罩。
握握手，眯眯笑，晒晒太阳，快长高！

我们会经常给小树枝吟诵这首童谣，小树枝似乎听懂了，在微风中欢快地舞动着。

吴文利

尘封心底的工作证

我家珍藏着一本红色的工作证，那是1960年家父在松江县城北公社周家藻中心校任教时留下的。由松江县城北公社中心小学签发，那年家父19岁。

在我的记忆中，家父有过许多工作：干过土记者（通讯员），当过文教和卫生干事，说过农民书，任过副业小队长，种过蘑菇，养过兔子，做过木匠、篾匠、泥水匠……用家母的话说："十八啦头，样样会，不过猪头肉三勿精。"唯独不知道他还曾是一位人民老师。

有一年教师节刚过没几天，我陪家父去大润发购物。在超市的结账处碰到一位年逾八旬的老伯，他激动地抓住家父的手叫道："小吴老师，是你吗？"

家父怔了一怔，马上反应过来说："啊呀，老杨同学你好呀！怎么是你呀？！好久没见了。"

"57年了，快一甲子了。小吴老师，刚过教师节，我给你鞠个躬。"

"不敢当！不敢当！"家父忙扶住老伯并道，"你还长我两岁呢。"

此时，两人的眼眶都泛着潮水，我却如看一段情感剧。

他们共同回忆着20世纪50年代末60年代初那快乐的时光。那时，家父先后任教于生生堂、周家藻中心校等小学。十八九岁的他教小学四五年级体育及六年级数学，是一位名副其实的孩子王。老杨同学是他任教周家藻中心校时的六年级学生。在他的班上有三位杨姓同学，同学们便称他们老杨、女杨（女性）和小杨，老杨最长21岁，女杨14岁，小杨12岁。有趣的是学校又有三位吴姓老师，分别是老吴、大吴和家父小吴。由于年龄相仿，家父与老杨同学最友善。他们一起在白马庙（周家藻中心校设于庙内）抓狐狸和黄鳝给同学们改善伙食，一起打地铺睡在菩萨前为学校值夜，一起到城北公社中心小学参加田径比赛。在家父的影响下，老杨后来考上了松江师范，于1965年加入三线建设的队伍去了湖南常德樟树湾，也成了一名数学教师，退休十几年后才叶落归根定居松江。

家父却于1960年底下放回乡务农，从此再没有站上三尺讲台，成了一名地地道道的农民老二哥。1963年后国民经济逐渐恢复，家父曾被大队推荐去了位于邱家湾的松江师范进修一年。结业后，原本有机会再次走上讲台，却因各种原因未能如愿。

购物到家后，好奇心不断作祟的我"逼"着老父讲述这其中的原因。他默默地走进自己的房间，从抽屉里拿出了那本红色的工作证，用手轻轻地抚摸着，慢慢地打开，注视了许久后递给我。这是我第一次见到他的工作证，也是我见到的唯——本工作证。19岁的青春定格在那张斑驳的照片上。

1964年，家父从松江师范结业后，被安排到了城北公社联兴小学。到了学校后，他得知有一位患哮喘的民办教师董老师将被辞退。他无法面对老人明显带有怨恨的目光，就自己提出回生产队务农。后经大队领导讨论后决定由家父担任大队的文教与卫生干事兼群师（农民夜校教师）组长，全面负责农民夜校扫盲及血吸虫防治工作。

半年后，董老师因哮喘复发溺亡于自家门前的河浜里。学校再次邀请家父前往任教，然而大队领导认为农民夜校和血吸虫防治两项工作要比教书更为重要,再三与家父商量,希望他放弃教师一职。为了顾全大局,他再次决定放弃教师一职,全身心地投入文教卫生工作,从此再也没有回到教师岗位。

说着说着,他突然吟诵起毛泽东的那首《七律·送瘟神》:"春风杨柳万千条,六亿神州尽舜尧。红雨随心翻作浪,青山着意化为桥。天连五岭银锄落,地动三河铁臂摇。借问瘟君欲何往,纸船明烛照天烧。"脸上充满着骄傲和自豪感。

我非常诧异地问:"怎么会这样选择?!就一点也不想当老师吗?"他笑笑说:"不想才怪呢!但在当时顾全大局是非常普遍的现象,并非我一人,当然我还有一点点小小私心。"家父告诉我,一来,农民夜校是帮助社员扫盲的,提高文化水平非常重要,也算是教书育人;二来,村里有许多人正饱受血吸虫的肆虐;三来,祖母和老母(我的太奶奶和奶奶)有病在身需要人照顾。

其实,我是多此一问,那本珍藏得很好的工作证已证明了一切。为人师表、教书育人在那个年代是许多人的梦想,选择放弃是需要非凡的勇气和甘愿牺牲精神的。

如今,那本工作证由我儿子保管着。在那上面留下了家父无悔的青春年华,更留下了他与人为善、仁义担当、顾全大局和孝敬长辈的家风情操。

顾 夕

雄关和栈道

今年暑期,我们师徒三人一起去川北旅行。得益于科技的发展和经济的腾飞,如今从上海到广元,乘飞机或坐高铁,均只需几个小时,李白的"蜀道难"已经成了绝唱,所以这次去川北旅游,师傅反复念叨着一定要走一走古栈道,体验一回蜀道难。

然而,随行的导游小赵说,前几天广元下大雨,洪水漫上来,吓得人们四散逃命,因此为了安全,位于广元市朝天区嘉陵江谷口的明月峡栈道暂时封闭。我们听了很是失望,到景区游玩也提不起精神来。

栈道是中国古代劳动人民为了生存和发展不得已修建的伟大土木工程。栈道出现以前,先民们只能零星地沿着河谷两边陡峭的山壁,踩出原始小道,走出大山,但是小道通行能力极差,且极其危险,稍不留神,就会摔下悬崖,被激流卷走。直到第一条栈道——汉中栈道出现,这种情况才有所改观。关于汉中栈道,有一个引狼入室的故事。传说,战国时秦惠文王一心想吞并蜀国,却苦于秦巴山脉的阻隔而无法实行,就欺骗蜀王说秦国有一头粪金的石牛,只要蜀王能够修通连接秦蜀的道路,就把石牛送给他,于是蜀王命五个大力士督率民工日夜不停地凿山开路。数年后,栈道修好了,粪金的石牛没有送来,秦国的10万大军却兵临城下,于是蜀国被灭亡了。

幸运的是,剑门关景区照常开放,我们冒着霏霏细雨走近这座名震天下的雄关。雨后的剑门关景区焕然一新,空气里弥漫着泥土的气息,道路有些湿滑,树叶上不时有水珠滚落。由于游客稀少,我们可以更自在地游玩。走在路上,踏着曾经硝烟弥漫的三国古战场,耳畔是飒飒作响的风声,犹如震天动地的厮杀声一阵一阵涌来,心中的英雄情结随之冉冉升起。剑门关地势险要,这里的山脉东西横亘有100多公里,山峰绵延起伏,像一把利剑直插云霄。剑门关由石块砌成,坚不可摧。关上有瞭望台、箭垛等防御设施,一有敌情立马放箭,在冷兵器时代,别说是人,就是一只鸟儿都很难飞过去,攻方即使拥有百万雄兵也无济于事。或许是被它一夫当关,万夫莫开的宏伟气势所震慑,我们竟然逡巡不前,而是抓紧时间留影。

第二天,导游告诉我们,要去中国交通史博物馆等景点游玩,路上经过明月峡栈道,师傅一听立刻来了精神。据说,明月峡栈道是全国地理位置最险要、形制最科学、保存最完好的古栈道。汽车经过明月峡栈道时,我们不约而同地站起身来,向远处眺望。我和师傅趴在窗口,生怕错过每一个细节。只见一条褐红色的丝带挂在悬崖峭壁上,顺着山势,弯弯曲曲,绵延数公里,仿佛一条天路,一直伸向远方。这栈道经过2000多年的雨打风吹,已经深深地融入山体,成为山的一部分。仔细看,你会发现栈道下方有千万根插入石壁的木条,正是它们的默默支撑,才确保了栈道的正常运行。

听导游说,修筑栈道的方法是先在崖壁凿孔,然后架木,即把木条插入崖壁,最后在木条间铺上木板。因为巴蜀的山石为石英石,硬度仅次于金刚石,对于没有现代化机械设备的先人来说,仅仅依靠人力要在异常坚硬的石壁上开凿孔洞几乎是不可能的。好在先民们有智慧,他们先用火把要开凿的这部分石壁烧热,然后泼以冷水,使石块因热胀冷缩而变得脆弱一些,然后再用工具凿。即便这样,仍然要耗费很多的时间和体力,工程十分浩大。

2000多年来，栈道有力地促进了社会的发展和百姓生活的改善。有了栈道，天南海北的物资实现了大流通，而被禁锢在大山深处的人们则可以走向更为广阔的人生舞台。明月峡栈道上也发生过许多重大历史事件，如萧何整修栈道、诸葛亮六出祁山、唐明皇巡幸巴蜀、李白壮写《蜀道难》等，所以说栈道是生存之路、发展之路、征战之路一点也不为过。

仔细想来，雄关和栈道其实是一对矛盾，前者走的是封闭之路，意味着要御敌于国门之外；后者走的是开放之路，意味着要实现互通有无。它们相安无事地一个地区共同存在了2000多年，岂不说明，有开有合、有迎有拒，才是发展之必然。

赵　靓

外　婆

　　有一句古话是"生于苏杭，葬于北邙"，说的就是我的故乡北邙。

　　这山上有古代帝王陵墓群，而实际上人们也看不到的。这些墓地都有机关，很神秘，我也只是听说，但实际上从未看过。这山的风水倒是真好，北面母亲河黄河在它脚下憩息横卧，南面悠扬的伊水、洛水环绕穿梭。《易经》中"河出图，洛出书"指的就是黄河、洛水，三国时期文采风流的曹植也在洛水之上获得灵感而作《洛神赋》，冠绝后世，而宽大舒畅的伊河西面则是世界文化遗产龙门石窟，令白居易一生眷恋，含英纳翠、脉脉含情的香山则逶迤在洛水东侧，山水微岚似从远古一直年轻到今日，使我感受到华夏故国徜徉于天地之间的精华、开阔与丰盛。

　　不过这些都和外婆无关，她甚至不知道这些，一方面她应该是没上过学，不认识字的；另一方面外婆是跟着她母亲从陕西逃难，来到北邙山，那时外婆大概十几岁。

　　北邙山当地人叫邙岭，这是一条东西走向的山脉，从山脊往南北而下都是丘陵状庄稼地，据说以前邙山上都是森林，有狼和老虎，还能看见梅花鹿呢。半山坡有一条东西走向的路，像一条线，线的下部串着十几个相距不远的村子，总称为邙岭乡。世世代代的人就用这条路作为交通要道。

位于中间位置有一个名为省庄的大村子，我小时候就在这里生活，那是外婆的家，当然也是我的家。

外婆嫁给了外公，外公比外婆大十几岁。我估计外公家很穷，不然也不会那么大了还没成亲。婚后喜得第一个孩子，是男孩，未及一岁即夭折。后面是五朵花，依次取名玉花、俊英、莲花、杏花。杏花是我妈妈，她前面有个姐姐，邻村一户人家夫妻婚后多年未育，要走了。估计也是家里穷的关系，不过那家人家对四姨妈非常好，之后很快生了弟弟。那户人家和我外婆家的关系也很好！外婆的女儿人家喜欢，本来都是老实乡土人，都很淳朴，不会发生翻脸认亲的情形。这样，四姨妈等于有两个妈。她养父母过世得早，四姨妈虽然嫁到龙门，离邙岭很远，但每逢节日，还是要来外婆家串亲戚的。

爸爸在宁夏工作，由于计划调动回来照顾我爷爷，叫妈妈留守老家。1970年我在宁夏出生，之后就随妈妈回到洛阳，开始了和外婆生活的日子。我小的时候，二姨妈的大儿子、二儿子也是外婆照顾。因为二姨妈身体不好，二姨夫又在郑州工作，还有个女儿和儿子她自己带。外婆负责一家的吃饭穿衣等，她手脚麻利，做饭是一把好手，据妈妈说外婆以前是给生产队做大锅饭的，怪不得手艺这么好，还快。可外婆从未夸耀过自己，她很低调，似乎觉得这一切都是应该的，都是应该承担的生活。

我当然是吃着外婆做的饭长大的。记得最早的时候还有生产队，妈妈在生产队劳动，外婆负责做家务。外婆会做烙饼、面条等各种饭菜，进厨房门靠北墙就是一块大案板，外婆就在上面做面食。做面条的时候，外婆先和面，案板上有一个专门和面的盆子，外婆用碗从旁边的面缸里挖出面，倒水，搅拌，要控制好面和水的比例。她当然精于此道，她不断地揉，使面团均匀筋道，然后外婆拿着长长的擀面杖擀面，很快面团变成薄圆，外婆边撒面边擀，这样面不会粘在擀面杖和面板上。等面足够薄，一大张圆的面片就把案板铺满了。外婆开始往上面撒面，然后对折，再撒面，再对折，重复到折成一手多宽的长条，外婆从中间用刀切开，先从一段的一边开始快速地切，切完后马上用手把面条掂起来抖一抖，以免面条粘在一起。剩下的一段面也是这样完成。这些面先放在案板上等水烧开后就能下锅。外婆用的是柴火灶，她把铁锅的水添好后，坐下来开始烧柴火。

  我曾试着按外婆做面的步骤做过几次，不是面破了，就是面软了，总是不得要领。后来我在都市求学、工作，就更没有机会做面了，也曾买来擀面杖想尝试一下，但终究因这样那样的理由放弃了。

  外婆每次都是这样一个一个步骤来为我们做一顿好吃的饭菜，至今想起来，仍然齿颊留香。在我幼小的记忆里，外婆做的饭菜不仅填饱了我们的肚子，而且也代表了外婆对我们的那一颗仁爱之心，她养育我们慢慢长大，并且让我们懂得了感恩。

年 磊

那些年，在煤油灯下

那些年，在煤油灯下，昏黄、暗淡的灯光是那个年代的印象。不管过去了多少年，儿时昏黄的煤油灯是生命里永不褪色的记忆。

这些年无论是身在故乡还是漂泊他乡，在我的心灵深处，也从未忘记过那一抹昏黄、微弱的灯光陪伴我成长的岁月。

我的家乡在偏远的农村，每当夜深人静的时候，村庄里里外外一片漆黑，伸手不见五指。每当这个时候，母亲在煤油灯下纳着鞋底，我们兄弟姐妹围坐在方桌周围写着作业。煤油灯火苗像黄豆粒大小时，灯光就更昏暗了。贪玩的小弟看着黄豆粒大小、偶尔吱吱作响的火苗，顿觉好玩，用一根缝衣针拨弄灯芯，火苗就更大些，屋子里就更亮一些。

煤油灯用玻璃瓶简单制作而成，一个瓶子，一根棉絮或者火纸做的灯芯，玻璃瓶里倒入半瓶煤油，将灯芯浸泡在煤油里，一盏家用的煤油灯就做好了。在我的老家，几乎家家户户都有，它是乡村农家的生活必需品。那时村里很穷，还没有安装电灯，家家户户就靠着煤油灯，大人们在夜色中劳作，孩子们学习。那时爷爷奶奶和父母都非常节约，只要晚上不干活，就会吹灭煤油灯，以节省煤油钱，一家人就在黑暗里拉家常或者睡觉。记忆里，我在煤油灯下写作业，有时一不小心便会烧焦头发。

从小就喜欢阅读的我，就是在油灯下把父亲保留的几本厚厚的书读了几遍，书本的折页上至今还有沾过煤油的手印。有时，青瓦房会吹来一阵阵的风，怕煤油灯被风吹灭，我就把书本立起来挡住风。

也不知道煤油灯伴随了我们多少年，依稀记得家里还有手提灯，也就是马灯，那是晚上干田地里农活，或者看庄稼时用的，不会被风吹灭，晚上下雨出门时也可以提着看路，这些成了那个时代的全部记忆。

后来，村子里的生活条件改善了，家家户户用上了电灯，但是还不能完全替代煤油灯，有时停电，煤油灯要临危受命。

如今，随着科技的发展，人们的生活日新月异，灯饰也花样繁多，人们再也不用煤油灯了，可是我还会时不时地想起它，想起在昏黄的煤油灯下我们兄弟姐妹一起做作业的日子，想起小弟拨弄灯芯当作玩具的岁月，想起在煤油灯下纳鞋底的母亲。那一张张温暖的脸庞，都是每晚温馨慈爱的陪伴……

黄抒绮

一枝红玫瑰

七夕节那天晚上，吃好晚饭从万达出来，迎面跑来一个大眼睛、白皮肤的小男孩，微卷的头发，羞涩的眼神，三四岁的样子，手里捏着一枝包着透明塑料纸的红玫瑰："阿姨，给你花！"

我愣了一下，马上想到今天是七夕，很多孩子大概在卖花，就踌躇着要不要买下。不可否认，这真是一个漂亮可爱的小男孩，我笑了笑，打开包包。

大概是看到我打开包包准备掏钱，他突然奶声奶气地补充道："不要钱，送你的！"

我没有收到过这个年龄段的小"情人"的花，显见得有些不知所措。见我奇怪的表情，他又补充了一遍："不要钱，送的！"

这回我真的愣住了，这是啥情况？抬起头看见一对夫妻在不远处正含笑看着小男孩，手里还有很多同样包装的玫瑰花，我瞬间明白了，原来是家长在培养孩子的胆量呢！

于是，我高兴地接过玫瑰花，对男孩表示了感谢。走了十来步，我心里突然一动，觉得我不能这样轻率简单地表示我的感谢，随即转身走到男孩身边，蹲下身子，邀请他说："我能跟你一起拍个照吗？你真是我见过的最可爱的小男孩！"

他突然羞涩了，白脸庞上浮起两块红晕，两只手绞在一起，眼睛马上向他的父母望去。年轻的父母向他竖起了大拇指，男孩羞羞地笑着跟我牵手合影，并挥动小手对我说"拜拜"。

我为这对年轻夫妇点赞，他们用这枝红玫瑰可能仅仅为了锻炼孩子的胆量，但事实上他们教会了孩子爱和被爱，尤其选择在七夕节，这个仿佛能让爱加倍的特殊日子。在当下这样浮躁快捷、一切用金钱利益说话的空气里，爱是多少人缺失又需要的能力。

友人讲过一个故事，多年前的一个夏天的中午，他遇到了一个捡塑料瓶为生的老婆婆，老婆婆拉着一大袋捡来的塑料瓶站在他面前对他笑。在原本就很热的天气里，他觉得更加烦躁了，他非常明白那笑容的含义，想掏出一点钱快些打发她走。没想到老婆婆摆手示意不是要他的钱，她告诉友人，今天捡的一个瓶子不小心掉进桥下面的污水管了。友人本打算用钱解决问题的希望落空，望着老婆婆满脸期待的表情又不好意思拒绝，于是费劲帮她把瓶子捡了上来，心里不爽地直骂自己，但是当他满头大汗地把瓶子递给老婆婆，看到老婆婆脸上灿烂的笑容时，他忽然觉得整个人一阵轻松，充满凉意。这种美妙的感觉让友人回味到了满足，他爱上了这种感觉。"真的是开心。"他说，他强调"真的是"。

一枝玫瑰花、一个破瓶子，都是小到微不足道的东西，但是通过人的手，就传递了爱，直指人的心灵。

由《芝麻胡同》想起

《芝麻胡同》我看了第一集就被圈了粉,且不说剧本,且不说导演,就那一口地道的京片子,分分钟钟就让你听得浑身舒坦。剧中大多数北京土生土长的老戏骨,当真是口吐莲花,张口就来:老辈儿教训小辈儿那是"您甭给我来这里格楞,千万别给我打镲";正房打趣丈夫的偏房,对丈夫说的是"就你那些个硝泔零碎的破事,我不爱听";两个大老爷们打架,一个说自己有东西在另一个房里,要进去搜,被搜这个手不拦着,嘴里说"您进去搜,要真搜着东西东西归您,但要是搜不着东西,这我得跟您咳嗽咳嗽"……如此种种,每集都贯穿始末,当真是有意思得很。不禁想起很多年前的一部电视连续剧《大宅门》,如此相似,也是以一个大家族为背景串联起来的故事,也是京片子呱啦松脆地响,同样也是超高的收视率和复播率。为啥这样的电视剧老百姓喜欢呢?除去剧本,我想最主要的一个因素是演员的功底。

无论是《芝麻胡同》还是《大宅门》,无一例外地动用了很多北京本土演员,这些演员的共性是语言基本功极其扎实,话剧舞台表演经验极其丰富。电视剧和话剧不一样,电视剧没演好可以重来,话剧没有重来的机会,所以话剧其实要比影视难多了,演员经历过话剧磨炼和没经历过的那就是不一样。两部剧的男一号何冰、陈宝国，都是在话剧舞台上摸爬滚打出来的，尤其是何冰，被称为"话剧大满贯"，那台词功底，看一眼剧本就能自动转化成北京话，眼神、语气那都是驾轻就熟，哪一个恰到好处没有个十几二十年还真练不出来。《芝麻胡同》因为这一帮京片子带着，让人越看越来劲。不过出现一个不是北京人的演员，就连我这样一个上海人也能在第一时间听出来，比如饰演女一号牧春花的美女，但说实话，这位美女在这部剧众多大师的带领下演技也纯熟了不少。

其实，功底是各行各业都特别重要的东西，这世界上就没有不劳而获的事。努力的过程，用北京话讲，那是忒没劲，一眼望不到头，只觉得累没觉得愉悦，但是这个一步一个脚印的过程能扎扎实实地印在你身上，甚至成为你身体的一部分。一旦印上了，轻易就不会抹去，三年五载不用都没关系，要用时会一下子蹦出来，这就是个积累的过程，写文章、练毛笔字等无不如此。又要说到何冰了，在北京卫视《大戏看北京》里他作为嘉宾出场，举手投足都是戏，别的不说，光抬手喝茶揭茶盖撇茶末子五秒钟不到，他都跟别人不一样。

不练身家，不练功底，速成，假装一身本事行不行？也行，但您得有把握一辈子不让人发现。前不久翟姓明星文凭造假一事拔出萝卜带出泥，损了多少人。客观地说，这位翟明星的演技还是不错的，在演技上他也是下了一些功夫的，但是就因为在练功底的路上缺了那么一步，今后还能不能出来露脸这都不好说了，所以年轻也好，年长也罢，要想做成一件事，就得从想的那刻开始练功底。能不能练成、能练到啥程度这个因人而异，但只要按步子去练了，总是能离成功近一步。更重要的是，功底练出来了，成功与否两说，但这一路走咱就没遗憾，真要拿出来用了咱也不丢人。

王建成

时间的力量

炎炎夏日，上海气温飙升逾 40 摄氏度！这个热度，正好就是如今柬埔寨西哈努克港（简称西港）经济特区开发和创业投资的温度！

这个地球怎么了？这个西港怎么了？

吴哥有美

柬埔寨及吴哥之美借由温州永嘉人周达观的《真腊风土记》（真腊即今柬埔寨）和台湾作家蒋勋的《吴哥之美》早在心中向往。

周达观说，吴哥"城门之上有大石佛头五，面向四方。中置其一，饰之以金。门之两旁，凿石为象形"。柬埔寨人的穿着打扮比较有意思，"男女皆椎髻袒裼，止以布围腰。出入则加以大布一条，缠于小布之上"。重点在"男女皆椎髻袒裼"，"椎髻"就是将头发结成锥形的髻，"袒裼"就是脱去上衣裸露肢体。

周达观还说："人但知蛮俗人物粗丑而甚黑，殊不知居于海岛村僻寻常间巷间者，则信然矣；至如宫人及南棚妇女，多有其莹如玉者，盖以不见天日之光故也。大抵一布缠腰之外，不以男女，皆露出胸酥，椎髻跣足，虽国主之妻，亦只如此。"人们都说真腊的人长得黑丑，其实那些都是居住在海岛乡下的平头百姓，他们之所以黑丑是整日被太阳暴晒的缘故。但是宫里和南棚（官家府第）的妇女，很多皮肤光洁如雪，主要是因为太阳晒不到。柬埔寨的人不分男女都只在腰上缠一条布，露出酥胸和椎髻，并且光着脚，就是国主的妃子，也是这样装扮。此外，柬埔寨的"男女身上常涂有香料，以檀、麝等香合成"。实际上，或是因为可以驱蚊虫、提精神，在柬埔寨及东南亚一带广为使用。

此外，"番妇多淫，产后一两日即与夫合，若丈夫不中所欲，即有买臣见弃之事。若丈夫适有远役，只可数夜。过十数夜，其妇必曰：'我非是鬼，如何孤眠？'淫荡之心尤切"。周达观说，柬埔寨的妇女非常淫荡，产后没两天就要和丈夫行夫妻之事。如果丈夫不能满足她，她就会到外面去偷情。如果丈夫要出门，也只能去几天。如果超过10天，她就会埋怨说："我又不是鬼，怎么能让我一个人睡？"

蒋勋则站在吴哥庙宇之上，"远眺繁华星落，山丘上的国庙"。他发现，"历史上似乎存留着许多不可解的谜"。于是，他往返吴哥14次之多，在陡峭的巴肯山上攀爬，到巴芳寺"走在庄严的引道上，冥想文明"，去巴扬寺欣赏"无处不在的'高棉的微笑'"，追索庶民生活的痕迹……

蒋勋在吴哥寺建筑群中思考空间的力量，并发现了"肉身里心灵的留白"。待到吴哥寺的黎明时分，整个吴哥"血色金光，朵朵红莲"，"黎明浩大的光宣告生命苏醒，一轮金红色的太阳从建筑背后升起"，就像一堂早课，让他"看到一个帝国已经逝去的灿烂辉煌"。在日出之后，"美的显现，使人欢欣鼓舞；美的显现，也使人忽然如见本心，沉默感伤，悲欣交集，无以名状"。蒋勋凝视着吴哥寺的浮雕，说它们是"神话文学的美术绘本"。不过，他也读出了它们的诉说，"好像所有的繁华也只在瞬息间，即刻幻灭，沉入黑暗"。

在吴哥，寺庙多到看不完。

于是，蒋勋"倚靠着一堵倾颓的废墙睡着了"，他想"静静在睡梦的世界，体验世间的停止"。他觉悟了："自己的短暂生命，城市繁华，帝国永恒，都只是睡梦里一个不真实的幻想而已。"蒋勋只是"在废墟中行走，我不知道自己在寻找什么？"只是"我面对的是一个冥想的空洞"，只是"穿过廊道，穿过我自己的生命，看到成、住、坏、空，看到存在，也看到消失"。

于是，蒋勋"一直停留在门前。这扇门像一个神秘的界限，界限了室内和室外，界限了这里和那里，界限了执着和了悟，界限了生和死，界限了此生和来世，界限了进入和离去，界限了抵达和告别……"

于是，蒋勋说自己在吴哥真正领悟到了"时间的力量"。

西港之机

2019年酷暑7月里的一天，应周达观的小老乡、温州永嘉青年企业家胡海波先生相邀赴柬投资考察。一则心向高棉之美已久，一则找寻新的发展机会，我欣然接受了邀请，并在8月2日启程前往西港，直到8月7日返回上海。

在西港4天多的时间里，如同经历了逾100个小时。为什么这么说呢？就像当地接待我们的投资人说的："在这里是没有上下班的，每个人每天都是24小时全天候工作的。"所以，这么算来，在西港的4天多，比得上在其他地方12天的有效经历时间吧。这让我想起当年的深圳，那时候的蛇口"时间就是金钱，效率就是生命"。

西港和北京是有时差的。这时差，游客说是1小时，投资人说是40年，奋斗者则说是一辈子。

西港使用的金边时间比北京时间晚1个小时，所以游客几乎感觉不到因时差带来的不便。西港以享乐主义闻名，对于普通游客来说，白天可以到拥有世界级的奶粉沙滩美誉的索卡海滩、独立海滩、胜利海滩等地感受激情，或者到法国人开发的高龙撒冷岛上享受浪漫，晚上则可以到餐馆、酒吧、赌场彻夜狂欢。

西港是柬埔寨最大的海港，是柬埔寨第二大城市，目前是全柬埔寨唯——个经济特区，其地位类似于中国的深圳，所以不管是当地政府官员还是投资人，都说"这里是40年前的深圳，遍地都是投资的机会。你们这些经历过中国改革开放40年的投资人，可以用你们的经验，20年就可以让西港赶超深圳！"于是，一大批中国掘金者怀揣着西港梦来到了这里，让满城尽是中国字，"在西港你说中文是高大上的语言"，这让"能说中文的当地人，可以拿到更高的工资"。

"万丈高楼平地起，辉煌只能靠自己。"在西港买地、造楼、开酒店、赌场、饭馆，又或是KTV和洗浴场……遍地的黄金随便捡，满目的机会任君挑。可是，似乎缺失了什么？于是，在西港唯一的机场候机室里，随便就遇到了几个失意者，跟他们的闲聊中，无不是感叹——或是错失了国内的发展机会，或是"想到西港重新再来"，结果自己在这些年的血汗和泪水，变成了西港下不停的雨！对于他们来说，这里是一辈子的代价。

于是，我在西港也似乎领悟到了时间的力量……

颜　萍

登佘山感怀

"高山仰止，景行行止。"

新年登佘山，于我而言，一来是讨个"新年登高步步高"的好口彩，祈愿开启美好的一年；二来是年龄渐长，陡增乡愁，贴近自然，登高感怀，在拾级远眺中，领悟一座城邦的沧桑巨变和岁月积淀带来的安详感，因此这几年的元旦，我都带着家人一起去佘山登高。

很久以来，我一直以家乡山清水秀、人杰地灵而自豪。元代诗人钱惟善笔下"西望沧茫浴远天，芙蓉九点秀娟娟。势翻震泽胶龙窟，气浸高寒牛斗躔。支遁每招过野寺，龟蒙曾约种湖田。倚栏不尽登临兴，更驾长风万里船"，写的就是松江。

当6000年前的上海一大半区域还在海里时，"冈身"西侧已经成陆，明弘治《上海县志》中记载："其名上海者，地居海上之洋也。"这就是如今的松江。松江更因其独特的地质成因，形成了由西向东有10多座山丘以及与青浦、金山、平湖相连的大湖荡，被称为九峰三泖。

时光如树叶间漏下来的迷离光线，恍惚间，遥想年少时离乡读书那会，把微博名改成了"九朵芙蓉"，生怕别人不知道我的家乡就在松江。凡有人问及我，必和他饶有兴致地聊上半天。

佘山以其高度，居九峰之首。佘山分东西两座山，官方的登山路径是从东佘山拾级而上，而我则喜欢去西佘山。山不在高，妙在风景。走在木栈道上，寂静像鸟声一样覆盖下来，有的是从青翠色的竹叶间漏下来的，有清凉的反光。虽然久居城市，我的直觉还是比松鼠敏锐。

从自然风光来看，西佘山是云间九峰中环境最好的。古木参天，修篁蔽日。阳光倾泻，万物在书写谜面。落在林间小径上的影子，像深不可测的谜底。没有秋虫唧唧，鸟声放大一座山的空。那带着脆金属质地的叫声，贴在耀眼的光斑上，落到木栈道上时，发出轻微的碎裂声，刚好是初秋的重量。偌大的清寂，像刚散场的剧场。

此时，便会情不自禁怀想起明代开《红楼梦·葬花词》先声的松江曲派名彦施绍莘曾隐于此；山腰上，中山教堂、三圣亭和修道者塔曲折的苔路蜿蜒千年风霜；山顶浓荫处，一幢气势非凡的赭红色建筑，则是闻名遐迩的"远东第一大教堂"；与之毗邻的那个穹庐形建筑，是天文观测台；西南坡则是"上海龙井"的唯一产地，堪称茶中精品。在木墩上小憩片刻，和刚进山的9月并肩坐着，和旷远的秋并肩坐着。天文台的白有些晃眼，在我看来，它就是一枚闲章，在教堂的右侧盖了个印。

那么多美好的事物陪着我，而我，却是孤独而安静的。就像一座山，任凭那么多往外冒的诗意，也填不满它的空。

佘山也不乏故事，传说当年康熙品尝毛笋时吃出了兰花香后便御笔一挥，将佘山的毛笋赐名为兰花笋，山则赐名兰笋山，至今东佘山还保留着一条乾隆古道。古道石级千寻，宽仅1米，道路两旁修篁夹道，浓荫蔽日，环境清幽，山风习习。足见佘山的秀丽风景和丰饶物产。当然，千百年来，佘山，也是历代文人骚客钟情的地方，为明代文学家、书画家陈继儒祝寿，江南才女柳如是带来了诗；大旅行家徐弘祖为请陈继儒给母亲撰写寿文，慕名而至东佘山，陈继儒为之取别号霞客。

记得曾在一个暮晚时分下山，宛如液体的昏黑浓暮开始漫起。扶着暮色沿阶而下，处处弥漫着山间难得的清寂，竹林青翠，松柏苍郁。突然念及脚下曾是徐霞客抵达与出发之地，我的脚步穿越千年风尘，与他行走的小道竟有了一次意外的重叠。出发总是美好的，他们曾在历史的尘埃里一次次演绎了这种快意人生。

"诗泽江山胜，文蕴景观名"，登到山顶，凭栏远眺，远处走马西南，护珠身斜挂云岚，晋代草堂听竹浪。回望，夕照渔帆千点漾，宝卷如山。秦时书声伴风还，鹿去亭颜霜似雪。

琴绝。空谷无声听鹤唳？

朝霞辉映下，广富林遗址与红色城墙交相辉映成松江的另一张名片，以陆机、董其昌为代表的书画文化，以五塔五教为代表的宗教文化，以松江布、顾绣为代表的农耕文化，以松江四鳃鲈、老来青为代表的美食文化……上海的根，松江的魂，牵动着文化的血脉。

山水人文秀，千年文脉长。松江本自具足"远看青山绿水，近看人文天地"的资源禀赋。

诗人林莽说："一座山，在我心中又长出了一卷书的高度。"今年再次登佘山，忽然有了一丝心往高处走的快感，有了看山还是山的感悟，也看到了更远处的风景。

愿心不断往更高处走。

乔进礼

养　猫

许多人喜欢与猫狗为伴，甚至当作自己的亲人，像父母之于子女，朝夕相伴左右不离。然而，我却与之格格不入，也可能是我长期在外读书的原因，因此很少喂养猫狗。小的时候，我经常听大我五岁的哥哥说，他曾经喂过一条狗，是如何如何听话，是如何如何威风，牵着它在村里面一遛，所有的狗都退避三舍，那才叫一个神气。而我的印象中，却从不曾有这样一条狗存在过。

我对狗没什么好印象，因为村里的狗总是很野蛮，每一次我路过养狗的人家总是提心吊胆，因为他们的狗都是放养的，连根狗链子也没有。每当我路过时，经常有狗大声地跟着我咬，虽然没咬伤人，但总是令人害怕。尤其是胆小的女生，经常被吓得哭了起来。初中时，我苦苦暗恋一女生而不得，现在关于她的事情大多忘却了。

可是有一次网上跟她聊天时，她说她对我最深的印象，就是有一次我们一同去上学，一条大狗追着我们咬，她吓得手足无措，而我竟英勇地挡在了她的前面。关于这件英雄救美的"壮举"，我连一点印象也没有了。但是，听她如此一说，我却由衷地升起一股自豪感，对狗的厌恶，也减少了许多。

本文的题目是《养猫》，可是我却说了几段狗的事情，看上去似乎有些跑了题，但是我认为要说养猫的事，必须得先说说狗。因为，猫与狗是天然的敌人，但凡狗见到猫总是要咬的。所以，除非是深宅大院，猫与狗可以各行其道，在普通的农家小院里，养了狗一般就不再养猫，当然反过来也一样，这主要是为了对猫负责起见。

从哥哥的嘴里得知，我们家是养过一条狗的，可是我却从没有在家人嘴里听说，我们曾经养过猫，因此我对猫，是有一种神秘的感觉存在的。总觉得，猫的眼睛里，尤其是瞳孔的形状与光芒，让我感觉有一种复杂的感情存在，而我又常常畏惧于这样一种神秘莫测的感觉。所以，猫表皮的柔滑，是我很少享受到的。

我读大学时，夜晚睡不着时，常常听张震讲鬼故事，用来打发时间。其中，令人魂飞胆丧的故事情节以及让我毛骨悚然的配音，一度让我很是着迷。其中有一段故事，具体的名字我记不清了，反正主要是讲到了黑猫可以辟邪，里面也称黑猫为玄猫，这是一种可以通灵的神秘物种，介于正邪之间的诡异游侠。

当时，我的哥哥得了精神病，奶奶给他求了很多神符，他的脖子上、衣服口袋里、枕头里，塞满了这样的符，每当夜晚降临，哥哥独自居住的院子里，总是有些神神叨叨的，仿佛电影中兰若寺的感觉。而且得了精神病的哥哥，总是会在午夜时分，一个人起床在院子里溜达，有时还会看着星星，或者是院子的某个角落，好似与人对骂一般。这些我是见过的，因为我曾经在这里，跟哥哥度过了一个暑假的夜晚。

说实话，一开始我并没有觉得恐惧，因为我还没有将这件事跟张震的鬼故事联系起来。有一天夜晚，当我被哥哥对着院子角落阴影的喝骂声所惊醒时，猛然看到天中的圆月，正发着凄清的光，而院子周围的树都留下了斑驳而婆娑的阴影，让人看起来影影绰绰，好似有什么鬼魂在那里的样子。

虽然，我是念过书的，深知唯物主义的道理，可是村子里大多数年纪较大的人，还是对鬼神有一种原始的敬畏。若是村子里死了人，尤其是死了比较年轻的人，大家总会惶惶一阵子，连夜间也不敢出门了。因为村子里并没有任何一盏路灯，如果没有星月照明，那可真是漆黑如墨，伸手不见五指。夜深之后的村子里，一般不会有行人，只有猫与狗肆无忌惮地活动，狗见到行人总是汪汪汪地追着咬，而猫则猛然间窜出来吓人一跳，或者是躲在角落里发出婴儿般的凄厉叫声。

从那晚开始，我就不再与哥哥睡在一起了，因为我觉得恐惧，并不是恐惧哥哥的状态，而是恐惧那些跟哥哥或对话或吵架的不知为何物的东西。第二天，我来到前院，与爷爷、奶奶、父亲、弟弟一起吃饭聊天，此时我母亲已经去世多年。一些神婆觋汉，总是将哥哥的病，归结于风水、宅地、坟地等非科学的原因，虽然我不相信，但是总也受了不少感染，尤其是听了张震讲鬼故事，我的唯物主义世界观，多少受了点动摇。

这天正吃早饭时，我突然发现院子里，来了一只纯黑色的猫，既小且瘦，瘦骨嶙峋，但是眼睛非常有神，我能够从中看出一些高傲来。我从未养过猫，看着这样一双眼睛，却突然产生了一种恻隐之心，并指引着我一定要将这只猫喂养下来。我的亲人们，都没有注意到这只猫的存在，我用一些食物来勾引它。这只黑猫，先是徘徊了一阵子，最终来到了我的身边，吃过食物后，偎依在我的脚下，已经把我当作主人。

我抱起这只猫，轻柔地抚摸它的皮毛，并仔细观察了它的颜色，发现这只猫像黑缎子一样的毛中，只有一根是白色的，就在尾巴尖儿上。有时，我想拔了这根白毛，可是最终没有下定决心，现在觉得正是这样一根白毛，才是真正的神来之笔，才是真正的造化神奇。说实话，这就是我直到今天为止，所养过的唯一一只猫，真的是有些特别。

暑假的天很热，我就在堂屋的地上铺了凉席，一张床单半搭裸体，吹着电风扇睡觉。小黑猫就依偎在我的胳肢窝下，绒绒的毛弄得我痒痒的。

睡不着时，我就突发奇想，或许跟心爱的女人睡在一起，就是这种感觉。可是，睡到半夜，我突然感觉胸口一痛，原来黑猫正在用它尖利的爪子挠我。我大怒，将它放到一边。我刚刚睡着，它又故技重演。我大怒，将它扔到门外，然后关住堂屋门，没想到它一直用爪子抓门，并发出凄厉的叫声。

我知道它是要跟我睡在一起，但是我也不能任凭它用爪子抓我，我既惊且怒，白天的那种刚刚收了宠物的兴奋感，已经消逝得无影无踪。我盛怒之下，打开门，踩着凳子，将小黑猫扔到了房顶上。然后，关上门睡觉，房子有3米来高，黑猫还小不敢往下跳，只是叫声越来越凄厉。我躺在那里辗转反侧，最终同情心战胜了愤怒，我感觉自己经历了一种善与恶的煎熬。

最终，我又起来踩着凳子将黑猫接了下来，而且突发奇想，在黑猫的前爪上，套上了袜子，并用绳子扎起来。这样，我就搂着黑猫安稳地睡起来。以后，每夜睡觉前，我都会给这只猫套上两只袜子。我与黑猫的感情越来越深，而黑猫也越发强壮起来，原来清晰可见的肋骨，也渐渐被黑亮的皮毛所遮蔽。

一个多月的暑假，转眼就到了末尾，我又要回到学校去了，临行前我看到这只黑猫炯炯有神的眸子，忽然想到张震讲鬼故事的情节，纯黑色的猫是可以辟邪的。于是，我就想将它留给我的哥哥，希望这只黑猫能够帮助他驱邪治病。我走出村口时，神志不清的哥哥正抱着黑猫，目送我远去，我的眼泪一下子流了下来。

到学校将近一个月，我往家打电话，问问奶奶有关黑猫的情况，奶奶说："你走后，不到一星期，那只黑猫就不知道哪里去了，估计让你哥哥弄死了吧！"我听了这些话，并不相信哥哥会将黑猫弄死，或许黑猫是因为想念我，离开家去寻找我了吧！以后，我多次在潜意识里，会觉得黑猫正游荡在某个田野或者山林之中，过着自由自在的生活。

这些年，我从不曾养猫，在小区里见到过许多品种高贵的猫，据说一只就要几十万,但是我却觉得并没有我所养的那只黑猫好看。文章写到这里,我暗暗对自己说:"以后,我不养猫便罢,要养就养一只纯黑色的猫,最好是尾巴尖上带一根白毛的!"

许 蕾

小粽子问世记

春暖花开，万物复苏。我家的宠物猫年糕果然是怀孕了。

儿子小轩从宠物店回来，一路抱着年糕，欢呼雀跃："哇！年糕妹妹有宝宝了。我居然当舅舅了耶！"然后换着各种抱的姿势，不断地问我：妈咪，这样抱，会不会伤到小宝宝？妈咪，那样抱，年糕会不会不舒服？我在喜悦之余，暗暗觉得略有压力，做铲屎官才一年，这么快就要开始照顾孕妇猫，想着瓜熟终会蒂落，唉，走一步看一步吧。

好在整个孕期，年糕能吃能喝能睡，依然活泼的像只兔子，上蹿下跳，完全没有任何不适。我看着它日益变大的肚子，每天掐指算着预产期的来临。小轩则以年糕为主题，写了一篇又一篇日记，一会儿将年糕的肚子形容为一个气球，小宝宝在年糕的肚子里打气；一会儿又将它形容成装满了小石子的布袋子，沉甸甸的，荡来荡去，很是形象。

两个月很快就这么悠闲地过去了，逼近预产期。年糕继续悠然自得，晃晃悠悠，走到哪里躺到哪里睡到哪里，摆着各种姿势任我拍照，然后半眯着眼睛看我发给店长，紧张地比对，看看它是否有临盆预兆。这一刻，它仿佛倒是成了旁观者。

终于，预产期的那天来临了。年糕依然淡定自若，闲庭信步，丝毫没有坐立不安、寝食难安的临盆征兆。小轩忍不住了，跑去催年糕："年糕啊，你快生呀。要像拉嗯嗯一样，把小宝宝拉出来，知道吗？"年糕看了他一眼，爪子朝前一伸，一个哈欠，舔着个大肚皮，继续一躺。紧接着，我也忍不住了："年糕，你要生了，一定得提前通知我下呀。我能快点把你送去接生啊。"年糕瞥了我一眼，头一扭，眼睛一闭，置之不理。

预产期过去的第一天，我开始百度：孕妇猫预产期过了，怎么办？网站跳出来各种稀奇古怪的回答和恐怖的新闻，吓得我赶紧关了。我盘算着，好，那就再等一天，再不生，真得抱年糕去宠物医院看看了，好歹也是好几条猫命。可能是日有所思，夜有所梦，那天晚上，我做梦梦见年糕总算是生了，生了很多很多数不清的小猫，吓醒。

预产期过去的第二天，就是在被吓醒的这天清晨，我照例第一件事先去开阳台门，关心下年糕。一眼望去，年糕竟不在产房帐篷里。我心跳顿时漏了好几拍，难道跳窗了？难道昨晚阳台门没关好？只听轻微喵的一声，我一回头，瞬间惊呆。年糕一脸蒙圈地端坐在水斗里，一动不敢动。水斗里垫着它睡觉的软垫子，血水顺着水斗都漏下去了。一堆浑身湿漉漉的，连着血淋淋胎盘的小猫崽们，有的紧紧叼着年糕的乳头身子悬挂着，有的趴在软垫子上，昂着脑袋吱吱吱不断叫唤着蠕动。我跟年糕对视的那几秒，我的脑袋空了，我觉得我们同样在想一个问题：我是谁？我在哪里？发生了什么事？好不容易缓过神来，我马上召唤小轩。两个毫无经验、手忙脚乱的"助产师"赶紧找酒精棉花和消毒剪刀，颤抖着手，眼睛一闭，心一横地剪断了小奶猫的脐带，四只手小心翼翼地托着这堆小猫把它们安顿到产房里，最后再处理胎盘，打扫水斗。因为这日子还勉强算是端午节左右吧，我们给猫崽们统一起名为粽子。清理干净后，我们开始点数：粽子一号、二号、三号、四号、五号，一共五只。哎哟哟，不对不对，还有粽子六号，在年糕肚子下面压着。年糕头胎居然生了六只猫崽，实在出乎我们的意料。

粽子们煞是可爱，眼睛还不会睁，只能靠着气味找妈妈的位置。年糕第一次做妈妈，完全没有经验，不晓得母爱是什么，就这么懒懒地躺着，随小粽子们爱吃不吃。小粽子们互相推搡着，每一波的"踩踏"事件里，始终有那么一两只沦为牺牲品。我看不下去，只好又上任做起了粽子"搬运工"。两只灰蓝色粽子妥妥跟妈妈一个模样，从脑袋到尾巴都是灰蓝色，一根杂毛都没有，连小鼻子、小耳朵都是灰蓝色，远看，就像两只小老鼠。四只蓝白色粽子随了爸爸的基因，蓝白相间，分布对称，小爪子、小鼻子、小耳朵都是粉嫩粉嫩的，看得人心都化了。

小轩每天一进门就去看小粽子，捧在掌心，爱不释手。许是小粽子被捧了太久，年糕恼了，竟站立了起来，吼了一声，伸着爪子要抢回崽子，吓得小轩赶忙放手。我却喜了，哟，年糕跟粽子们的感情倒是很快就培养出来了，年糕一定是个好妈妈呢。

每晚，我最爱看小轩跟小粽子们的对视，安安静静的，仿佛整个世界只剩下了他们。小生命凝视着小生命，小生命感受着小生命。我回忆着小轩从一开始对年糕那种三分钟热度，到现在回家各种发自内心的关心爱护，并且更为浓重地延续到了小粽子们的身上。也许每个人与生俱来具备感受爱和付出爱的能力，只是这种能力也是需要从小培养和呵护的吧。

吴　安

校园的回忆

　　周末，我和几个刚刚毕业的年轻朋友聚在一起谈天说地。攀谈中，竟发现其中的两位朋友都不约而同地辞了职，准备复习考研。两个想法不谋而合的年轻人激动地笑着击掌，互称知己，彼此鼓舞打气，希望在入学考试后能分别走进自己期盼的校园。

　　年轻真好，随时可以放下一切，随时可以做自己想做的事情。没有累赘，没有顾虑，没有担忧，收拾起行囊，前方就是梦想。未来永远有无穷的可能和无限的机会。青春岁月总是与希望相伴，与美好相随。

　　高等院校的生活对我而言，已然变得遥远，可它依然如一幕幕影片在眼前播放那般清晰可见，依然如一阵阵春风在树梢掠过那般清新动人，依然如一首首诗歌在月下吟诵那般清寂动人。那些关于校园的故事啊，是青春岁月里最恬美的回忆。

　　记得那时，室友们都是第一次离开家在学校住宿。大家来自不同的地方，却以同样的关心和热情温暖着彼此的心。寝室里无论谁过生日，其他室友都会趁她不在时，悄悄商量着凑份子买礼物。零用钱不多，买的礼物也不贵，玩偶热水袋、卡通绒毛熊或者熏香烛台，新奇又有趣。一份意料之外的惊喜总能让送礼物的人和收礼物的人心中同时漾起一阵阵暖暖的幸福。

记得那时,老师布置的数学题很难。晚上,同学们各自独立完成作业后,从这个寝室串到那个寝室,再从那个寝室串到另一个寝室,东奔西跑着寻求正确答案,却发现所有人的计算结果都各不相同。一阵欢笑后,几个脑袋挨挤在一起,从解题思路分歧点出发展开讨论交流。直到熄灯了,依旧有几位同学神情自若地拎着应急灯,一边刷牙洗脸,一边反驳对方的解题思路。

记得那时,我们利用六一儿童节、五四青年节、三八妇女节、双十一光棍节等一切与我们有关或无关的节日,组团开展庆祝活动。我们会从校门口大街的这一头逛到那一头,说说笑笑间穿梭于地摊与店铺。因为囊中羞涩,大家什么都没有买,却在一饱眼福后,美滋滋地结伴回宿舍,乐呵呵地赞叹生活的美好。我们也会在饿了整整一天以后,去期待已久的自助餐厅演绎"饿狼扑食"的剧本,直到撑得再也吃不下了,还在不停地总结反思如何吃得更快更多,以此促进下一次活动的战斗力。

记得那时,我们在寝室里煮水果羹。准备好香蕉、苹果、橘子、西瓜等各种水果之后,每个寝室准备一个锅煮羹汤。等到第三个寝室的第三个锅接上电源后,浩浩荡荡的队伍赶赴第一个寝室,等锅里沸腾了,每个人捧一个碗,轮流舀上浅浅一勺,几乎刚沉醉进水果的清香和汤汁的甜美,空空的碗底就宣告了一次暂停。我们不忧也不急,气定神闲地把第二批水果倒入锅内,插上电源,而后冲向第二个寝室里即将煮好的羹汤……我们乐此不疲地穿梭在寝室与寝室之间的走廊上。每一碗水果羹都只有一口而已,却每一口都喝得兴致盎然。

记得那时,即将进行一次数学小练习,大家复习得焦头烂额。班级里的一位同学从上一届的师兄那里讨来了去年的练习卷。于是那张试卷在当天晚上,从一双手传递到另一双手,从一个寝室传递到另一个寝室,从一幢宿舍大楼传递到另一幢宿舍大楼,以接力赛的方式与班级里的每一个同学进行了一次"心灵沟通"。那次练习，我们班的成绩格外好。教授心怀歉意地说，因为大家的成绩普遍很好，有一部分得分很高的学生没能得到 A，他以后会请客。我们全班同学相视一笑。虽然直到毕业也没有一位同学收到教授的正式邀请，但是每个人心里都因为这个小插曲而感到欣喜快乐。

那些点点滴滴的幸福啊，似乎近得触手可及，又似乎远得依稀可见，在心底深处熠熠生辉，楚楚动人。走出校园之后，那些回忆总在我面对生活的种种不如意时带给我鼓励和勇气，令我顿生动力，倍感活力。

当然，那段已然飘逝为过往的校园生活，除了带来很多愉悦的心情之外，也留下了些许悲伤的印迹。

记得有一回，小 E 参加献血活动后，体力不支，不仅脸色苍白，而且经常头晕。我们寝室里的伙伴们合伙出钱，特地去大超市买来了红枣、花生、薏米、红糖、糯米、桂圆等食材，一下课就轮流守着锅子帮她熬粥补身体。眼见着她气色好转，脸颊红润，却因为我们一边煮粥一边做作业时烧焦了借来的锅子而大发怒火，我们几个室友气得一连三天没和她说话。她平复了情绪之后，心生懊悔，就借着学习的缘由，红着脸主动和我们说话。我们这才一笑泯恩仇。

还有一回，隔壁寝室的几个同学发生了冲突。一位同学准备考研，天天早出晚归，回寝室后整理内务时发出了很响的声音，影响了寝室里的同学休息，发生了矛盾。其他寝室的同学帮着劝架，有的站在了考研同学的立场，有的站在了另外几个室友的立场，结果"战争面"不断扩大，波及了好几个寝室。幸好临近毕业，不考研的同学都忙于实习、找工作，很少回学校，这一争执自然也就不了了之了。

像这样令人不快的事情确实也不少，可是不知为什么，随着时间的推移，即使那些曾经给我带来种种消极情绪的事情，今天回忆起来，不仅感觉不到丝毫的愤怒或沮丧，反而会不自觉地扬起嘴角偷笑起来。或许，我早已经把这一切视作过去大学校园生活的一部分。不管是哭还是笑，不管是喜还是悲，不管是分还是合，不管是得还是失，那都是我曾经美好青春过往中的一部分。

感谢命运，让我们在最天真、最纯洁的时候相逢，在共同的故事里生活；感谢时光，让我们在最青葱、最茁壮的时候共处，在共同的体验里成长；感谢岁月，让我们在最平静、最淡然的时候回忆，在共同的经历里感悟。

校园的回忆里，储藏着不断生长的生机活力。

校园的回忆里，贮藏着不懈努力的生活动力。

校园的回忆里，蕴藏着不可思议的生命魔力。

感谢那些关于校园的回忆，让我在以后的生活中拥有了更多的精神财富。

愿我的朋友们坚持自己的理想，用自己的双手打开心中理想校园的大门，用自己的心灵感受心中理想校园的精彩，用自己的历程铺就心中理想校园的回忆。

方　晨

再见，老房子

生活是需要勇气的，无论是初遇，还是道别。

家里住了20多年的老房子要拆了，父亲叮嘱我周末抽时间回去看看，看看是否还有搬家时遗漏的，特别是想要带走的物件儿。印象中，自从大学毕业参加工作后，确切地说是考上大学后，我就没怎么回过老房子了。单位离市中心近，离家却很远，一个人住在员工宿舍，生活倒是惬意，可家的样子越来越模糊了。

上次回到老房子，记得还是3年前外婆过世的时候，情绪里裹挟了太多的悲怜，儿时记忆里的生活片段，在那个时候硬生生看不透彻。细细想来，那些时间、人和事儿都随着街道的翻新融化成了一片景致，人在景中，景在心田。我和许多人一样，在这条并不算大的街道里出生、成长、生活、怀恋、展望，日复一日。这里有因人群涌动而变得丰富的街区，这里有慢下来而后抬头看才能瞧得见的清澈云朵。殷殷回眸，君如故人；喃喃自语，再见孩提。

我特别享受在老房子跟前儿这条街上踱步的快感，走过的每一步似乎都能成为生命里必须去纪念的丰碑。7岁那年，爸妈还有外婆带着我住进了当时新造好的房子，我只记得路是宽的，街边的梧桐是生动的，大人们的手是暖的,透过明洁的窗户照进客厅的阳光是敞亮的。18岁那年,我如愿考上了大学,但学校离家太远,我不得不离开生活了10年的老房子,重新开启一段新的生活。出发当天,我记得街边树上的蝉鸣是吵闹的,妈妈炮制的柠檬水是清甜的,肩上的背包是新的,包里的书是沉甸甸的。3年前,外婆因病离世,为她送行的队伍走过她生前每天去买菜、去晨练、去跳广场舞所走过的熟悉的老路,和儿时的记忆一样,路旁的树很高,路很长,老房子却不是初见时的光彩模样了。

岁月无声,多少人在这条街上长大,又有多少人在这条街上扎根。款款叶落,悠悠情长,漫漫路远。一代代人的情愫铺垫了这条街延伸出的另一条路,一个个熟悉而陌生的身影从街的那头走来,无不怀揣着对岁月的感慨和期盼。老房子守着的这条街是一条走不完的街,路上的每一个足迹里都写满了令人动容的故事。这些故事与我们同在,造就出了精彩便永不再离开……

走着走着,就来到了老房子门前。打开房门,我一个人在曾经熟悉的屋子里转悠了很久,踱来踱去的样子像极了少年时见到的父亲的样子。与其说是要整理我想带走的物品,倒不如说是时候跟这座老房子说一声再见了。即便是要搬走了,屋里也丝毫没有凌乱或狼狈的样子。让生活体面点儿,有条有理地过日子,这是外婆教给爸妈的,也是爸妈一再教导我的。

再三环顾四周,能搬走的家具早已有了新的去处,往昔一家人的生活味道却是怎么也搬不走的。临走前再次整理了一下那张好多年未曾打理过的书桌。无意间找到了高三时候用的日记簿,百无聊赖地翻看着,只见18岁那年离家去大学前一晚写在簿子上的诗历历在目:

　　你曾是一阵打破死夜的嬉闹
　　你曾是一首麻木东寒的莺歌
　　你带着你的背影去了陌生的海边

你带着你的喧闹路过另一座城市的街

你化身一棵不动的树
你化身一条流淌的河
你用这样的方式沉浸人生这趟旅途
你是你不曾改变的选择

一人来去
无处停留
留下一片此夜的晚霞
留下眼神目送你归家

岁月,您好!请给那些想家的人,保留一点温存。光阴不染,人情常在。关上房门前,我依然能看见阳光透过明洁的窗户照进敞亮的客厅。这种感觉,和7岁那年一样……

魏 叶

漫看乡村四时美景

高楼林立的城市里,步伐匆匆的人们已见惯了车如流水马如龙。但,你是否见过水绕陂田竹绕篱?可曾闻过十里西畴熟稻香?有无尝过山蔬野果杂饴蜜?请君择一万里晴空日,去乡野闲游——春日笑看拂堤杨柳醉春烟,夏日闲赏垂垂山果挂青黄,秋日惊叹稻菽玉米堆庭院,冬日轻嗅花落梅溪雪未消,岂不妙哉!

现下已是秋末时节,一路往南,泖港、叶榭等地都已进入收割季,放眼望去云连稻垄,金黄的稻穗随风摇曳,远处是农民开着收割机满脸开花,期待着来年余粮满仓。不似几十年前,套袖套、戴草帽的农民们,扛着扁担、提着镰刀,全家出动,走进潜伏着稻草人的田间,在金黄的稻浪中排开阵势,一手扶稻秆,一手持镰刀,咔嚓声由远及近,大人身后是蹦蹦跳跳的孩子们踩着泥印捡拾着稻穗。午后的秋阳下,玩累了的小娃娃,藏在稻垛间甜睡,与一旁的大黄狗相互依偎着,好不惬意……

田边的乡间小道上银杏黄得耀眼,若是路过,莫要错过定格此时的美好。

秋风吹落了枯叶,幸运者喜看瑞雪悄然而至,似柳絮般翩然起舞,在充满田园风情的青瓦白墙间捉起了迷藏,青瓦房涂成了白瓦房。许多年前的松江乡村冬景便是如此，清晨醒来，霜花片片，冰凌倒挂在枝丫上，放眼望去白雪皑皑。叫上三五好友，出门堆雪人、打雪仗也是一件趣事儿。

但这些年却不曾再见到过如此大雪，反倒是常常能在午后，看见老人们坐在铺了棉被的藤椅上闲聊，细细一听，颇富闲趣。他们讲着祖辈流传下来的奇闻异志，他们说着故土上的历史传说，他们还商谈着春来种瓜还是栽豆……

闲谈间，春意已盎然，树林荫翳，鸣声上下。若是趁着晨光熹微时去乡间走一走，习习微风拂面，灌木丛的蛙声、枝头上的鸟鸣正合着节拍演绎二重奏；踏着露水往回走，望见炊烟缓缓升起，路边水满田畴麦苗儿青，美好的早晨也就开始了。

伴着日出，阡陌交通，鸡犬相闻，田间农民们也开始了一天的劳作。农机声渐行渐远，不想蝉鸣忽起，原来已是夏天。

雨季的来临让水灵的乡村胜似一幅水墨画，大雨洗刷尘埃，扫去了浓墨重彩，留下纯粹的美好。雨滴打落在荷叶上，蛙声在荷叶间脉动。轻风拂过水面，睡莲轻轻颤动，原来是惊了躲雨的鲤鱼。

雨后初晴，乡间弥漫着泥土的芳香，忽见远处彩虹若隐若现，似羞涩的少女正在道别。告别这个夏季，迎来秋日丰收……

四季更替，美景不断，松江的乡村清新而秀美，走在田埂渠边倾听种子生根发芽，穿行竹隙林间尽享天然氧吧魅力，漫步农舍河畔感受农家生活气息。景美人和善，道旁嬉戏的孩童会为你指路，塘边戏水的姑娘会送你菱角，屋边剥豆的阿婆会邀你吃饭……

来，走出家门去松江的乡村转转，你会发现不一样的美丽景色。

爷爷心中的山

一晃眼,整个屋子里也就只剩下我和爷爷了。

记忆好似还停在10分钟前,奶奶手骨折后高烧不退,被匆匆送往医院,没人来得及看一眼在旁边的他和被父母遗忘了的我。

我关上后门的时候,爷爷坐在前门的藤椅上,眼中的迷惘和不安一览无遗。我不知道该说些什么,他年纪大了,交流不是那么清晰。我想,可能他心里是清楚的。我们的交流从未超过五句,不过这次,我却破天荒地在对他说了一大堆我自己都不明白的话,居然把他给忽悠去睡觉了。

不知道,他梦里,会不会看见奶奶。

他们俩相携近60年。感情不咸不淡,奶奶说这个菜好吃,他笑笑,吃了;奶奶说今天适合穿秋衣,即使是夏天,他依旧笑笑,穿了……

年近90岁的他们,过着你我都不明白的日子,笑着我们不明白的生活。

谁都难料下一分钟,甚至是一秒钟,将会发生什么,但我清楚,这一秒钟,爷爷是忧伤的。

我晓得他没睡着,他的脚有痛风,会痛;我也知道,他听见了我的脚步声。我不知该怎样去安慰他,好像觉得都没有意义。

望着窗外的香樟,那是搬来的时候植的,那时,我还在读小学。转眼,它便已在二楼前为我遮挡阳光。那时,爷爷还很健壮,常常骑车去很远的地方钓鱼……

再去望了一眼爷爷,他说:"妹妹,我痛。"我不知道他是脚痛,还是心痛。

就算百年梦一场,一个匆匆忙忙的身影也已经伴随了半百岁月。这个匆匆的过客,已经深入骨髓,不是你想忘便可以轻易抹去。我想,奶奶成不了名留青史的人,却是他心中唯一留下的身影,即使时光荏苒,白云苍狗,岁月抹去了他不太平凡的岁月,他也忘却了尘世种种,有时候不认得儿子、孙子,可至少他心里明了,她在,他就不痛了……

窗外小道上,爸爸的车好似回来了,不知床上的爷爷是否听见了……

云间笔会
2019

诗 词

何居华

大山深处（组诗）

冉家坪

这地方并不平坦　也不开阔
几座山在这里接壤
山顶上住着几户人家
这几户人家都不姓冉

也许最早的人家姓冉
那些姓冉的人赶场一样
在人世沧桑中走失了自己
像早晨赶出去的羊
归栏时让黄昏吞没了几只

后来的人只记住了和自己有关的地名
姓什么对他们并不重要　重要的是
如何解决光棍问题

不过这地方以后还叫冉家坪

哭 嫁

姑娘不要哭　我是大山里的汉子
带来了花轿　唢呐以及
一山的鸟语　我们的婚礼
要想多热闹就有多热闹

姑娘　你要哭就哭个够吧
哭完爹娘的养育情　就哭
朝夕相处的众乡邻
要么就哭我这个粗心汉
今日才解开你的相思谜

姑娘　你还是不要哭
要不洞房的红烛
会陪你流一万年喜悦的泪

路过百花村

这叫百花村的地方　花并不多
可女人长得比花水灵
水灵中带几分野性
当着陌生男人的面　掏出奶头
塞进小孩的嘴里　她并不是有意

暴露她女人的秘密　而是她不把

男人当回事　我也不想她把我当回事

在山里被女人当回事的男人不多

一旦当回事　女人总避着你

在这男多女少的大山深处

见不着女人有多痛苦　这样

不躲不避最好　大家心里都坦然

王迎高

捻墨取暖，握笔发声
——给松江助残员李明新

听力背的人，笔是耳鸣着的声带，画是挎着生活竹篮的手语。

在裤子上涂写美丑的人，脸是一幅小品，皱纹里衔着"古城漫痴"的诙谐视觉和鉴。

一支笔贴着岁月风雨行走，一张纸燃着焦点、热点和拐角旮旯间的分贝。

一支笔蘸着底层群体的味蕾，一张纸睁着百姓通俗易懂的哲思与困惑榫眼。

一支笔画出一只蛙鼓内脏的隐痛和一只仙人球披着棘针长大。

一张纸载着坑洼的苍穹、盐碱地的甜苦和一根小草的苦辣为怀。

一支笔是一只含着节奏的啄木鸟，敲打着社会百态和葱蒜人生。

一张纸将一片气候幽默成警钟组章与哭不能笑不出的眼饧口涩。

三十多年来，七千多幅漫画作品发表在各报纸杂志。

三十年多来，十多次在全国漫画赛事中站在领奖台上。

一位正常人很难做到，而一位耳残人硬是在这根茎上挂满了硕果。

失去双翼的鹰，照样能飞向远方
——给松江口画家杨杰

七岁，一万伏电流穿过幼小身躯，他的双臂烧成咝咝作响的青烟。

没有了手，对一个喜欢色彩的孩子来说，只能用口下功夫，吞毅力，咽坚持，咀嚼暗夜里的灯光。

十岁，他的《大公鸡》获东京国际残疾人画展银奖，《大熊猫》获上海市儿童美术作品优秀奖。

无数的蜡笔、铅笔被咬折咬断，数不清的汗水加口水在宣纸上留下抽筋的墨碎和咬合的疤痂。

这需要多少翻旧的时光和炼狱的残酷页码啊！

挺过来了，竖在齿中的笔可以皴擦点染、泼墨淋漓、娴熟老到、顿挫有致和行云流水。

挺过来了，眼睛与桌面的距离，成为心俯身大地的近，嘴叼着的筷子每分钟可打九十个汉字。他成了瑞士国际口与足艺术家协会会员，成了一位残而不废、有所作为的群文工作者。

他喜欢竹，因为竹蕴涵着自强不息、坚韧不拔。

他热心参加慈善活动，因为自己任何一个关键点都渗透着社会的关照和温暖。

一个失去双臂又根本不像失去双臂的人,正在用作品实现飞翔,用超越感恩和回报。

猪 官
——给松江腰泾村家庭农场主李春风

这个弯下腰的人,领导六百头会拱食的高鼻子。
这个让时光低垂的人,在他的低里种出了餐桌上的高姿。
这个让风在稻田里奔跑的人,风给了他名字里的春意盎然。
这个与生活计较的人,圈养社会的味觉、村庄的口粮与钱罐。
这个把家安在母鸡打盹地方的人,从蜘蛛的丝床上学会编织。
这个在蝈蝈的羽下扇出惊蛰的人,用一朵丝瓜花当小满的灯盏。

大地给了他物华天宝,他在物华天宝里搬运辽阔。
天空给了他雨露,他却赋予了雨露新的晴朗和天干地支。
一群猪给了他挥戈青春的愉悦、寻觅知识的嗅觉与阅历。
四百亩泥泞给了他做人做事的滋润、担当、馈赠和生动。

墙壁上挂着遒劲的天道酬勤四个大字。
柜子里放着发芽的节气、最佳湿度和鸟鸣咽喉里的月份。
讲起他的稻田,种养结合的农业产业链在有机循环与轮回。
说起他的猪圈,他笑,笑得皱纹里都泻满了生态的广袤。

他很土,阳光在他的肤色耕耘着土地的黝黑涂鸦。

他才三十出头,明白脚下就是安身立命的息肩之地。

他被评为首届全国十佳农民和家庭农场的典范。

他得到的奖状叠起来有一尺多厚,可以当枕经籍书。

他是一位画家,画着家乡最美的浅薄。

他是一位诵者,听得懂猪的言语里有阳春白雪、下里巴人。

他是一位哲人,看得见一束穗分娩时深情向秋季含情撒娇。

他也是一位儿子,孝被他煮成下跪的炊烟和天高的祖遗。

他也是一位父亲,教育儿子感恩时要洗净双手与心向。

他说:"一片水声就是大地在喊我的乳名。"

他说:"种子会在泥土里找到根茇、秆与秒表的滴答。"

他说:"交出了身体里的盐,岁月会给你丰硕和果实。"

包剑钢

最后一班地铁（外三首）

最后一班地铁

夜已深
灯光依然灿烂
都市的繁华
还在眼前慢慢展示

云间还在远方
我得赶在今晚回家
温馨的家
还有一份期盼的牵挂

回眸早春二月

笛声在空中回荡
雨连绵不绝

古镇也湿漉漉的

细雨朦胧
早春
定格成
江南水墨画

旗袍女油纸伞
走不出
二月的雨巷

一朵云的絮说

一路鲜花
从缤纷的五月溢出
伴随我
漫步在富林湖畔

陈子龙
一个带传奇的名字
回荡在云间

一朵从海上飘来的云
化身书店
定居在广富林
向四面八方

匆匆赶来的游客
絮说
乡贤的故事

想你的天空

等你在云间
寻找那条痴迷了
几代人的雨巷

等你在云间
一起走进桃花岛
听花开花落

等你在云间
那个自由的天空
看云卷云舒

李仙莲

大陈印象

历山脚下
三条清澈的小溪款款而来
流淌成一个大写的川字

大陈村口
一组生动的铜雕赫然在目
演绎着舜耕历山的历史故事

岩泉溪畔
顽童戏水意趣盎然
勾起人们对童年时光的无限怀想

荆川溪上
古老的红大桥焕然一新
抒写着舜德文化的新篇章

铜院里
土坯房注入了铜元素
变成了主题民宿的成功典范

舜耕巷
石头墙依然是旧模样
弥漫着猪栏咖啡的迷人芳香

墨时工坊
手织遇上了古法草木染
诠释着生活的态度与生命的质感

全科网格
村两委的履职情况一目了然
展示了党员干部全心为民的良好形象

大街小巷
大陈十最美名扬
传递着大气谦和孝亲睦邻的正能量

第五空间
厕所的俗上升为休闲的雅
让你顿感身心放空的惬意与超然

舜耕古道
啁啾鸟鸣伴着水声潺潺

引你寻觅舜耕古迹误入世外桃源

大陈不愧是生态文化村
保存了农耕文化的古朴
融入了现代生活的时尚
留住了游人的脚步
留住了创客的梦想
留住了游子的缱绻乡愁
留住了村民的美好时光

宋顺弟

小人物的春天（组诗）

农场主

表哥是家庭农场主
多年来靠包地发财

年末我去贺岁
他正在祭拜

被祭拜的是
一坛土和一句邓小平的话

图书馆

在国防大学图书馆
一列一列的
爱、真理和智慧

从书架步出

步入我的心界

我与它们对话

带它们步上我的讲台

它们是坚固国防的

三枚国之重器

私家花园

方松街道的姚爱萍

去北美逛一圈

华人的前院后院

种植各类蔬菜

西人的前院后院

种植各类花卉

她回家收拾屋前屋后的菜园

栽花树，置荷缸

我去看她的时候

55岁的她像个淑女

黄浦江步道

这几年
早晨，黄昏
网船埭空村

这几年
孩子们越发阳光
年轻人越发壮实
老年人越发硬朗

人影交错的步道上
我找到了这几年
一直想回乡
临江而居的答案

动物园

上世纪，我最爱远看
上海西郊公园的动物
因为其他场所没有动物

今世纪，我最爱近看
久阳社区游走的动物
除了食肉猛兽
其他一样不缺

社区是快乐的动物园
我是其中一头友爱的动物
与动物们相安共处

沈亚娟

鲈乡遗韵

曾是鲜香惊海外,季鹰犹恋钓乡波。

而今桥下空潭影,落日寒光水蹉跎。

再谒二陆草堂

车转山前入眼松,春攀小径绿荫浓。
草堂翰墨腾清气,书阁兰章仰太宗。
玉竹曾经凌雪断,新篁犹是带霞重。
休言鹤影无寻处,立在云间最顶峰。

莫干山春行

久居闹市少诗缘,铁马驰风向绿旋。
山道幽幽听涧响,竹林飒飒拨云迁。
晚来雨疏香飘梦,晨起鸟喧欢破天。
抛却红尘烦恼事,青峰在抱酿佳篇。

醉白池闲吟

廊回径转草如茵,碧水开莲竹傍身。
雪海楼头谈赤壁,玉樊亭里忆湘真。
寻踪四面厅深闭,亮眼牡丹花复新。
檐角忽传声疾唳,千年灵鹤唤贤人。

浦江之首

渡口遥瞻豁眼开,二川汇聚一江来。

滔滔波浪展云纸,点点桅帆入画台。

时见白鸥掠水过,更闻绿野沁心徊。

何愁笔短风吹力,捉笔烟津好素材。

王福友

在人世行走

一阵雨追赶另一阵雨，成为真正的雨
一场雪压迫另一场雪，雪露出痛
乌云蓄积天空，温暖遥不可及
血唇紧闭，一双眼望穿纷扰红尘

有人万里江山，有人独向一隅
尘嚣一刻不停，似蛇蠕动
在嘶嘶中喷出焰火

吵，闹，反目成仇
世间总有演绎让人瞠目
玫瑰在枯萎，誓言在腐烂
泪水决堤，痛，成流水之殇

冰凉慰藉着冰凉
鼓动的唇，吻不尽夜晚的血腥

多么不可思议，欲亲，欲近
而夜的大幕倏忽拉开

别让最后的脆弱独自哭泣
别用忧伤腌制薄情
不要辜负，不要救赎
也不要依仗与骄纵

再痛的伤都不算伤
再悲苦的诉说都软弱无力
从生开始，到死结束
多少人背负凌乱的足迹
跳自己编排的舞

风是风，风不是雨
雨是雨，雨不知所终，不知纷纷几许
要让倾倒的更倾倒
要让立起的从此流芳

涉水，涉水，水是大地清乳
屏息即闻汩汩声响
去磨刀霍霍，让刀折射阳光的烈焰
让火自焚，让恶疾止痛

流言静止梦静止虫吟静止
夜漆黑，或残存希望

杀戮的剑直指人心

虚晃一枪,便有泪雨飞纵

嘶喊嘶哑了喉咙

坚不可摧的堡有魅影闪现

午夜打坐,手指轻掂

一缕光划过极目

思想之犁洞穿七寸之土

荒芜的就让它荒芜

无可救药的黄昏,不起轻尘

就随着魂归于阒寂

渺渺又茫茫,这阔大容纳着污秽

这善良隐忍着恶毒

所有的所有都在这里结束

阿弥陀佛

梅 芷

广富林，祥和安稳的梦境

　　此刻，对面的大唐女子长袖善舞，她明黄色的裙子、婀娜的舞姿，煞是好看。时光凝固了清清的晚风、嫣红的霞光和探身到宫檐上的梅花。

　　我愿沉沦在这里，沉沦在一块块青石之间的茵茵小草、卧在河波上星月般的石桥以及重重房檐下的庭院深深深几许。每一块砖瓦秉性的厚重无言，每一棵树、每一朵花的明眸诉说着生命的惊喜与柔美，都是我割不断的身体的血脉。

　　广富林文化遗址内，在有思想的陶罐和有灵魂的头骨看来，此时我置身的琼林仙境是历史记忆的复活。这是汉武时期，还是大唐、明清？都是一个朝代去繁华、绚烂另一个朝代，春风一般蓬勃着诗意盎然。虽然终将化为记忆的尘土，一层叠着一层，成为难以解开的真相，所有的枝叶都破损风化了。

　　而此刻，霞光在粼粼的波光上安详，风也好像未曾从跟前悄悄溜过。坐在石椅上，我怕一走动，梦境，它的现世安稳与祥和破碎了，尘土中妙龄女子碎裂过的带着体温的心被踩痛了。

拥有植物的姓氏

——写给松南郊野公园

这里是静谧、岑寂的,仿佛听得见松针和花瓣掉落的声音,天然地隔绝水泥、钢铁,隔绝地铁的呼啸以及人类的欲望。

为了更接近太阳,他们一次次把少年般挺拔的身姿往上伸展,壮大成繁茂的一片片树林;葳郁的一朵朵云,投射出斑驳跳跃的阳光;云朵下,是自然的清凉和恬静。

细细碎碎的小花在路边绵延开来,用太阳和彩虹的色彩泼洒,明媚、晴朗的生命底色,是她们纯真、无邪的眉目,她们是一支支烛火,照亮眼底幽微的黑暗和阴郁。

在这里,静坐久了,就是一棵葱郁的绿树;与一朵朵花对视久了,就心生斑斓的翅膀摇曳在微风中。

最早的我们是否是浦江边的一棵树、一朵花,阳光、和风、鸟鸣是远古时期身体里的密码,在亿万年风和日丽的沐浴中永恒。

暮色四合,最终我们要回到红尘中去,在人间烟火里思索甚或计算得失轻重,但我时常想念着郊野那一片片茂密树林和到处漫溢的天真烂漫的小花。

一次次回来,我是否有了更多植物的葱茏绿意和芳香,以至拥有了植物的姓氏。

浦江边的慢时光

一艘艘货轮在江面上来来往往，它们是缓慢的、从容的，仿佛久违的故人，时光倒流到我们的童年、少年。

那时日子的脚步缓慢，孩子们醉心着喜爱的事物，时间为他们停留下来。老电影里的旧时光，坐在江边的少年少女，清新的江风、洁白的鸥鸟、慢悠悠的轮船是他们青春和生命永不枯竭的歌咏。

那时，用整个青春或者长长的一生付与钟情的人、事物或一段血肉相连的时光。这是不会流逝的凝固的美好。

江上的轮船是别样的存在，斑驳的船体蜗牛似的在江流划动，它们好像不属于这个世纪，素朴而神秘。路过的我们逗留了一会儿，拍个照、录个视频，继续生活既定的轨迹。

或许当我们鬓发是霜的时候，无节制的品尝时间的茗饮，醉在香醇光阴的酒里。就如青葱岁月的我们，只有江风、轮船、彼此的眼眉，刻在自己的心底。回味着缓慢时光中我们生命里运输的沙石，都是弥足珍贵的珠玉。

那些青春年少的慢时光啊，值得用一生的深情回眸、眷念和咏叹。

王民胜

你是那么好（外三首）

你是那么好

喜欢你爱笑的样子
像云朵的自在与轻柔

喜欢你无心机的话语
如白天随心地闲走

偶尔地会生一点气
那也是爱的系列

是沾了晨露的花瓣
是怀着思念的黑夜

我多想陪你说说话
如同呜咽的小河

无须做梦里的相思

也不做寂寞的长蛇

你是那么好，犹如岁月

我们都该珍惜的岁月啊

你在哪里

我日日寻走在每一个道口张望

你白的身影　轻巧

如雪鹭轻点水面　飞去

我酸疼的眼睛滴下泪来

深海里有我的相思　在相思

无非是珍珠的闪亮

孤独在不知名的所在

那个慵懒在沙发上的你

那个嬉戏着奔跑着的你

那个走丢了的你啊

热情的太阳　也找不到迷失的影子

我日日寻走在每一个道口张望

有轨电车

掖了掖衣领，我登上有轨电车
流动的车厢里面簇拥着吟吟的笑脸
放展耸起的双肩，喜悦的神色
令我自如。挥挥手我告别窗外的冬天

从一个空间跨入另一个空间
岁月悄无声息地爬上了青春的脸庞
其实呢，无论是欢喜还是生厌
谁都无法在缓缓上升的日子里躲藏

我等待着的，就在行驶的前方
就在接下来一路停靠的每一个站台
那里的每一处都有一树一树的花开

抬头望一眼遥遥跟随的云彩
不知道电车能不能在那里为我停下
看童年种下的心事有没有融入烟霞

脉
——寄台湾友人

叮，叮，叮……
门前的风铃又一阵声起
那是远方的思念

化为风的消息

嗒,嗒,嗒……
是木屐打破寂静的清晨
这是心跳的足音
紧随脉的眼神

漫 尘

雨中飞蛾（外二首）

雨中飞蛾

她是一种存在
灯光也是

而雨
倒像是虚幻
它只是一种声音
汇成集体喧响
好像表达天地的意愿
也好像只是千里莽原的
冥想

持续，轰鸣，单调，坚决
什么也不说
不许联想

不容置疑

对于飞蛾的翅膀
这比灯光
更接近
软暴力

昨夜九点四十

昨天己亥猪年农历初六
宜：祭祀、捕捉、解除
余事勿取
忌：嫁娶、安葬、不归

历史上这天的重大事件
最早是公元618年
隋炀帝死于兵变
隋朝灭亡

而1400多年后的一个晚上
九点半才散的酒局
我脚步飘忽，沿华亭湖往西走
竟然听到有青蛙在叫

十分钟后，我看到了手机上
人类第一张黑洞的照片

像一只充血的蛙眼

在银河系中心瞪我回家

听　力

在一个不算陌生的江南小城

我不知道怎么会

躺在一张陌生的床上

听窗外嘈杂的市声

警车和救护车的鸣笛

彼此交缠

饭店的抽烟机在轰鸣

甚至还有人的叫声

从烟雨迷蒙的空中传来

那么尖厉

但这些都掩盖不了

我清晰听见洗手间里

水龙头的滴水声

好像我来这里就是为了

听滴水和它的回声

子　薇

萱舍·还乡（外二章）

萱舍·还乡

村口有棵老柳树，树根遒劲，坚如磐石。

在我梦里，总有重复的诗境徘徊。这条鹅卵石路，通向村里一家文艺咖啡馆与书吧，低调的外墙装饰似乎隐居世外良久。

现在，此刻，只等故人来。

我入座的那个位置，可望及窗外农事变迁。现在，地里的小油菜是紫青色的，球序卷耳不断冒出来挤占早春被窝。几只常来的斑鸠，与我们分享相逢的喜悦，我们谈论年轻人的理想。

后来，梦境与理想都成了现实。

村里有艺术展与咖啡香，还有说流利汉语、英文及法兰西语言的文艺大咖，还有一群个性的前卫策展人。

只是一瞬间，我感知大众视野在小众的艺术里尽情开阔与延伸。或许，这就是未来风向的艺术，越往细小里探寻总有艺术泉眼咕咕响。

在萱舍，你可以触摸朝思暮想的小花园。即使是这大寒天气，这些像铃铛一样的雪红果依旧温润。靠近竹篱笆的芒草依然保持了锐利的气质。

南天竹，用它殷红的笔尖书写"霜叶红于二月花"之精髓。在枕木与枕木之间，更有春的气息彼此消融……

拜谒茶山

雨后，山村。

连绵起伏的茶山心事，沉淀下来。我在享受一个人的雨滴和鸟鸣。

茶事多年。经历过的美好遐想，如一片茶叶的生境、一片茶山的四季、一座茶山的巍峨。此刻，终以内心的观照、脚步丈量的行走方式去读懂茶农的艰辛，去读透茶经里的日月凌空，感受皎洁之下的那份宁神与静气。

我像纤夫一样，内心里祈望最朴素的情去品茗小暑节气的第一片水仙茶叶。这油绿肤色、深绿心脉，绵绵融化在舌尖与咽喉。苦涩之后的瞬间回甘，解暑之下的提神。油亮叶片的那一圈严实锯齿状，深深裹紧并护佑着一座茶山的清芬。

在半山腰，被浓密苔藓覆盖，仿佛是被出汤后的那一缕青苔味沐浴身心。

在回望之前，所有的放下心有余悸和不甘。此刻，笨重身躯在攀越高山的大汗淋漓与气喘吁吁中，在与内心里的陡峭与障碍对峙中，在一路茶山的朝拜中，实现蝉蛹般蜕化。

下山了，蝉蜕后的身躯轻盈起来，就像那把天青泥紫砂壶，那一片片舞动的精灵。

眉宇间的雪

倘若，那年的缘分也是洁白的，那一定是有过一场雪的造访。

踏雪寻梅，白鹭终究陷于一场与世隔绝的皑皑白雪。

白鹭，那个林间道骨仙风，他们与梅都化为一抹天香。

时隔多年，在龙庄讲寺又遇那场雪。他在轻盈里端坐，他颔首时而低眉，雪一直下。

围炉夜话。檀香袅娜的头顶，我身体的骨骼，清奇无比。看他们的额头与双目，渗出了雪花与乳香，落在时光之外。

我们坐禅，窗外雪霁。

而眉宇间的雪，一直纷纷飘落。

李 萧

蜗 牛

雨后无春笋
雨后只有蜗牛

我的袖珍菜园
藏蜗牛卧鼻涕虫
我牛不过蜗牛
蜗牛世界里有龙
我鼻涕不过鼻涕虫
它的世界里有老虎

但我有一把铲刀
和一个正当的身份

读残图

把半个世纪物化为自己
将75公斤穿进身体
思维被直线们牢牢捆成定式
我竟然成了一个连自己
都不喜欢的无趣人

刻意不拍全的图片上
有深、危、止、游四个字
在照片极大的能指里
我竟然一眼就读出
"水深危险，禁止游泳"
这个所谓的正确答案

我从不能自救的悲哀中
跳下水塘，用溅起的水花
把警示牌洗成一片洁白

垃圾分类

2019年7月1日
垃圾登上上海各大媒体头条
湿垃圾、干垃圾、可回收物
和有害垃圾们扬着眉吐着气
狠狠地风光了一把

如果把人也分一下类
湿人、干人、可回收人
和有害人
诗人到底属于哪一类

垃圾分拣阿姨果断地说
诗人不是垃圾
没有被分类的资格

朵 而

下月光（外二首）

下月光

她体内藏着一条河流
湍急时和他躺一起，慢慢渗透
将他变为森林
这是长时间禁锢欲望后该有的样子
从荒凉到宽宥

夜爬过来，覆盖白杨
覆盖鸟的羽毛
覆盖湖面
那块被流言灼伤的天空
看不到了

月亮游出她身体
清冷冷的

还需要一点灰蒙,慢慢养着
远看,她
更像一株枯芙

教　堂

靠近他需要穿过一排排长椅
阳光穿透六色玻璃
落在乐谱一样的睫毛上
有时也化作一只黑鸟绕着十字架飞

那个受难的人会抬起头
等待我
将身上所有的罪
加给他

山脚下

有个人,说自己命里缺水
需要懂水性的人怜悯他挽留他
四月刚过去
季节卡在半山腰
执意为一块石头刻几个字
再作揖,山还是那座山
却似乎有了三点水
回流

傍晚，没有一只多余的鸟

绕弯叫你别走

将子规点进画里，需要设一些场景增加灵性

比如蝴蝶兰开在山脚，杜鹃小声祷告

再静下来细听

这里除了风还是风

满山连绵，不依不饶的样子

却下不了一场大雨

徐俊国

春天：致一场大梦

春天是一场大梦，
万物萌发，人穷志短。

似乎毫不费力，
我在集体主义的狂欢中，
长大成人。

我的女同学，乳名叫孤独，
她活过了美的分水岭。

当年怀春的人，
此刻在哭春。

树梦见斧子砍过来。
哦，站在锋利的时间面前，
是一件多么危险的事！

创可贴：致万物

第一贴：风吹睫毛，心有悲伤。

第二贴：活成哲学，疼成歌。

第三贴：咖啡里有乌托邦，又甜又苦。

第四贴：我想解放自己，骑着蜗牛去流浪。

第五贴：我依赖孤独活着，孤独加倍溺爱我。

第六贴：天使的心，也是肉长的。

第七贴：春天可以疗伤，每一片绿叶都是创可贴。

第八贴：天蓝得没有皱纹，水清得可以用来哭泣。

第九贴：我有一根灯绳，还缺一个开关和一盏灯。

第十贴：把落英缤纷的小路卷起来，回家当床单。

第十一贴：我爱的那个我，比我更好。

第十二贴：活在朝霞之上。

宋远平

苏松诗人黄桥村雅集

目驰三泖阔，歌浦水云微。
埭直禾苗密，泾曲苇叶稀。
竹篱鸡倦憩，荷蒲鹭闲飞。
墙白攀青豆，蕉红傍紫薇。
蝶蜂迎客舞，联墨映朱扉。
骊藻随诗发，笙箫趁酒挥。
依依惜古渡，余韵伴斜晖。

拙政园观荷

绿盖千层碧玉间,清妆素影映雕栏。
罗裙漫卷天仙舞,翎羽旋浮野鹜欢。
九缕余香留翰墨,三分远志寄箫弦。
坊阁久未闻高洁,待叩莲心应可观。

古里瞿氏铁琴铜剑楼赞

恬裕崇楼隐岁深,石渠坟典任浮沉。
家珍瑶帙惜孤本,囊尽镏银弘圣箴。
锦篆丹书庠惠士,云笺玉版墨流金。
历经劫火文心铸,钦仰德光耀士林。

古里红豆山庄怀钱柳

雨润春庄嫩叶稀，行吟幸见众芳菲。
湖山浩阔双鸿渺，栋宇凄清独凤飞。
煮酒焚心悲故国，推轩掷笔换征衣。
尘缘了却留红豆，刺向苍穹沐晓晖。

胡 斌

采桑子·登奉城万佛阁有感

犹怜南浦东流水,浪卷千年,彻夜难眠,涤荡残垣北拱边。　新修佛阁重檐映,隐隐颂禅,野客凭栏,目送东吴万里船。

观奉贤故宫雍正展

世宗帝业已成空,金海湖边展古风。
又见甘棠遗圣物,始知县立有君功。

万佛阁朝参大卢舍那佛兼怀新量法师

证圣开元女帝雄,毗卢舍那效音容。
谁知转世无穷劫,万佛楼头听晚钟。

沁园春·赞奉贤

浦左名城，人过萧塘，雨至奉贤。羡东方美谷，红装雾列，南桥金海，鳞浪微翻。新貌悠然，旧颜焕彩，万佛楼头谒宝莲。参禅处，看浦南雨后，漕里归船。　　光阴恰似云烟，想世上功名本甚艰。幸生逢盛世，太平乐享，身遭礼遇，寝食难安。西渡华亭，奉城如故，知己相酬方尽欢。从头望，愿云间今古，犹共渊源。

谌贵芳

银杏叶飘下来（组诗）

宁静的忧伤

小镇婉约。一些不为人知的细节
在童言里去向不明

远方，有人跋山涉水
听风沐雨，不问归期

出门，细雨潇潇
俯拾一缕烟尘，倾听历史的九曲回肠

卸下面具，逃离都市喧响
光阴流经体内，结茧成物欲的痂

尽情贴近一湖清流
心思如瘦荷，饱含宁静的忧伤

天福庵

寂寞了多年
从拱桥到流水到人家
在一种苍老和模糊里,依旧泛着清晰的痕迹
物欲,世俗,高楼
城市再怎么现代,也孕育不出十万里秋色

房屋老旧,土墙斑驳
时光在这里停留
没有一个人影,没有一缕炊烟
属于村庄的,只剩下一条孤独的河流
河水映照出无邪的脸庞,岁月拐弯处
一群蚂蚁正在搬运粮食

高铁呼啸而过,怀抱另一块天空
恰当的孤独,像获得了某种启示和指引
不远处,我看到了一丛散开的芝麻秸秆
不久,这里将重新
用鸟鸣歌唱,用炊烟抒情

西桥东亭,属于上海还是昆山,并不重要
重要的是,远方,不会太远
所有的故事将在一座湿地中
复活

银杏叶飘下来

美丽的扇形，细长的叶柄
泛出时间的金黄
它们，是在寻找失落的爱情吗

或许，在某个日子，会有些隐隐的暗伤
生活的两面性，犹如月亮也有两面性
隔着时光的雾帘，终于辨认出爱情的模样

遇见，不可期，却有着不可言传的美妙
读懂，就是草在结它的种子，风在摇它的叶子
我们站着，彼此看着不说话，就很美好

或许，爱情如同季节深处的银杏
边饮欢愉，边啜惆怅
等你的时光里，我阅尽繁华

我喜欢的黄昏是这样的

春天了，城市的黄昏
依然漂着浮躁、喧嚣和饱胀的欲望
十字路口，绿灯闪烁
行人和车辆如过江之鲫
掀起的浪头，一波未平一波又起

我喜欢的黄昏是这样的
落日悬挂,晚霞静静燃烧
城市一点一点隐
遁在落日里
成为大地温暖的眠床

胡 震

湘珍寨

日日在沅江边行走的苗家女子
身形比观音山上的竹子还婉约
她所在的湘寨飞出过九十九只
涅槃重生的凤凰
为了不做最后那位绝色倾城的
压寨夫人,她低头赶路
邀约几尾溪鱼一起,归隐于
人潮如织的黄浦江畔
守住江水入海口
用三坛名曰土匪的烧酒
灌醉每位途经打尖的客人
安坐柜台后的她偶尔抬头
总会看见一群不知名的小鹿
在迷蒙的夜色里,失了魂似的
惊奔乱撞

每个春天都值得被完整地收藏

在浩瀚的宇宙面前
一座小小的山冈，小如培娄
他不得不用一个矿坑增长自己
几可忽略的高度

在无垠的时光面前
一个短暂的春天，短如蜉蝣
她必须用一株株花树延伸自己
转瞬即逝的长度

然而当我们到来
山就是山，春天就是春天

一座砖塔指引万物复苏的辰山春
樱花灿若满目繁星，郁金香构筑高贵的城堡
紫白玉兰蓄势待发，青草颇有优雅风度

散落其间的人群啊

有多轻

轻如羽毛,轻如尘埃

试着对每一朵花喊出自己

最初的身世和最后的归宿

但必须以飞禽走兽的语言

因为那是春天的母语

因为每个春天都值得被完整地收藏

梅花的第三种形态

第一种在孤山

与那个养鹤的人一起怀抱冬雪，畅饮春雨

学习高亢的鹤唳

在平实的岁月里养成宠辱不惊的风骨

第二种在驿站断桥

与古道西风中的瘦马和浑圆的长河落日

共同书写凄美壮丽的诗史

在零落成泥中坚守高洁的品性

然后在瘦西湖

春光料峭时分，你是梅花的第三种形态

顺着雨水独自暗香

直到雾气散尽河流拐弯，始终保持

初心的模样

就刚刚好遇见

王崇党

父 亲

父亲原来在的地方,现在都空着
呜咽的风抬起那些空,就像抬着父亲的灵柩
飞扬的落叶散落一地纸钱

我走进去,那些空便一下子满了
我终于把父亲穿在了身上
成为父亲

回家前,我到田里转了一圈
酋长一样巡视了父亲的领地

青也

菖 蒲

它山居太久,浑身水气

它一贫如洗,路只一条

它的旧石头下,躺着水国和落日马车

那是溪水对野花的敬仰

另一个时间里,梅开在纸上

还有竹与篱、菊与园、水与风向

落与叶、玻与璃

时间的弯

和曲

一次鲁莽的隐喻让水国出现小弧度的摇晃

窗外,旧石头飞过

鸟鸣

轻如炊烟

立 春

喜鹊粉色小嘴啄开冬的硬壳

溪水冲破禁锢

缓缓淌向新的小径

这是今早

灯光在羊肉火锅上方焦炙

生命的方式已改变

却也换了种方式喊疼

这是昨晚

有人醉酒躺在车子底下

像一只空面粉袋

再次掉进大地粮仓

我想起你一个人漂向大洋

木板上绑着落日和无名的野花

这是

去年秋天

百鸟朝凤

我的焦三

最终,你拜自己为王

拜孤独为王

唢呐声锵锵,青天之下

黄土之上

而时间他妈的不是个人

受它洗礼之后,百鸟噤声

世界一直是非遗的世界

和你没任何鸟关系

下午四点

烈日收起倦容,霞光开始慷慨
下午四点,几枝野菊
在山脚起火
小路蜿蜒着滑下山去了
你抱着自己走上来
如提着一汪春水

你不出声的时候,我坐在黑暗里
四周除了桃花
也有别的花在开放
我把手插进头发,像两朵兰花
盛开的样子

张　萌

不是我

暴雨之后
房间慢慢亮了。是光
不是我

那个摇下车窗
看叶子的人。是虚空
不是我

巷子里狗叫了几声
叫得很不耐烦。是回声
不是我

她老了，轮椅也生锈了
推着她。是风
不是我

回 声

制造寂静的人
嗓子里埋着巨雷

把自己扩散开去
无数个我从四面回应

山坳是一只清脆的喇叭口
布满了翠绿色血管

天蓝色

就在地铁门
快要关上的
一刹那
她一个猛冲
挤了进来
站定后
旋即
拢了拢长发
扶正了
差点飞出去的
天蓝色眼镜
镜片映出
地铁招贴画
一只滑翔的海鸥
斜刺进海面

街的尽头是大海

如果这时你走上前
向我问路
我会告诉你
街的尽头就是大海

我还会告诉你
我是一个被大海
丢失了的人
自从那年从一朵浪花里

退出来以后
我就忘记了它的地址
唯一能想起的是
我曾在那个夏天傍晚

借着浮力,仰躺在海面上

直到天黑了
才从近似虚幻的悬浮中
返回沉重的生活

袁雪蕾

鸡翅木枕（外一首）

鸡翅木枕

你身上潮水的丝绸
是否盖过山脉的走势
木质，重要的是
骨头的担当和炭火的归途
承重与取暖并存

而你说硬骨需要硬物托举
相比细软锦绣
你更关心我突出的颈椎
做我酣眠的枕头
已钝之梦，包浆晶莹

我会夜夜去几百年前的树心
参悟花纹的奥义

清晨又在羽毛指引处

崭新地醒来

我将枕尽你的斑斓

而你也会悉知

凝重的头颅和轻盈的脚步

达成共识之间

睫毛上的星球，滚落了

几颗

沉　香

一棵树知道爱自己

蛇咬虫蛀后

将血泪和疼痛转化成香

一个人懂得爱别人

珍惜磨砺和伤疤

在灵魂特有的芬芳里辟邪壮阳

不惧浮世，沉水如定石

告诉我逆商有多重要

还是在说，香能凝结人却无常

一串沉香珠，打通八脉

感受昧达三界的甘甜辛麻

一炉沉香火，气凌紫霞
传递穿越生死的沉静力量

我的心情搽上香雾的妆
袅绕出怀素笔法
在明灭成灰的转瞬
看清楚，爱的衷肠是白色
时光跑道是环形

顾雪莲

修鞋店（外二首）

修鞋店

遍地都是脚印，光鲜的
残缺的，无数的路汇聚到一起
重新探讨方向

像不同的人物聚集开会
重如泰山的人，踏一小步能引起地震
轻如尘埃的人，一辈子没有任何回响
方向设置迷障
通往罗马的路有刀光剑影
通往山谷的路有青草花香

鞋匠怀抱漏风的鞋子
打上补丁，敲下铁皮
一针一线缝合

试图把每条走歪的路

纠正过来

竹　笛

笛子每响起一个音符，仿佛

有翠鸟从林中飞出

一起飞出的还有云朵、清风、明月

拍打的翅膀，引瀑布从高空飞落

潭水映出山峰的轮廓

薄雾纠缠的清晨

一对蝴蝶在岩石上刻下今生

露水沿着松针滑落

松鼠在林间私藏春天

阳光将一座山缓缓打开

山中隐逸，将一天在此安放

我敞开耳朵

急于跟随音符穿越高山流水

仿佛我，不在生活中

大海没有一块骨头

大海没有一块骨头

却有骨头宁折不弯的傲气

浪花和岩石较量

以死相搏,奔赴上岸

大海没有一块骨头
硬过所有的肩膀,扛起高楼
和高楼之下的芸芸众生
大海没有路,扬帆辟出路的人
大海赐予他日出和日落
甘心漂泊的人
心和大海一样起伏

大海平静时,像个老实人一声不吭
咆哮时,地动山摇
大海,是块难啃的骨头

徐凤叶

晨　蜜

洞里萨湖泛着泥色
在雨季旱季的呼吸间
消长

浮村
没有国籍的人
也同样泛着泥色

女人在砍椰子壳
利落地插一根吸管
递过来

咸甜得
像那个
虚汗的早晨

一 天

远处的山
近处的山
——隐退在麦色里

晚风翻过山冈
和刚才路过的那阵
并没有不同

你握着我
像握住一杆
走火的枪

这是爱的一天
天色微微有光
而你沉酣未起

骨　肉

一米八几的大舅
坐在他大妹的灵床前
瘦得
活似一具骷髅

哀恸筛糠一样
撼动他的身躯

很快
眼泪鼻涕和术后垂在腰间的废液袋
一起
挂在体表

上前搀扶的时候
皮包着的

亲情

硌到了

我

岁月有迹

你抻长脖子
向我展示
两条初显的颈纹

而司机小何
正指着远处的堂安

"瞧,梯田是山的褶子"
鼓楼下
两只山鸡匆忙奔走
水烟咕嘟嘟抽着
老汉一动不动
脸上的沟壑泛着黧色

时间总叫我们长出痕迹
以免忘了归去的路

乔晓琼

喝火令·琴韵探春
——记吴松古琴社 2019 迎春音乐会

漠漠空山静,泠泠古调寒。挑勾还复泣阳关。松鏊广陵绝响,鸥鹭见相欢。　仄影芳春探,清弦雅韵暄。吹来悠古梦阑珊。岁岁花开,岁岁月婵娟。岁岁暮风朝雨,不负锦华年。

如梦令·枫

　　莫道流丹秋赏,春色纤纤疏朗。沉醉水云间,误入谁家小巷?风畅,风畅,摇曳参差翠浪!

夏日燕黉堂·赏拙政园《游园惊梦》德化瓷展暨玉兰堂雅集

　　日初长。正娇莺流转,曲径嘉堂。南北客至,汇小院西厢。簪花清浅胭脂待,绽平生盛世华芳。倩牡丹娇媚,玫瑰清丽,笔底斜阳。　　何处觅春光?闻风流古韵,弦管清霜。春愁去去,对云水茫茫。玉兰小字多情处,乐游园、寻梦飞觞。任月明归醉,听涛门倚,古渡修篁。

蓦山溪·端午

榴花竞艳,角黍芳兰佩。蘅芷水悠悠,鬓符斜,说人旧事。轻罗小扇,可爱绣莲开,微雨里。熏风细,傍柳猫儿憩! 茶烟鼎沸,静好烹三昧。岁岁有佳辰,楚歌稀、知音难寄。唐宫汉月,愿做独醒人。扬衣袂、觅清流,明月兰舟系。

水龙吟·游黄桥村及浦江之首

熏风小暑晴空,青青阡陌花开好。平畴翠浪,鲜蔬嘉果,芝兰庐绕。草木葳蕤,琅玕连宇,柳荫垂钓。正人间仙境,迷途误入,帘卷处盈盈笑。

斗艳榴花娇俏,玉樽空、泖塘荷小。瑶池雅韵,丝弦悦耳,吴侬水调。沧海争帆,三江汇聚,泖石归棹。揽烟霞、眼底洪波浩渺,月明声悄。

班美茜

暮春（外二首）

暮 春

梅花落了吗
梅花还没有落

暮春，走在林荫读《南泉大师》
一阵急风
看人如看一朵花
如梦而已

这季节的野外，已经是绿烟横迷草莽
到处飞舞的是杨絮
仿佛一念之间走入神仙路
像孤鸿没于荒天之外，在外人看来
我应是孤独的、闪烁的、幽渺的，甚至是神秘的

我听见草莺在高树上清凉地鸣叫
突然想起了你
人在盛年,抱病而去
唯有笔下梅花婉转横出,清绝袭人

我问,梅花落了吗
我答,梅花还没有落

杂诗与杂事

日既去,日复来
岁月玩人,十载山河变迁。

我苦居松城南门,学仙不能,续禅不得
江南春色稍纵即逝,空怀一腔幽隐。

常装作一副看破红尘的姿态,然而
小儿电话中如青苗,日渐拙茂。

忧思形成眉川。词语无用
不如他从集市带来的一兜枇杷来得实在。

他和我不再说情话,这槐荫般稠密的日子
谁不是为生活疲于奔命?

我为黄子久立传,他去跑计程车

有时我也在一曲古琴里发呆。

梦里我丢了一把致命的钥匙,哭得畅快淋漓
醒来,依旧是烟雾深深的人间。

苏堤夜话

待到月亮升高
我们就谈论起人间墨戏

颠倒时序的徐渭,句句鬼语
在戏里画雪中牡丹、芭蕉
他一生懒为物着色
深谙色相缤纷,是虚幻的表象

我和你灯前夜话,去其色
保持自己的真面目
有时忘记谁是主人,谁是客人
有时我久久无语,望着远处栖霞岭上的半月
近处的湖水
湖水中动荡的月光

人间种种蠢相,如戏,如镜花水月,如惊蛇入草
彼时,林中传来三声鹃啼
恰似我小半生的象征
一声悲歌,一声人生,一声荒唐剧

你学古人折柳穿鱼，神游故国

要我对沉浮荣辱持有冷静、旷达的态度

花记前度，人生流落

恩师，我不是东坡，我是那要挣脱罗网的飞鸿

陈贝贝

一 天

芍药开得好，荼蘼荼蘼的
路过一个店铺时
夏天又带走了一场雨

科学家说
人死的时候
知道自己要死
所以才会，流眼泪

我却想
一天又平安过去
庆幸自己活着
用力呼吸
空气清新得，像柠檬

去

霍去病的

去

一去不复返的

去

去然泪下的

去

不去

之不平

心头恨的

去

去哪里的

去

中年男人

我们一起进了教堂

壁画已经斑驳

修道院院长

在讲解成为僧侣的

三部曲

没人在意哪三部

除了一个

中年男人

他问院长

你看我可以吗

虔诚地

让我们齐刷刷看向他

好像看到一个

扑火飞蛾

女人味

是什么味道

是闪闪的美甲味
是卷卷睫毛味
是厨房里的饭菜味
是走路的时候风味

是吗
不是吗

张开江

题广富林江南文化学术研讨会

九城贤德聚,夏雨赠清凉。
海派文风正,江南史韵长。
由来多俊杰,泼墨著华章。
吟醉诗词赋,千年笔梦狂。

访程十发艺术馆有感

奋发云间坐画台，自由勾勒把心裁。
滇南塞北深情注，墨里书中蕙质开。
历尽艰辛赢美誉，弘扬艺术荡尘埃。
如今画册藏灵韵，秃笔如君含笑来。

暮冬登峨眉山

欲赏名山踏蜀中,峨眉瑞雪未消融。
千峰白首何曾老,万壑苍松气象雄。

游泸州长江岸感怀

远见清波送渡船,忽闻汽笛破云天。
江风缕缕湫纹起,石径涔涔濯浪洗。
巧遇孩童无所虑,安知浪子叹流年。
韶华易逝愁何解,落笔沙滩赋此篇。

山城远望

嗟叹新春催客返,行囊沉甸好礼多。
山城一别归心切,浪子凝眸凤愿罗。
望尽天涯怀旧梦,难留岁月叹蹉跎。
家山渺渺何辞远,只待团圆一曲歌。

陆 歆

青花说

每一朵花都有它自己的花语。

所谓感动拆开来就是咸心云力。
在文言文中咸的意思是：都、全。
愿这份心跳能够像云朵一样飘染到各个角落。
让灵魂的花开艳苍白贫瘠的世界大地。

青花姓陆，东吴陆逊的陆。
名在此处省略，字鼎华。
90后，与荷兰伟大画家凡·高同月同日生。
过于标榜自己的人通常都不是好人，狂妄自大，桀骜不驯。
举个典型的例子，没错：青花。

青花生来就有一种特异功能，能和任何带有灵魂的物体交流。与少年时的张三丰君宝比起来更厉害一点，君宝只能与小生命沟通，而青花不仅能和小生命沟通，也能和看似没有生命的死物沟通。

万物皆灵。

就像流泪的红酒小姐，一直暗恋的酒瓶先生，意气风发的拳套少年和无怨无悔的铜像爷爷。

不仅如此，勺子阿姨、筷子叔叔、烟灰缸伯伯、水壶女孩等，它们就好似这个时空里被选诏的灵魂，与你进行身体接触、情感交流。

它们在这个看似孤独的世界里，允许你孤单，却拒绝让你孤独；赞同你谦卑，但反对你卑微。

它们时刻关心着你，棉服给你挡住严寒，短袖让你挥洒夏天，床让你好眠，枕头给你好梦，被子让你心安。

世间所有的相遇都不是有预谋的欺骗，
世间所有的离别都是早计划好的随缘。

一个人的时候一定要好好吃饭，
否则碗会心碎，
就连筷子，
都一折就断。

希望有一天会出现一个人，
告诉我，
青花，
到底，
是一朵什么花？

徐小冰

口衔月牙走路（节选）

一

万物复苏，桃花开在梅花鹿的头顶上。

白云在规划灵魂线路图。

生活一如既往。阳春三月，我往自己的隐秘处做了个家访。

我喜欢搂着丹顶鹤的脖子睡觉。它弯曲着什么问题，我就准备什么答案。

我在冰块上写过，"青春是一场迫不得已的高烧"。

有时候，我活对了，正确得泪眼婆娑；有时候，我活错了，错成一只迷路的丹顶鹤。问心无愧，美得哆嗦。

二

保安挨个房间关上灯。夜晚被安放妥当，整个世界被初五的月亮收割完毕。

薄云里，寂静流出来。蟋蟀提着锯子，在有草的角落里查岗。它担心掉进草丛的流星，悲伤一样，烧起来。

有些小鹿，在我研究了它们的心跳后，胸口的地震立即平息。

我偏爱不那么强烈的事物，幽香的星、忽闪的花、为美抽泣的少女。

喂，幼儿园里的小马驹。我喜欢你战战兢兢、认真过河的样子。

丽蝇，我也想像你一样在这个世界里乱飞，误打误撞。落叶纷飞时，我摘不掉头上的树冠。灵魂太深了，往里面扔进一句诗，好多年才听到回声。

三

猪笼草能等到虫子吗？外面的虫子又是新的一代了。

让它们到处转转，看看这儿和那儿的阳光，不要让任何一桩死亡提前发生。

看樱树的叶子冒出来，把樱花往地下赶。被自己神化的事物，也是肉里长出来的无法抵达的针尖。

想复习一下童年，那些无法被牛反刍的味道。被保存过的事物，已被抽象为湖底的风。想回幼儿园，再去牵一牵那个生皮肤病的孩子，我怕他太早爱上孤独。

鸡爪槭结了满树的翅果。嘘，不要欢呼。蝴蝶的来信，悄悄放在盲女孩的膝盖上。我喊她"小天使，小天使"。

四

一株绶草蜿蜒向上的正直，让人不见虚伪浮上来。我自认在某些时刻是不足够正直的，这正直不是相对于恶，而是相对于苟且，相对于不足够认真的生活。

浮躁该推诿给谁？是最纷繁细致的外部世界，还是我那一念起便激起无限涟漪的瓦尔登湖？我们尚弱小的时候就拥有了善良，但直到强大起来才拥有慈悲。

什么时候我感到了自己的局促，也就安于了不死磕着幸福的幸福。渴求永恒，永恒偏是永恒不可得之物。

灵魂老得慢，所以有趣。人生险象丛生，我因为入迷，所以才口衔月牙走路。

我感到我的嘴角正上扬，勇敢溢出眼眶。这是我遇到了我的日子。我高昂地成为山顶的意义，在山间回响，啸声挺拔、嘹亮。

云间笔会
2019

剧 本

俞月娥

手机劝主

时 间	正月初五。
地 点	诚实果品水果店。
人 物	手机P20，自身条件优越，在主人生活学习中起到举足轻重的作用。
	手机畅享9，有傲气，虽贫穷但善良。

【幕启。

【舞台暗，LED屏幕在播放：忙碌而快速行走的人群，每个人都边走边打手机。最后镜头远远地对上一个穿着超市工作服的男孩，他推着一辆手推车从店铺门口出来，弯腰捡起一物放进口袋。镜头由远而推近，慢慢放大，最后定格到他的裤袋，口袋里一闪闪的电源指示灯，在微弱的光线下定格两部华为手机。舞台灯亮起来，两部手机上。

畅享9　（冷冷地）你是谁？冒冒失失，突然闯进我的领地。
P20　　（有礼貌地）你好，我是P20PRO！你是畅享9吗？
畅享9　（狠狠地）P20又怎么啦，了不起吗？

P20	你咋那么没礼貌？我得罪你什么了？
畅享9	我就是看不惯你。"你是畅享9吗？"哼！
P20	对不起，是我不好。刚才是我调皮，从我家主人口袋里滑出来了。我家主人发动车子时，没看到躺在地上的我，我拼命地喊她也听不到，而你家主人，此时推着水果车出来，发现了我，把我放到了你身边。

【LED屏幕出现手机P20特写镜头，吱吱，突然P20的身体颤动了几下，随之，电话铃声让P20兴奋起来。

P20	这是航哥哥的手机号，主人在找我！（猛烈地摇了下身子，使尽全身的力量）主人，我在这里！主人，我在这里！
畅享9	哈哈哈哈，你喊也没用。
P20	9，你不要这样幸灾乐祸好不好？我是无意间闯入你的领地，暂时和你为伴，再次抱歉。
畅享9	暂时为伴？你还想回到你家主人那里？哈哈！
P20	你笑得有些恐怖啊，我是我家主人的，当然回去喽。
畅享9	我家主人有两个妹妹，家里只有一个老爷手机，平常联系很不方便。我想，既来之，则安之，你以后就服务我家主人的家里人吧。
P20	啊，我家主人这会儿一定急得像热锅上的蚂蚁，你怎么会这么想？
畅享9	你家主人是个马大哈，活该着急。
P20	9，我有句不中听的话说你，感觉你一点温度也没有，心怎么这么冰冷？
畅享9	这是事实，不信走着瞧！
P20	9，我不想和你为敌，虽然我外表比你高大上一些，但我觉得我和你是一样的：第一，我们有个共同的名字叫华为；

第二，我们都尽自己所能效忠于自己的主人；第三，我们现在是在同一个屋檐下，所以我们应该是朋友。

【说话间，LED屏幕上，P20的身体在黑暗中发出一点亮光，吱吱声又开始震动他的身体，同时铃声也响起。

P20　　（激动地）你看，主人又在召唤我了。

畅享9　（冷冷地）哼。

【这时，LED屏幕定格的手机上出现一只手伸进口袋，触摸了一下P20，是小哥的手。

P20　　嘿嘿，小哥你是要接电话告诉我家主人，我在你这里，赶紧来拿，对吧？

　　　　（急）小哥，你快接电话啊，告诉我家主人，让她快快过来。

畅享9　你急什么，我家主人怎么可能听到你的话，他的手指按住你的关机键了，你看看吧。

P20　　他要关机啊！太不厚道了，准备霸占我喽？

【随着小哥的动作，P20被关机。P20开始绝望，在黑暗中煎熬。

畅享9　喂，别难过了，其实换个主人都一样。我们手机嘛，做好自己的本分工作就可以了，你还想逞啥能吗？

P20　　不是，你不知道，我有256G的储存量，我家主人储存在我这里的工作活动照片、摄影比赛作品、生活照片等合计有21341张，另外有120篇工作文件和诗歌、散文作品在内存中保管。美篇、微信、QQ、美团、拼多多都有银行账号绑定，我已经成为她工作、生活中不可分离的一部分，也可以说是全部。如果我不能回到她身边，那将会给她造成严重伤害。

畅享9　哦，这么夸张，如此看来，我倒很有兴趣想知道下你家主人是个怎么样的人，美女还是大帅哥？

P20　　我家主人是一位知书达礼的女士，她热爱自己的工作，虽然已过不惑之年，但是她爱学习，她常说，活到老学到老，所以她也把我作为她的学习工具，她写作、学习时大部分是在我身上操作的。

畅享9　然后呢？

P20　　然后？嗯，然后她是网络达人，特别乐于助人，热衷于公益活动，当志愿者，免费为打工的兄弟姐妹们拍照。对了，你碰下我的开关键，把我激活下，给你看看我家主人的获奖作品《打工的小哥哥哎》组图。

【9很好奇，他在P20开机键上触碰了下，P20激活身上的能量，显示屏上，搜索图册收藏夹，跳出一组打工小哥喝醉了酒的组图。

畅享9　是打工小哥喝醉了酒啊！

P20　　你再往下看。

【9继续搜索，照片一张张跳出来……

畅享9　（眼前一亮）等等，那张赏荷小女孩的照片，让我看看……

P20　　你说这张呀。我家主人的家乡新浜是有名的荷乡，有上千亩的荷花，很美很美。这张小女孩赏荷的照片，我家主人还得了个一等奖呢。

畅享9　（喃喃自语）怎么那么像？

P20　　像什么？

畅享9　像我家主人的妹妹，那个笑脸、那个侧面，真像！

P20　　有这样的巧事？（如数家珍）跟你说，我家主人，她还帮村里的专业户拍照做微信专辑、做美篇，义务帮他们做宣传。

【显示屏上出现搜索微信公众号中的专辑。

P20　　这篇，喊你来摘草莓；这篇，葡萄熟了，请客人来吃葡萄；

还有这篇，小番茄熟了……

畅享9　充满爱心啊！看起来，你家主人确实不错。

P20　我家主人做了很多让我敬佩的事情，所以我崇拜我家主人，以她为骄傲！

9，光说我家主人，那你也说说你家主人吧。

畅享9　我家主人，就像你家主人照片上的那个喝醉了酒的小哥，外地过来打工，家里除了父母还有两个妹妹。他打工挣钱，也没时间学习，每天上班早出晚归，回到宿舍就洗衣服做饭，有时候干脆吃泡面。他省吃俭用，善良孝顺，每次领到工资的第一件事，会从淘宝上买几件衣服、一些日用品，或者去店铺买些零食，一起打包寄回老家，还每三个月就给老家寄些钱回去。

P20　真是个孝顺的孩子。

畅享9　对了，他告诉我，三八妇女节也是他大妹的生日，他要给她一个惊喜。

他每月从牙缝里省下100元，已经快九个月了，下个月领了工资就可以给大妹买一部和我一样的手机，然后就可以和他们一起微信视频了。

P20　如果你家主人是个好青年，现在就把我送回给我家主人，我家主人一定会感谢他的。刚才他把我关机了，其实我刚接收到我家主人用航哥哥的手机发来的一条信息。

畅享9　哦，什么信息？

P20　她说，感谢小哥帮他捡起这部手机，她会给他1000元作为酬谢。我家主人说话一定会算数的，只是你家主人顾不上看信息，就把我关了，唉！

畅享9　是呀，这小子，有可能想歪了！

P20	出门在外也不容易,我懂,但再怎么困难,也不应该将别人的东西占为己有。
畅享9	你这么说我很高兴。那我们一起想办法,物归原主,让你早点回家。
P20	(握住畅享9的手,激动地)嗯嗯,感谢哥们,我们华为家族就是充满正能量的!
畅享9	不过,P20,你身上功能全、见识广,办法主要靠你想!
P20	我也没有好办法,主人实在找不到我,只能报警。
畅享9	(焦急)那不行,怎么可以惊动警察,让我家主人进局子,不行!不行!
P20	我也不想这样,所以我们要在警察到来前,让你家主人回心转意。
畅享9	(眼前一亮)我想起来了,我知道,今天我家主人的父亲要打电话来,我就让我家主人接不到他父亲打来的电话。
P20	对!让他感受一下与家人失联的滋味。不过,你用什么办法做到呢?
畅享9	他父亲来电话时,我装哑巴,静音。
P20	好主意!
畅享9	说曹操,曹操就到,他父亲电话来了。大爷,你千万别怪我,小哥一念之差,人生就毁了,为了小哥的前途,委屈你了!

【显示屏上,出现一串串手机信号的波长。

P20	可以了,不要再静音了!
畅享9	好吧,现在我就振动,提醒我家主人。

【手机振动声起。

【显示屏上,小哥将手伸进口袋把畅享9提了出来,一看手机,他惊呆了,眼睛瞪得大大的。镜头定格9显示屏幕,上面出现五个未接电话。

【小哥心声："家里发生了什么事？这么多电话？好好的手机，怎么突然静音了？"

【小哥画外音："爸，家里发生什么事情了？""孩子，你什么情况，打了你好多个电话都不回，急死我和你妈了，全家人都心悬着。""我手机静音了，没听到。""你妈刚才血压升高，头晕厉害，现在躺着。""对不起，爸，让你和妈担心了。""以后不要静音，哦，告诉你下，你打过来的钱我们收到了，孩子，你辛苦了！""没事爸爸，这是我应该的，你照顾好妈妈，我先挂了，手里在工作，等下再给你电话。""好！"畅享9重新回到口袋。

P20　　不错，继续，9。

畅享9　接下来看他是不是会碰你，如果碰你的话，就看你的了。

【P20、畅享9屏住了呼吸。屏幕上显示，小哥的手果然又摸到了P20，并把他提出了口袋。

【小哥画外音："咦，刚才明明关机了，怎么又开机了？"

【P20在一片光亮中，发挥强大的功能，跳出那张赏荷图。

【小哥画外音："啊，是我妹妹，她怎么在这部手机里？哦，不是，可长得这么像！这部手机的主人到底是个什么样的人？"

【小哥的手开始情不自禁地滑动屏幕，《打工的小哥哥哎》等照片跳出来，小哥继续翻阅。

【小哥画外音："是一首诗。'打工的小哥哥哎，别抽烟，少喝酒。有什么烦恼跟我说，总有人伴你向前行，总有人分你忧与愁……人在江湖上行哎，善也有，恶也有。有什么委屈跟我说，总有人给你点盏灯，总有人与你一起走……'"

【沉默片刻,小哥画外音继续:"看来手机的主人是个好人啊!我再看看写了什么:'您好,我不小心把手机弄丢了,谢谢您有缘捡到,希望您把手机还给我,我一定重金感谢!我万分着急,请拨这个电话联系我!'"

【小哥犹豫了一下,手指触摸屏幕,回到主界面,他点开拨号键,界面出现来电显示,他终于拨通了电话……

【屏幕上,跳动的信号波长像欢乐的舞蹈。

P20　(欣喜若狂)9,我们成功啦!谢谢你,谢谢你家主人!兄弟,我为我们华为家族骄傲,也为你家小哥对我的帮助感动!我们是好兄弟,请记住我的微信号1234561,耶!

畅享9　好兄弟,我也谢谢你,让我家主人回心转意,没有给他的家里人丢脸!

【两部华为手机拥抱在一起。

【LED屏幕上又出现忙碌而快速走动的人群,每个人都边走边打手机,温馨优美的音乐响起。

【剧终。